USA TODAY BESTSELLING AUTHOR

JULES BARNARD

JULESBARNARD.COM

KAPITEL
EINS

Elise

Ich betrat die Küche mit gestrafften Schultern und hoch erhobenem Kopf, als würde mir die Wohnung gehören. Eigentlich war ich bloß Mieterin, aber ich musste dieser Wohnung und ihren *Bewohnern* zeigen, wer hier das Sagen hatte.

Die vergilbte Tapete der Küche ließ den ganzen Raum fahl erscheinen, und ein einziges mickriges Fenster gab den Blick auf den Betondschungel von San Franciscos Lower Pacific Heights frei. Die Gegend war nicht schlecht, mit charmanter Architektur und netten Restaurants hier und da, aber nicht dieses Gebäude. Dieses Gebäude war zum Kotzen. Aber die Wohnung war das Einzige, was ich mir leisten konnte, als ich vor zwei Wochen den Mietvertrag unterschrieb. Jetzt verstand ich, warum sie so verdammt billig war.

In meinem neuen Zuhause erwarteten mich nicht nur hässliche Tapeten und eingebranntes Fett auf Herd und Backofen.

Ich stürmte durch die Küche und riss den Spülenschrank

auf wie Rambo, der sich auf den Kampf vorbereitet. Das Kakerlaken-Motel stand genau dort, wo ich es gestern Abend platziert hatte, um meine ungebetenen Gäste in ihr Verderben zu locken.

Und diese Landplagen waren natürlich nicht darauf hereingefallen.

Ungefähr fünf schwarze Körper von der Größe meines Daumens huschten aus dem Licht und mieden die Lockfalle, als wäre sie eine Kontaminationszone.

Meine Haut kribbelte, und mein Herz pochte. „Gah!" Ich warf die Schranktür zu und rannte aus dem Zimmer, wobei ich hüpfte, als ob der Boden aus Lava bestünde.

Woher wussten sie, dass sie die Falle meiden mussten?

Bumm, bumm, bumm, hämmerte es an meine Wohnzimmerwand, gefolgt von einem Ruf, leiser zu sein, garniert mit einem Schimpfwort.

Einige meiner neuen Nachbarn waren nette Leute aus der Arbeiterklasse. Andere waren noch unheimlicher als meine Kakerlaken. Der Typ von nebenan gehörte zur zweiten Kategorie. Ich hatte ihn nur aus der Ferne gesehen. Er war stämmig, hatte ungewaschenes Haar und trug jeden Tag dasselbe dunkel verfleckte Sweatshirt mit Kapuze und Jeans, aber es war sein Verhalten, das mich dazu brachte, mich in meiner Wohnung zu verstecken. Er drehte seinen Fernseher auf maximale Lautstärke und ließ ihn die ganze Nacht laufen, aber wenn ich auch nur einen Mucks von mir gab, beschwerte er sich durch die dünnen Wände.

Während ich über mein Kakerlaken-Dilemma nachdachte und versuchte, meinen Nachbarn zu ignorieren, klopfte es erneut, diesmal an der Haustür.

Normalerweise beschränkte sich mein Nachbar darauf, durch Wände zu schreien, und das war mir recht, denn ich wollte ihm nicht von Angesicht zu Angesicht begegnen. Wollte er mich endgültig zum Schweigen bringen? Mir wurde schwindlig, und meine Hände begannen zu schwitzen.

Ich war entschlossen, zum ersten Mal in meinem Leben allein zu leben, ohne Studienkredite und ohne die Hilfe meiner Schwester, aber das war nicht einfach. Die Mieten in San Francisco waren astronomisch, und meine Nachbarn waren unberechenbar. Ganz zu schweigen davon, dass die Wohnung, die ich gefunden hatte, ... voller Herausforderungen war.

Es klopfte erneut an der Haustür, und ich rieb mir die Augen. Ich war erschöpft, nachdem ich einen langen Tag in meinem neuen Job bei der städtischen Gesundheitsbehörde hinter mich gebracht hatte, und nein, es war mir nicht entgangen, dass ich im Gesundheitswesen arbeitete und an einem Ort wohnte, der so unhygienisch schien, dass er wahrscheinlich zum Abriss freigegeben werden sollte.

Ich griff nach meinem Handy und legte den Finger auf die Notruftaste, nur für den Fall der Fälle, bevor ich die Tür langsam öffnete, die Kette eingerastet.

Nur war die Person auf der anderen Seite weder mein beängstigender Nachbar noch irgendein anderer meiner Nachbarn.

„Jack?"

Da stand der ehemalige Mitbewohner meiner Schwester mit einer lässigen Hand in der Tasche seiner Jeans, ein blauer Pullover mit Rundhalsausschnitt spannte sich über seinen athletischen Körperbau, den ich heimlich bewundert hatte, wenn ich meine Schwester in ihrem Apartment besuchte. Das Outfit war eine Verbesserung gegenüber den Jogginghosen und löchrigen T-Shirts, in denen ich ihn normalerweise sah. Aber sein leicht zerzaustes, goldbraunes Haar und seine stechenden waldgrünen Augen waren ganz Jack. Er sah mich mit einem Ausdruck an, der darauf schließen ließ, dass ihm sein Besuch lästig war.

Ich hatte Jack seit Monaten nicht mehr gesehen, da ich den Mann vorsätzlich mied. Er war buchstäblich die letzte Person, von der ich wollte, dass sie mich hier fand.

Ich warf einen Blick in das Wohnzimmer hinter mir. Alles, was ich besaß, war gebraucht und in voller Pracht dort ausgestellt: ein Kunstledersessel, der ein Jahrzehnt lang unter Moms Kleidung und anderen Gegenständen zu Hause versteckt gewesen war, und ein wackeliger weißer Beistelltisch, den ich von der Straße mitgenommen hatte. Keine Bilder. Keine Pflanzen. Nichts, um die Wohnung wohnlich zu machen, denn dazu war ich noch nicht gekommen. Außerdem konnte ich mir solchen Luxus nicht leisten. Ich würde alles tun, um unabhängig zu sein, selbst wenn ich dafür Kakerlaken, zwielichtige Nachbarn und gebrauchte Möbel in Kauf nehmen musste. Das hieß aber nicht, dass ich mich nicht verdammt schämte, dass ich mir nichts Besseres leisten konnte.

„Hast du vor, mich reinzulassen?" Er sah mir in die Augen, ohne auch nur im Geringsten unsicher zu wirken. Ich war die Einzige, der es hier an Selbstvertrauen fehlte.

Irgendwie hatte Jack herausgefunden, wo ich wohnte, und es war nicht so, dass ich etwas versteckt hätte; er war ein gutes Stück größer und konnte über meinen Kopf hinwegsehen. Ich entriegelte die Kette und öffnete die Tür weiter.

Er trat ein, sein Blick schweifte durch das Wohnzimmer und blieb dann wie ein Gewicht auf mir liegen. „Hierher hast du dich also verzogen? Deine Schwester ist besorgt, und ich kann verstehen, warum."

Nach dem, was meine Schwester Sophia gesagt hatte, war Jack wohlhabend, aber das sah man ihm nicht an, da er in einer hübschen Zweizimmerwohnung im Haus seines besten Freundes lebte. Es ergab Sinn, dass er annahm, dieses Scheißhaus-Apartment hätte ich mir freiwillig ausgesucht. „Gibt es einen Grund für deinen Besuch?" Angesichts der Kakerlaken, meines Nachbarn und jetzt auch noch Jack war meine Gereiztheit am Anschlag.

Ich hatte nicht damit gerechnet, dass meine überfürsorgliche Schwester Jack schicken würde, um mich zu finden.

Sophia wusste schließlich, wie angespannt die Lage seit jener Nacht vor sechs Monaten war, in der ich bei ihr übernachtet hatte und schlafwandelnd in Jacks Schlafzimmer gekommen war. Vielleicht war ich auch aus Versehen auf seinem Penis gelandet. Upps. Diesem One-Night-Stand folgte der peinlichste Walk of Shame, den man sich vorstellen konnte, und ich erholte mich immer noch von beidem. Sophia musste verzweifelt auf der Suche nach mir sein, wenn sie ihn schickte, um mich aufzuspüren.

Ich hatte Sophia meine neue Adresse absichtlich noch nicht mitgeteilt, weil ich erst Zeit finden wollte, die Wohnung auf Vordermann zu bringen. Ich konnte es nicht ewig hinauszögern, aber ich dachte, die Gnadenfrist würde länger als eine Woche dauern.

Jack verschränkte hochmütig die Arme. Er könnte als durchschnittlicher, großer Mann durchgehen – bis er die Arme verschränkte und der Bizeps zum Vorschein kam. Unter der legeren Kleidung befanden sich gut definierte Muskeln und ein Körperbau wie bei einem Schwimmer, den ich zu vergessen versuchte. „Sophia macht sich Sorgen."

„Kein Grund zur Sorge", sagte ich mit gespielter Fröhlichkeit. Seit jener Nacht hatte ich mich in Jacks Nähe extrem unwohl gefühlt, und das war auch jetzt nicht anders. Vor allem, wenn die Erinnerung an seinen nackten Körper vor meinen Augen aufblitzte. Meine Stirn legte sich in Falten, als ich an etwas anderes dachte. „Wie hast du mich eigentlich hier gefunden?"

Sein Gesichtsausdruck wurde nichtssagend. „Ich habe mich umgehört."

Ich beäugte ihn misstrauisch. „Ich habe darauf geachtet, niemandem meine neue Adresse zu verraten, also was soll das heißen, du hast dich umgehört?"

Er trat weiter in den kleinen Raum hinein und ignorierte meine Frage. „Was ist das für ein Geruch?"

„Curry. Von meinem Nachbarn von gegenüber."

„Nein, das Curry riecht gut. Ich spreche von dem Geruch." Er warf einen Blick in die Küche und rümpfte die Nase.

Oh, dieser Geruch. Ja, diesen Geruch gab es schon seit dem Tag, an dem ich eingezogen war, und ich wollte nicht zu sehr über seine Herkunft nachdenken.

„Keine Ahnung, wovon du redest, und ich nehme es dir übel, dass du behauptest, dass meine Wohnung stinkt." Ich wickelte mir den Wollschal fest um den Hals. Der September in San Francisco konnte glühend heiß oder empfindlich kühl sein. Diese Dinge spürte man deutlicher, wenn die Heizung nicht funktionierte.

Jack stieß einen leisen Seufzer aus und betrachtete meine dick eingepackte Gestalt. „Es ist eiskalt hier drin, Elise. Warum ist dein Ofen nicht an?"

„Ich habe die Heizung runtergedreht, um Geld zu sparen." Er brauchte nicht zu wissen, wie baufällig mein Apartment war. Er würde zurück in die Wohnung laufen, die er von seinem besten Freund – dem Freund meiner Schwester – gemietet hatte, und es ausplaudern. Sophia würde es dann herausfinden und darauf bestehen, dass ich mit ihr und Max in seine großzügige Wahnsinnswohnung im obersten Stockwerk seines wunderschönen Gebäudes im viktorianischen Stil einziehe, und das würde nicht passieren. Ich brauchte persönliche Unabhängigkeit. „Ich habe jede Menge Sweatshirts und dicke Socken, also keine Sorge."

Er musterte mich so lange, dass mir ein Schauer über den Rücken lief, der mich an andere Schauer erinnerte, die er vor ein paar Monaten durch sexy, zärtliche Berührungen ausgelöst hatte. Verdammt, diese Erinnerungen!

Ich zwang mich zu einem neutralen Blick. „Du kannst Sophia gern sagen, dass ich gesund und munter bin und mich ganz bald wieder melde. Kann ich sonst noch etwas für dich tun?"

Seine Augen verengten sich und hielten meinen Blick für einen Moment gefangen. „Warum bist du so stur?"

In Gegenwart meiner Schwester war Jack Townsend immer entspannt gewesen, aber aus irgendeinem Grund regte ich ihn auf. Nun, das Gefühl beruhte auf Gegenseitigkeit. Wir riefen offenbar das Schlimmste im anderen hervor. Außer in der Nacht, in der er meinen Körper wie ein Götterbild in einem Tempel verehrt hatte …

Ich musste aufhören, an diese Nacht zu denken.

„Und warum bist du so herrisch?" Ich legte den Kopf schief, blinzelte mehrmals und starrte ihn so vorwurfsvoll an, dass ich hoffte, er verstand den Wink und hielt die Klappe.

Er seufzte, als hätte er genug von meinem Blödsinn. „Ich war noch nie herrisch. Nicht einmal bei meinen Angestellten."

Jacks geschäftliches Kommen und Gehen war ein ziemliches Mysterium. Ich hatte erst vor kurzem erfahren, dass er eine ganze Firma besaß. Ich hatte keine Ahnung, was er tat, denn ich hatte ihn nur gesehen, wenn ich Sophia besuchte, und da war er barfuß in der Küche herumgelaufen und hatte etwas Essbares gesucht oder mit Max Videospiele gespielt.

Ein verschlagener Ausdruck huschte über sein Gesicht. „Ich muss mal dein Badezimmer benutzen." Er schritt durch das Wohnzimmer, blieb dann abrupt stehen und ging noch einmal zurück über das morsche Dielenbrett, um das ich herumzulaufen pflegte, weil ich Angst hatte, meinem Nachbarn unten in den Schoß zu fallen.

Jack wippte auf dem Brett, und es gab viel zu sehr nach. Ich rieb mir die Stirn, und er warf mir einen Blick zu. „Einen schönen Bodenbelag hast du hier."

Ja, der Boden war ein Problem. Aber nicht das größte.

Jack ging weiter den Flur entlang.

„Warte!" Ich rannte hinter ihm her. „Die Spülung ist ein wenig heikel. Man muss sie ganz sanft drücken. Ich mache das, wenn du fertig bist."

Er trat in das winzige Badezimmer, in dem man die Arme eng an den Körper ziehen musste, um sich zu drehen, und schloss die Tür vor meiner Nase.

Verdammt. Er hatte den Geruch wahrgenommen, die Bodendiele bemerkt, und jetzt würde er wissen, dass es ein Problem mit der Toilette gab. Außerdem hatte ich sicher vergessen, all meine persönlichen Sachen dort wegzuräumen.

Ich dachte angestrengt nach und ging im Kopf den beengten Raum durch: Zahnpasta auf dem Waschbecken, Panda-Duschhaube am Türhaken, Haarbänder in einer Schmuckschale – nichts allzu Unerhörtes. Außer …

Ich schlug mir die Hand vor den Mund und unterdrückte einen Schrei. Ich hatte das Bleichmittel für den Pfirsichflaum auf meiner Oberlippe auf der Ablage vergessen!

Verdammte Peinlichkeit!

Ich hatte noch nie mit einem Mann zusammengelebt. Tatsächlich war noch nie ein Mann zu mir nach Hause gekommen, weil ich immer bei meiner Messie-Mutter im Sunset District gelebt hatte, und jetzt, wo ich darüber nachdachte, war einiges von dem Zeug in meinem Badezimmer beschämend.

Jack war immer noch heiß, aber meine Schwärmerei hatte in der Nacht, in der wir miteinander schliefen, ein Ende. Ich hatte ihn durch bedeutungslosen Sex aus meinen Gedanken verdrängt. Gut, ich war dabei, ihn zu verdrängen, aber trotzdem war das hier jetzt einfach nur peinlich. Schwärmerei hin oder her, keine Frau wollte, dass ein Mann ihre Hygienegewohnheiten kannte.

„Bist du bald fertig da drin?" Ich schritt durch den Flur. Und dann hörte ich es. Das Geräusch der Abdeckung des Spülkastens, die zurückgezogen wurde. *Nein!* „Jack! Was machst du denn da?"

Er stieß einen Laut aus, der wie ein frustriertes Stöhnen klang, und sagte dann: „Was zur Hölle, Elise?" Er öffnete die

Badezimmertür so schnell, dass ich fast gegen seine breite Brust fiel. „Was ist hier los?" Seine grünen Augen waren dunkler als sonst, und seine vollen, kussbereiten Lippen waren wie aus Granit.

Mein Mund formte ein stummes O. „Was? Nicht jeder hat eine so schöne Wohnung wie deine."

„Dein Apartment ist eine absolute Bruchbude. Ich würde nicht einmal meinen Hund hier wohnen lassen."

„Du hast keinen Hund."

„Und was hat es mit dem Ofen auf sich? Du hast ihn nicht nur heruntergedreht, sondern ausgeschaltet. Es riecht feucht. Eigentlich ..." Er schaute über meine Schulter in das kleine Schlafzimmer, das man in San Francisco gern als „Junior-Schlafzimmer" bezeichnete, auch wenn es im Grunde nicht viel mehr als ein begehbarer Schrank war, in den man ein Bett gestopft hatte. Er rümpfte wieder die Nase. „Ist das etwa schwarzer Schimmel?"

Scheiße, oh Scheiße. Ich trat einen Schritt zurück und griff hinter mich, fummelte am Türknauf des Schlafzimmers herum und versuchte, die Tür zu schließen. „Es ist nur Moder. Keine große Sache."

Er drängte sich an mir vorbei und öffnete die Tür zu dem Raum, in dem weitere Utensilien einer alleinstehenden Frau wahllos herumlagen: Unterwäsche, die auf einem Wäscheständer trocknete, obwohl sie eben nicht trocknete, weil es hier drin zu feucht und kalt war, sowie Berge von Decken, wie um zu beweisen, dass er mit dem Ofen recht hatte.

Er packte mich an der Hand und zerrte mich den kurzen Flur hinunter. „Du kannst hier nicht bleiben. Das wird dich vergiften."

Ich schlug wie beim Karate auf die Hand, woraufhin er sie mit einem Zucken zurückzog. „Sag mir nicht, was ich tun soll, Jack Townsend."

Er verdrehte die Augen. „Elise, Menschen werden von

schwarzem Schimmel krank. Ich bin überrascht, dass du noch keine Symptome bemerkt hast. Es ist schon gesundheitsgefährdend, hier zu stehen."

„Symptome?", echote ich, als wüsste ich nicht, wovon er sprach. Ich war examinierte Krankenschwester mit einem Master-Abschluss in Gesundheitswesen. Ich wusste es. Ich hatte die chronischen Kopfschmerzen, den Hirnnebel und den seltsamen metallischen Geschmack auf meiner Zunge einfach ignoriert, bis ich eine bessere Wohnung finden würde – worum ich mich verzweifelt bemühte. Es hatte keinen Sinn, ihm zu sagen, dass er recht hatte und dass ich seit dem Tag meines Einzugs nachts mit einer Atemschutzmaske schlief. Oder dass ich meinen neuen Vermieter angefleht hatte, den Ofen zu reparieren.

Als ich die Wohnung vor einem Monat besichtigt hatte, war sie noch in Ordnung erschienen, aber offenbar konnte es sehr schnell bergab gehen. Es half auch nicht, dass sie bei der Besichtigung bewohnt und der Schimmel hinter Möbeln und Vorhängen versteckt gewesen war.

„Chronische Kopfschmerzen oder so etwas?", insistierte er.

War er eine Art Gedankenleser? Er sollte doch der lockere Typ sein, mit dem meine Schwester ein paar Monate lang zusammengewohnt hatte. Wann zum Teufel hatte er die Intuition für sich entdeckt? Sich alles über giftigen Schimmel angelesen?

Ich winkte ab. „Ich kaufe Bleichmittel und kümmere mich darum."

„Du bräuchtest mehr als Bleichmittel, was du bräuchtest, ist ein Schutzanzug." Als ob er sich gerade selbst daran erinnert hätte, wie schlimm es war, legte er seinen Arm um meinen Rücken und schob mich zur Haustür.

„Hey!", sagte ich und trat einen Schritt zurück.

„Wir gehen, Elise." Sein Gesichtsausdruck war pure männliche Sturheit.

Ich stellte meine Füße breit auf. „Du gehst. Ich wohne hier."

Er warf mir einen Blick zu, bei dem sich meine Nackenhaare aufstellten. Denn dieser Blick war berechnend. „Ich habe ein freies Zimmer, seit deine Schwester bei Max eingezogen ist. Du kannst bei mir wohnen, während dein Vermieter sich um diese" – er sah sich angewidert um – „Situation kümmert."

Auf gar keinen Fall. Hatte er den Verstand verloren?

Jacks Wohnung lag nur ein Stockwerk unter der, in der meine Schwester mit Max wohnte. Ganz zu schweigen von der Aussicht, *mit Jack zusammenzuleben*. Ich hatte versucht, über meine Verknalltheit hinwegzukommen, aber es war mir nicht ganz gelungen. Er war ein echt schöner Mann, und im Bett war er unglaublich gewesen. Das waren Verlockungen, denen nur die stärksten unabhängigen Frauen widerstehen konnten, und ich war fest entschlossen, eine von ihnen zu sein. „Ich passe."

Er verzog verärgert den Mund. „Du denkst immer noch an diese Nacht, was? Es war nicht so toll. Ich habe es völlig vergessen."

Mein Gesicht erhitzte sich, und ein stechender Schmerz fuhr mir in den Magen. *Es war nicht so toll?*

Ich erinnerte mich daran, wie Jack mein Gesicht sanft umfasst und mich leidenschaftlich geküsst hatte, wie seine Zunge meinen Mund liebkoste, während seine Hände umherwanderten. Ich hatte bei diesem Kuss gezittert, und der Sex war explosiv gewesen … und er hatte gerade einfach gesagt, er erinnere sich nicht mehr daran?

Arschloch!

„Wie wäre es für einen Monat", fuhr er fort und schaute auf die Uhrzeit seines Telefons, als ob das, worüber wir sprachen, nicht die große Umwälzung war, die ich wirklich nicht auch noch in meinem Leben brauchte. „Gerade lange genug, damit du eine anständige Alternative finden kannst."

Eine Frau hatte ihren Stolz. „Nein."

Der Sex war schlecht gewesen? Wollte er mich unbedingt sauer machen?

Er hob eine Augenbraue. „Nicht einmal, wenn es mietfrei wäre?"

Äh, wie bitte?

KAPITEL
ZWEI

Elise

„**E**in Monat, keine Miete", sagte er, und sein Mund verzog sich leicht, als wüsste er, dass er mich mit diesem letzten Satz in die Falle gelockt hatte.

Geld war das Einzige, worüber ich keine Witze machte. „Bemitleidest du mich? Bietest du mir ein Zimmer an, weil meine Wohnung so scheiße ist?"

Sein Leben hing von der Antwort ab, denn Mitleid war das Einzige, was ich nicht ertragen konnte. Von niemandem. Ich war kompetent, verdammt noch mal.

Eine Mischung aus Angst und Unglauben überzog sein Gesicht. „Kennst du denn deine Schwester nicht? Wenn sie herausfindet, dass ich abgehauen bin und dich hiergelassen habe, wird sie mich umbringen. Dann wird Max mit seinen Ferragamo-Oxfords auf mir herumtrampeln, weil ich seine Freundin verärgert habe. Das ist ein reines Überlebensangebot meinerseits. Außerdem ist es ja nur vorübergehend." Er sah sich um, den Mund angewidert verzogen. „Wenn du hier eine Woche überlebt hast, kannst du sicher auch einen Monat mit mir überleben."

Woher hatte er gewusst, dass ich seit einer Woche hier war? Verfolgte er mich?

Und ich war mir nicht so sicher, ob ich einen Monat mit ihm überleben könnte. Das war eine sehr lange Zeit, wenn man den Rest Anziehung einberechnete, die ich verspürte.

„Ich werde nicht oft zu Hause sein", fuhr er fort. „Ich habe eine neue Geschäftsführerin eingestellt, um Zeit für andere Projekte zu haben. Ich werde viele Stunden arbeiten, um sie auf den aktuellen Stand zu bringen. Du hast die Bude also praktisch für dich allein."

Zeit für andere Projekte? Das letzte Mal, als ich ihn sah, lebte der Mann praktisch zu Hause und lief in Jogginghosen umher. Und warum zog ich das Angebot überhaupt in Betracht? „Hör zu, es ist nett, dass du mir das anbietest, aber ich mag es nicht, Leuten etwas zu schulden."

Sein Blick verengte sich, als müsse er neue Berechnungen anstellen. „Nicht einmal, wenn die Mietfreiheit als Gegenleistung dafür gilt, dass du dich um ein paar Dinge im Haus kümmerst? Ich möchte niemanden einstellen, dem ich nicht vertraue."

„Und du vertraust mir?" Bei diesem letzten Teil brach meine Stimme.

Er blinzelte, als hätte ich ihn bei einer Lüge ertappt. „Ich vertraue dir, was die Wohnung angeht", sagte er schließlich.

Das war so gut wie ein Eingeständnis, dass er mir in anderen Dingen nicht vertraute.

Das hatte ich allerdings auch verdient. Dieser Mann hatte mich aus dem Gleichgewicht gebracht, und ich war nach unserer gemeinsamen Nacht davongelaufen. Nicht gerade eine Reaktion, die dazu angetan war, für Vertrauen zu sorgen. Aber wenn der Sex für ihn so leicht zu vergessen gewesen war, dann waren meine Restgefühle auch nebensächlich. Es tat trotzdem weh zu hören, dass ich ihm so egal war.

Das Ganze war eine wirklich furchtbare Idee, aber ich konnte den finanziellen Vorteil nicht ignorieren. Wenn Jack die meiste Zeit weg war, wäre es doch nicht so schlimm, oder?

Er scharrte geradezu mit den Füßen, als würde er ungeduldig werden. „Du hilfst nicht nur mir mit den Alltagsdingen, sondern verschaffst deiner Schwester auch Seelenfrieden. Ich werde ihr nicht sagen, wo ich dich gefunden habe."

Okay, jetzt fuhr er die großen Geschütze auf. Meiner Schwester nichts von dieser Wohnung zu erzählen, war ein riesiges Zugeständnis, denn sie erinnerte viel zu sehr an das Hamsterhaus unserer Mutter, bevor wir es renoviert hatten. „Einen Monat?"

„Als Gegenleistung für Hilfe im Haushalt."

Oh, das gefiel mir aber auch nicht. Es war viel zu vage. Es gab definitiv einen Haken.

Wir hatten in der einen Nacht, in der ich schlafwandelnd in sein Schlafzimmer kam, miteinander geschlafen, und das war ein Tiefpunkt für mich gewesen. Nicht wegen des Sex, sondern weil ich mich ihm praktisch an den Hals geworfen hatte, nachdem ich wochenlang in den Mann verknallt gewesen war, wann immer ich meine Schwester besuchte. Ein kleiner Teil von mir machte sich Sorgen, dass er in dieser Nacht lediglich nachgegeben hatte, um nett zu sein. Oder weil er gedacht hatte, naja, leichter konnte ich es ihm nicht machen. Er hatte vorher nie den Anschein erweckt, als würde er mich mögen.

Allerdings hatte er sich meinen nächtlichen Annäherungsversuchen dann begeistert hingegeben, zumindest das.

In jedem Fall könnte „Hilfe im Haushalt" angesichts unserer Geschichte mehr bedeuten, als nur den Müll rauszubringen. „Was genau erwartest du denn? Ich werde dir nicht dein Bett anwärmen, Jack." Er hatte den Sex als *nicht so toll* bezeichnet, aber Männer trafen komische Entscheidungen, wenn es um leicht zu habenden Spaß ging.

Er wich beleidigt zurück. „Für was für einen Mann hältst du mich?"

„Für einen heißblütigen."

Seine Mundwinkel verzogen sich, und er blickte zu Boden. „Na schön. Aber nein, das ist nicht das, was ich im Sinn hatte. Ich hatte eher daran gedacht, dass du dich um die Wäsche und das Geschirrspülen kümmerst. Vielleicht fünf Abende in der Woche das Abendessen kochst." Er blickte sich nervös um. „Können wir im Flur verhandeln? Ich spüre schon, wie sich die Schimmelsporen in meiner Lunge einnisten."

Ich verschränkte die Arme. „Nein."

Sein Seufzer kam als leises Knurren heraus. „Ich habe eine Reinigungskraft, die zweimal im Monat kommt", sagte er. „Sie macht die Wohnung gründlich sauber, auch dein Schlafzimmer und Bad."

Einen Monat lang mietfrei wohnen, ohne Schimmel, und jemand, der mein Bad putzte? Ich war mir nicht sicher, ob ich Jack über den Weg traute, aber er sprach meine Sprache. „Was willst du noch von mir?"

Er zuckte die Achseln. „Nichts. Deine Schwester würde wollen, dass ich helfe, wenn ich kann. Sie hat bereits gesagt, dass du dich geweigert hast, bei ihr einzuziehen."

Und das Zusammenleben mit Jack würde buchstäblich unter ihrer Nase stattfinden, wo sie sich in meine Angelegenheiten einmischen konnte. „Das ist eine schreckliche Idee."

„Hast du eine bessere?" Sein Blick war eine reine Herausforderung.

Hatte ich nicht, und er wusste es.

„Es ist nur ein Monat", sagte er wieder. „Der vergeht wie im Flug, bevor du es merkst." Etwas musste ihm ins Auge gefallen sein, denn er zuckte zusammen.

Ich warf einen Blick in die Ecke, in die er schaute. „Oh, das ist nur Jack, mein Kakerlak."

Sein Kiefer mahlte. „Du hast eine Kakerlake nach mir benannt?"

„Hast du ein Problem damit?"

Zwei weitere Kakerlaken huschten über den permanent klebrigen Hartholzboden. „Scheiße!", sagte er und trat einen Schritt zurück. „Vielleicht sollte der Rest der Leute in diesem Gebäude auch ausziehen."

Ich blickte auf meine Nägel und tat, als würde mich der Zustand meiner Wohnung nichts angehen. „Ich habe mich umgehört. Meine Wohnung ist die schlimmste. Die anderen haben keinen …" Ich gestikulierte in Richtung der Schimmelwand. „Irgendwo hinter diesen Wänden ist ein Leck, also ist sie etwas Besonderes."

Er fuhr sich mit steifen Fingern durch die Haare. „Kommst du nun mit oder nicht?"

Es machte ihn eindeutig nervös, in meiner Wohnung zu sein. Ich musste eine hohe Toleranz für Dreck und Viecher haben, nachdem ich so lange bei Mom gelebt hatte. Trotzdem zögerte ich. Ich würde zwar nicht wieder bei meiner Schwester oder meiner Mutter wohnen, aber ich würde trotzdem bei einem anderen Menschen schnorren.

Er seufzte. „Wenn es um diese eine Nacht geht, kannst du sie nicht einfach vergessen?"

Meine Augen weiteten sich. „Kannst du das?"

Er sah weg, ohne meinen Blick zu erwidern. „Natürlich kann ich das. Ich bin ein Mann."

Ich war mir nicht sicher, ob ich ihm glaubte, aber wenn das stimmte, störte es mich. Selbst wenn ich sie hätte vergessen wollen, war diese Nacht in mein Gedächtnis eingebrannt, und es gefiel mir nicht, dass er sie so beiläufig vergessen konnte.

„Ist schon längst vergessen", sagte ich und betete, dass man mir die Lüge nicht ansah.

„Gut." Er sah an meinem Körper hinunter. „Weil du gar

nicht mein Typ bist. Mach dir keine Sorgen, dass etwas passiert."

Nochmals: *Autsch.* Doch irgendwie beruhigten mich seine Worte. Er wollte nicht darüber sprechen, und ich wollte es auch nicht. Ich war nicht in der Verfassung für eine Beziehung, und irgendetwas sagte mir, dass eine Beziehung mit Jack ein Strudel wäre, in dem ich leicht ertrinken konnte. Dies war eine geschäftliche Transaktion, nichts weiter.

Egal, was ich mir in der letzten Woche eingeredet hatte, um an Ort und Stelle zu bleiben und nicht zu Mom zurückzurennen, ich wollte unbedingt etwas anderes finden, etwas, wo ich sicher war. Wäre es so schlimm, wenn Jacks Wohnung eine vorübergehende Zwischenstation wäre?

Er blickte sich um. „Lass deine Sachen hier. Wahrscheinlich sind da überall schon Schimmelsporen drin. Wir werden später überlegen, was wir damit machen. Fürs Erste besorgen wir dir neue Kleidung, oder du kannst dir etwas von deiner Schwester leihen."

„Ich nehme nichts von meiner Schwester an. Nichts." Sophia hatte sich den Arsch aufgerissen, und dieses Jahr war ihre Zeit, sich auf sich selbst zu konzentrieren.

Sein Mund verzog sich. „Dann kannst du eines meiner T-Shirts tragen. Zufrieden?"

Ganz und gar nicht. Seine Shirts würden nach ihm riechen, und wenn ich mich recht erinnerte, roch er fantastisch.

Alles an Jack war es, was mich am Morgen, nachdem wir miteinander geschlafen hatten, die Feuerleiter hinunterhuschen ließ. Ich hatte mich in seinen Armen beschützt und geliebt gefühlt – etwas, das ich noch nie zuvor erlebt hatte. Und das war erschreckend gewesen.

Jack kratzte sich im Nacken, als hätte er eine Gänsehaut. „Also, was ist jetzt? Kommst du mit?"

„Ich koche normalerweise nicht. Du musst dich mit dem

begnügen, was ich fabriziere. Und es werden drei Abende pro Woche, nicht fünf." Ich hasste das Kochen.

Er nickte. „Das ist okay."

Es war immer noch eine dumme Idee, die ich wahrscheinlich bereuen würde. „Gut. Ich komme mit."

KAPITEL
DREI

Jack

Elise schloss die Tür zu ihrer Wohnung, eine große Handtasche um die Schulter gehängt – der einzige Gegenstand, den ich ihr erlaubt hatte mitzunehmen. Und selbst den wollte ich ausräuchern, bevor er in meine Wohnung kam.

Sie beäugte mich, als sie die rissige Betontreppe hinunterging und das rostige Eisengeländer als Stütze benutzte. „Du siehst aus wie eine Katze, die Sahne geschleckt hat. Ich hoffe, du führst nichts im Schilde, Jack."

Ich hatte Hintergedanken, aber nicht die, die sie vermutete. Ich konnte es nicht ertragen, dass sie in dieser Wohnung lebte. Das war ein Katastrophengebiet, kein Zuhause. Sie hatte sich eingemummelt, als würde sie im Winter im Mittleren Westen leben und nicht in San Francisco im Herbst. Und der Befall mit Kakerlaken und Schimmelpilzen war der Tropfen gewesen, der das Fass zum Überlaufen brachte.

Verdammt, sie war stur. Ich hatte mir alles Mögliche einfallen lassen müssen, um sie zur Kooperation zu bewegen. Dazu gehörte auch, dass sie zu mir zog, was die einzige schnelle Lösung gewesen war. Und selbst das war nicht einfach gewesen.

Ich hatte ihr gesagt, dass ich sie nicht attraktiv fände, und hätte mich dann fast verraten, als ich meinen Blick über sie gleiten ließ. Elise war wunderschön, mit dunklem Haar und lebhaften braunen Augen, die Feuer spien, wenn ich sie wütend machte, was oft der Fall war. Sie war extrem unabhängig, und ihre störrische Art amüsierte und ärgerte mich zugleich. Es war ein hartes Stück Arbeit gewesen, sie zur Kooperation zu bewegen, und ich hatte nicht vor, ihr einen weiteren Grund zu geben, nicht einzuziehen. Ich hätte alles gesagt, um sie aus dieser gesundheitsgefährdenden Bruchbude herauszuholen, einschließlich der Leugnung meiner Gefühle für sie nach unserer gemeinsamen Nacht.

Ich griff nach ihrer Tasche, und sie starrte finster auf meine Hand. „Ich schätze deine Unabhängigkeit", sagte ich. „Aber lass mich das doch bitte für dich tragen, ja?"

Ihre Mundwinkel verzogen sich zu einem ironischen Lächeln. „Na schön, da du so nett gefragt hast."

Ich hielt ihre Handtasche zwischen Daumen und Zeigefinger, ging mit ihr zum Auto und öffnete die Beifahrertür. „Hier ist nichts Ruchloses im Spiel, Elise. Du hast ein Vertrauensproblem."

Sie warf mir noch einen misstrauischen Blick zu. „Der einzige Grund, warum ich zustimme, ist, weil ich mehr davon habe als du."

Das werden wir dann sehen.

Sie lehnte sich vor, als hätte sie meinen leisen Gedanken gehört.

Ich blieb ausdruckslos und lud sie mit einer Geste ein, in meinen leicht verbeulten Audi Q4 einzusteigen, der klein genug war, um auf den meisten Straßen San Franciscos eine Parklücke zu finden.

Eine Sekunde später sank sie auf den Beifahrersitz, und ich schloss die Tür und stieß erleichtert den Atem aus.

Dem Himmel sei Dank. Ich dachte schon, ich kriege sie nie da raus.

Ich ging nach hinten, öffnete den Kofferraum und wickelte ihre Handtasche in eine Decke. Ich würde später einen von Max' Freunden kontaktieren, der in der Schimmelsanierung tätig war, und ihn fragen, was ich damit machen sollte.

Die Fahrt durch die Stadt verlief ruhig, abgesehen von Elises schweren Seufzern, die mich befürchten ließen, dass sie immer noch haarscharf davorstand, unsere Vereinbarung wieder über den Haufen zu werfen Ich wollte wirklich nicht, dass sie zurück in ihre schreckliche Wohnung ging, also stieg ich die Treppe des viktorianischen Hauses vor ihr hinauf, damit sie keine Zeit hatte innezuhalten.

Ich öffnete die Tür zu dem Apartment, das ich in den letzten Jahren von Max gemietet hatte, und Elise zögerte.

Ich betrachtete mein Zuhause mit neuen Augen: links die Küche, gegenüber ein kleiner Essbereich, den ich nie benutzte, und das Wohnzimmer, das Max für ein Vermögen umgestaltet hatte, nachdem eine meiner Untermieterinnen die Wohnung verwüstet hatte.

Vor eineinhalb Jahren hatte ich sowohl meine Mitbewohnerin als auch die Frau, mit der ich zusammen war, schlecht ausgewählt. Vor allem, weil sie ein und dieselbe waren. Eine hübsche, scheinbar verzweifelte Frau war auf der Suche nach einem Zimmer gewesen und brauchte etwas Bezahlbares. Und da hatte mein Retterinstinkt eingesetzt.

Und jetzt tat ich es schon wieder.

Nur war Elise nicht wie die Frauen, mit denen ich in der Vergangenheit ausgegangen war, und schon gar nicht wie eine typische Mitbewohnerin. Zum einen tat sie fast nie, worum ich sie bat, und weigerte sich, auf irgendeines meiner Angebote einzugehen.

Die Frauen, mit denen ich etwas gehabt hatte, waren egoistisch und nahmen jedes Geschenk an, das sie bekommen konnten. Beziehungen zu Menschen, in die ich nie ernsthaft verliebt sein würde, hatten etwas Beruhigendes an sich. Ich brauchte mir keine Sorgen zu machen, dass sie mir allzu nahekamen. Aber diese oberflächlichen Beziehungen trugen stets die Gefahr mit sich, richtig Ärger zu verursachen, und so war es schließlich auch.

Ich hatte nicht lange gebraucht, meinen Fehler zu erkennen, etwas mit meiner Mitbewohnerin anzufangen. Ich trennte mich von ihr, aber nicht, bevor sie sich mit einem Knall verabschiedete. Während ich auf einer Geschäftsreise war, veranstaltete sie eine Party, die aus dem Ruder lief und fast das ganze Haus niederbrannte. Daher musste Max renovieren, da seine Wohnung direkt über meiner lag und ebenfalls beschädigt worden war.

Max war sehr entspannt, wenn es um Geld ging, aber ich würde es mir nie verzeihen, dass ich so jemandem erlaubte, bei mir zu wohnen. Wenn sie nur mir wehgetan hätte, könnte ich damit umgehen. Aber weil sie jemandem Schaden zugefügt hatte, der mir wichtig war, verfolgte mich die ganze Geschichte.

Und doch war ich gerade dabei, einer anderen hilfebedürftigen Frau die Tür zu öffnen.

Nur war es dieses Mal anders. Elise war nicht oberflächlich oder egoistisch. Ich hatte sie praktisch aus ihrer Bruchbude herauszerren müssen. Es hatte mich all meine Kraft gekostet, Ruhe zu bewahren und ein Arrangement aus dem Hut zu zaubern, dem die sture Frau zustimmen würde, obwohl ich sie am liebsten über die Schulter geworfen und ihren Arsch da rausgeschleppt hätte.

Gott, war sie eine Nervensäge. Ich war nicht mit der Absicht dorthin gegangen, Elise zu bitten, bei mir zu leben.

Ich war dorthin gegangen, weil Sophia ihre Schwester nicht finden konnte, und das gefiel mir nicht. Die ganze Situation war suspekt, da niemand wusste, wo Elise wohnte.

Zugegeben, ich hatte mir auch Sorgen gemacht.

Und das aus gutem Grund, wie sich nun gezeigt hatte! Ich hatte ein paar Fäden gezogen und herausgefunden, dass Elise eine Woche lang in dieser Wohnung gelebt hatte. Eine ganze Woche in diesem Drecksloch … Das reichte, um mich in Rage zu bringen.

Ich zog die Stirn in Falten und winkte Elise in die Wohnung. „Fühl dich wie zu Hause."

Sie ging an mir vorbei und sah sich um. „Es sieht noch ganz genauso aus."

„Hast du etwas anderes erwartet?"

Ihr Gesichtsausdruck verriet Resignation. „Nein, es ist schön. Du hast ein gemütliches Zuhause, Jack."

Mein Brustkorb wurde eng. Es war gefährlich, Elise einzuladen, bei mir zu leben. Sie war nicht materialistisch. Sie war bodenständig und temperamentvoll. Wenn ich eine ernsthafte Beziehung wollen würde, wäre sie der Typ Frau, den ich wählen würde. Aber in dieser Hinsicht hatte sich nichts geändert. Ich wollte *keine* ernsthafte Beziehung. Niemals. Oberflächliche Beziehungen waren alles, womit ich klarkam.

Sie zupfte an dem verfilzten und verblichenen Sweatshirt, das sie trug, als ob sie sich unwohl fühlte, und wickelte dann den Schal um ihren Hals ab.

Ich griff danach. „Gib mir deine Kleider."

Sie hob eine Augenbraue. „Wie bitte?"

Das war nicht richtig rübergekommen. Ich räusperte mich. „Ich werde sie chemisch reinigen lassen."

Ihr Unglaube wuchs. „Du willst mein Sweatshirt und meinen mottenzerfressenen Wollschal chemisch reinigen?"

Mein Mund verzog sich. „Richtig. Sie kommen in die Wäscherei."

Ein Hauch von Feuer leuchtete in ihren Augen auf. „Denkst du, ich bin verseucht?"

„Hundertprozentig."

Sie runzelte die Stirn.

„Wir sollten alles waschen, nachdem du in dieser Wohnung gewohnt hast." Ihr Stirnrunzeln vertiefte sich, und ich massierte mir unwillkürlich den Nacken. „Ich werde dir neue Sachen kaufen, okay?"

Sie verschränkte die Arme. „Nicht okay. Ich brauche dich nicht, um mir Kleider zu kaufen."

Frauen liebten es doch, wenn man ihnen Kleider kaufte. „Dann schnapp dir etwas aus meinem Schrank." Meine Stimme wurde lauter, und ich mahnte mich selbst, mich verdammt noch mal zu beruhigen.

Ich nahm einen tiefen Atemzug. Niemand brachte mich so auf die Palme wie Elise. Sie war schön und dickköpfig. Oder vielleicht einfach nur stolz. So oder so … eine schreckliche Nervensäge.

„Du weißt, dass die Bude, die du da aufgetan hast, ein Gesundheitsrisiko war. Warum streitest du dich überhaupt mit mir?"

Sie sah weg. „Ja, ja, wie auch immer. Kann ich deine Dusche benutzen?"

„Du kannst deine Dusche benutzen."

Ihr Gesicht hellte sich auf. „Stimmt ja, ich habe jetzt mein eigenes Bad. Sophias Badezimmer hat mir immer gefallen. Max hat all den schönen Marmor eingebaut."

„Er hat einen guten Geschmack", sagte ich abwesend. „Also, was die Kleidung angeht …"

„Na schön." Sie zog den Schal aus und ließ ihn auf den Parkettboden fallen. „Ich werde mir ein paar Sachen leihen, bis ich meine Klamotten zurückbekomme."

Sie würde ihre Kleidung nicht zurückbekommen, weil ich sie verbrennen lassen würde, damit niemand mit der Scheiße aus ihrer letzten Wohnung in Berührung käme. Aber das wollte ich ihr nicht sagen. „Wir reden später darüber. Geh duschen."

Ihre Augen verengten sich bei dieser Aufforderung, aber sie drehte sich um und ging den Flur entlang in Richtung der Schlafzimmer. Vor meinem hielt sie inne, bevor sie in ihr eigenes ging.

Dachte sie an die Nacht, in der wir heißen Sex hatten? Oder vielleicht war das nur Wunschdenken meinerseits.

Ich hatte sie nach Strich und Faden belogen, als ich ihr sagte, dass ich nicht an diese Nacht dachte, denn natürlich dachte ich daran. Sehr oft. Es fiel mir schwer, nicht dauernd daran zu denken.

Ich rieb mir die Stirn. Was hatte ich getan? Elises Einzug bei mir würde ein einziger Reinfall werden, aber die Alternative, dass sie in ihrer Wohnung blieb, war inakzeptabel. Es war kein Scherz gewesen, dass Sophia mich umbringen würde, wenn ich Elise nicht aus dieser Bude holte. Dennoch war das natürlich nur die halbe Wahrheit.

Ich hätte es auf jeden Fall getan, weil es mir wichtig war, was mit Elise geschah.

Ich stürmte hinaus, brauchte Luft. Platz. Wie sollte ich mit dieser Frau zusammenleben?

KAPITEL
VIER

Jack

Ich stand auf dem Treppenabsatz vor meinem Apartment und versuchte, einen klaren Kopf zu bekommen, als Max in einem dreiteiligen anthrazitfarbenen Anzug die Treppe herunterschlenderte. Mein bester Freund kleidete sich jeden Tag makellos und geschmackvoll, aber die dreiteiligen Anzüge reservierte er für besondere Kunden. „Großes Meeting?"

Er richtete abwesend seine Krawatte. Sein dunkles Haar war zurückgekämmt, bildete einen auffälligen Kontrast zu seinen hellen Augen. „Ich werbe eine Gruppe für ein Projekt im Süden der Market Street an." Er hielt inne. „Was ist denn los? Du siehst gestresst aus."

Normalerweise war ich der ausgeglichene Typ. „Elise ist gerade eingezogen." Ich neigte meinen Kopf in Richtung der Wohnung. „Sie hat Sophias altes Zimmer übernommen."

Max' Augen weiteten sich. „Ist das eine gute Idee?"

„Nein."

„Ich verstehe … Geht es ihr gut?"

„Vermutlich ja."

Max nickte. „Wann wirst du es Sophia sagen?"

„Ich hatte gehofft, Elise würde das tun."

Max sah auf seine Uhr. „Ich komme zu spät zum Meeting. Sag Sophia auf jeden Fall Bescheid, oder ich sage es ihr nachher. Wie auch immer, sie sollte es wissen." Er hob sein Kinn an. „Erzähl mir später mal, wie es plötzlich dazu gekommen ist."

Ich winkte, ohne ihn anzusehen, und lehnte meine Unterarme auf das Geländer. Mein Kopf drohte zu explodieren. Ich stand jetzt seit fast einer Stunde hier draußen und wusste immer noch nicht, was ich mir eingebrockt hatte.

Ich wartete, bis Max die Treppe hinunter verschwunden war, dann atmete ich tief durch und ging zurück in die Wohnung. Elise sollte inzwischen geduscht und sich ein wenig eingerichtet haben.

Nur war sie nirgends zu sehen. Ich schloss die Tür, und meine Brust entspannte sich ein wenig. Wenn man bedachte, wie Elise nach unserem One-Night-Stand agiert hatte, würde sie mich sicher genauso meiden wie ich sie.

Vielleicht wäre das gar nicht so schlecht. Wir konnten auf Abstand bleiben, wenn ich alles richtig plante.

Ich ging in die Küche, weil ich schreckliche Lust auf etwas Salziges hatte. Als Sophia noch hier wohnte, hielt sie immer einen Vorrat an salzigem Mist im Schrank bereit. Ich vermutete, dass sie das nur für mich tat, da ich mich damals kaum aus dem Haus bewegte. Ich hatte mit den Nachwirkungen meiner Ex zu kämpfen, die fast das ganze Haus zerstört hatte, und mit meinem unfassbar schlechten Geschmack bei Frauen … und dann gab es noch einen weniger offensichtlichen Grund dafür, dass ich mich zu Hause einigelte, aber den hatte ich noch niemandem mitgeteilt.

Seit Sophia bei Max wohnte, war ich gezwungen, mein eigenes Knabberzeug zu kaufen, und ich hatte mal wieder versäumt, meine Vorräte aufzustocken. Daher das Fehlen von Salz und mein derzeitiges Dilemma.

Ich zückte mein Handy und bestellte Lebensmittel über eine Liefer-App. Ich durfte mein Meeting heute Nachmittag nicht verpassen, aber jetzt, da Elise hier wohnte, sollte ich dafür sorgen, dass etwas zu Essen im Kühlschrank war. Zumindest für diese erste Woche.

Bis sie sich eingelebt hatte.

Und Gelegenheit zum Einkaufen hatte.

Dann wäre sie auf sich allein gestellt.

„Scheiße." Es war schwer, sich nicht um Elise kümmern zu wollen. Ich wusste nicht, warum ich mich schützend vor sie stellte, aber ich tat es.

„Was ist scheiße?", erklang ihre Stimme, bevor sie um die Ecke kam, die alten Klamotten in der Hand. Und sie trug jetzt meine Boxershorts und mein T-Shirt.

Mein Mund wurde trocken, und meine Augen traten mir fast aus dem Kopf – was ich aber sofort wieder verbarg, weil ich mich bei diesem Plan unbedingt unter Kontrolle halten musste.

Die Boxershorts saß locker an ihrer Taille und spannte sich leicht über den kurvigen Hüften. Sie hatte eines meiner löchrigen T-Shirts vorne zu einem Knoten gebunden, damit es nicht bis zu ihren Oberschenkeln herunterhing. Ihr Haar war noch nass, aus losen Strähnen tropfte Wasser auf das dünne T-Shirt und hinterließ fast durchsichtige Flecken auf ihrer Brust, die deutlich machten, dass sie den BH abgelegt hatte.

Ich kniff die Augen zu. Diese Wohnsituation würde die Hölle werden.

Elise ließ ihre Sachen in der Nähe der Eingangstür fallen. Als sie sich umdrehte und auf die Couch zuging, schob ich die Kleidung heimlich nach draußen.

Ich tat so, als würde ich den Kühlschrank durchsuchen. „Wie ich sehe, hast du etwas zum Anziehen gefunden."

„Ja. Danke übrigens." Es gab eine Pause, dann: „Was für ein Waschmittel verwendest du?"

Das überrumpelte mich. Ich schaute zu ihr hinüber. „Hm?"

Sie schnüffelte an meinem T-Shirt, ihr Ausdruck dabei wohlig-begeistert.

Sie hätte genauso gut meinen Schwanz entlanglecken können.

„Du riechst immer so gut, aber ich kann das Waschmittel nicht einordnen. Ich sollte doch wissen, welche Marke du verwendest, wenn ich die Wäsche machen soll."

Ich wusste nicht, warum es mein Blut so in Wallung brachte, dass sie meinen Geruch mochte, aber es war so. „Ich habe keine Ahnung", sagte ich und tat so, als wäre es mir egal.

Sie zuckte die Achseln. „Ich schätze, dann nehme ich, was auch immer ich finde." Sie ließ sich auf die Couch plumpsen, für die Max zehn Riesen ausgegeben hatte, weil er bei seinen täglichen Besuchen „etwas Bequemes" brauchte, kreuzte ihre leicht gebräunten, verdammt sexy Beine und legte ihre nackten Füße auf den Couchtisch. Sie hatte das sicher schon eine Million Mal gemacht, als ihre Schwester hier wohnte. Aber nie, wenn sie meine Boxershorts trug, die kaum bis zur Mitte des Oberschenkels reichte.

Oh, Mann …

Jemand klingelte an der Tür, und ich wischte mir die Schweißperlen weg, die sich auf meiner Stirn gebildet hatten. *Den Göttern moderner Essensversorgung sei Dank.* Das war selbst für die Lebensmittellieferanten aus der Nachbarschaft, die verdammt pünktlich waren, sehr schnell.

„Ich gehe schon", sagte ich, aber Elise surfte bereits vor dem Fernseher durch die Kanäle, ohne auf mich zu achten.

Ich öffnete die Tür, aber es war nicht der Lebensmittellieferant. „Thalia?"

Meine neue Geschäftsführerin lächelte auf eine Art und Weise, die kleine, freundliche Fältchen in ihre Augenwinkel zauberte, und ich vermutete, dass dies ihr Geheimrezept war, um große Geschäfte über die Bühne zu bringen und dabei authentisch zu wirken. Sie hatte schulterlanges, hellbraunes Haar, das sie in einer simplen, unaufwändigen Frisur trug, und machte in der Berufswelt eine gute Figur. Sie war jung, aber nicht zu jung, und gutaussehend, aber nicht so gutaussehend, dass die Leute (Männer) sie nicht ernst nahmen. Leider spielten solche Dinge auf ihrer Karrierestufe eine Rolle. Aber ich hätte sie trotzdem eingestellt.

Ich glich die Uhrzeit auf meinem Handy ab. Ich war nicht zu spät dran, trotz meiner spontanen neuen Mitbewohnerin. „Ich dachte, wir wollten uns im Büro treffen."

„Oh, das wollten wir, das wollten wir", sagte Thalia und wischte meine Verwirrung mit einer Geste beiseite. „Aber ich war sowieso in der Gegend." Sie blickte hinter sich und lächelte, als würde sie die Straße charmant finden. „Ich weiß, dass Sie lieber von zu Hause aus arbeiten, also dachte ich, ich schaue einfach vorbei."

Elises Hals war gestreckt wie der eines Erdmännchens, als sie uns vom Sofa aus beobachtete. Ich konnte nicht sagen, ob sie bloß neugierig war oder ob mehr hinter ihrem Blick steckte.

Ich trat zurück und ließ Thalia eintreten. Es war nicht der beste Zeitpunkt, aber ich würde sowieso Wochen brauchen, um sie einzuarbeiten. Da konnte ich sie auch gleich Elise vorstellen, denn meine neue Geschäftsführerin hatte recht: Ich arbeitete viel lieber von meinem Homeoffice aus. „Thalia, das ist Elise, meine neue Mitbewohnerin. Elise, das ist Thalia, die Geschäftsführerin meines VR-Unternehmens Environ."

Elise begrüßte Thalia, dann warf sie mir einen fragenden Blick zu. „VR?"

„Ein Virtual-Reality-Unternehmen, das die Auswirkungen von Naturkatastrophen vorhersagt."

Elises Stirn legte sich in Falten. „Ist das die Firma, die du mit Max besitzt?"

Ich verlagerte mein Gewicht und steckte eine Hand in die

Tasche. „Nein, das ist eine andere Firma." Ich blickte unbehaglich zwischen den beiden Frauen hin und her. Ich mochte es, mit mehreren Bällen zu jonglieren, um mich nicht zu langweilen, aber das war ungewöhnlich. „Es gibt ein paar."

Thalia nickte mit einem Zwinkern.

Angesichts der Gründlichkeit, mit der sie Environ durchleuchtet hatte, würde es mich nicht wundern, wenn meine neue Geschäftsführerin alles über meine anderen Unternehmen wüsste. Die Frau war ein Hai.

Elise stand auf. „Kann ich Ihnen etwas zu trinken bringen?", fragte sie Thalia.

Ich zuckte zusammen. Das hätte ich längst anbieten sollen. „Brauchen Sie etwas?", fragte ich mit Verspätung.

Thalia schüttelte den Kopf. „Nein, alles gut. Ich bin bereit anzufangen."

„Okay, na dann ..." Ich rieb mir über das Kinn. „Ich denke, wir können in mein Arbeitszimmer gehen." Ich hatte das nicht wirklich durchdacht, da mein Büro auch mein Schlafzimmer war, aber nun würde es so gehen müssen.

„Natürlich", erwiderte Thalia fröhlich.

Ich spürte Elises Blick, als ich zu meinem Schlafzimmer ging.

Mein Apartment war nicht gerade der angemessenste Ort für berufliche Besprechungen, und ich wünschte, Thalia hätte mich vorgewarnt. Ich hätte sie angewiesen, das Meeting im Büro stattfinden zu lassen. Aber ich hatte die Zahlen über unseren neuesten potenziellen Kunden parat. Und mein Schlafzimmer war ein großzügiger Raum mit einer separaten Ecke, in der meine Büromöbel und eine kleine Couch locker Platz hatten. Es war nicht völlig unprofessionell.

Und dann fiel mir ein, dass Elise die letzte Frau in meinem Schlafzimmer gewesen war ...

Dies war ein Geschäftstreffen. Warum hatte ich ein schlechtes Gewissen? Es war ja nicht so, dass Elise und ich ein

Paar waren. Auf keinen Fall würde ich mich erneut mit einer Mitbewohnerin einlassen und schon gar nicht mit ihr.

Thalia betrat das Zimmer und ging an dem Bett vorbei, das ich heute Morgen noch nicht gemacht hatte. Sie schritt geradewegs auf die Ecke zu, in der sich mein großer Schreibtisch und drei riesige Computermonitore befanden. Der Schreibtisch stand vor einem Fenster mit Blick auf die Straße und in der Ferne auf die Bucht.

„Ich verstehe, warum Sie hier gerne arbeiten", sagte Thalia. „Schöne Aussicht." Sie zog eine Mappe hervor und ließ sich auf die Couch sinken, die zum Fenster und nicht zu meinem Schlafzimmer zeigte.

Das war gar nicht so schlimm. Ich würde das schon hinbekommen.

Außerdem brauchte ich die Ablenkung von Elise und ihren schönen Beinen, also war Thalias Timing in gewisser Weise perfekt.

KAPITEL
FÜNF

Elise

Ich suchte in Jacks Küche nach etwas zu Essen, als das Universum mein Gebet erhörte und eine Frau mit Lebensmitteln schickte.

Ich nahm die Lieferung für ihn an, entschied, dass es viel zu viel war, als dass er es allein aufessen könnte, und nahm mir ein Sandwich, nachdem ich alles andere weggeräumt hatte.

Es war etwas seltsam, dass Jack seine CEO in sein Schlafzimmer eingeladen hatte, aber wir sprachen ja von Jack. Er war ein überzeugter Stubenhocker.

Ich erinnerte mich von der einen Nacht, die ich dort verbracht hatte, vage an sein Schlafzimmer und hatte auch schon früher einen Blick ins Allerheiligste erhascht, als ich mir ein paar Kleider auslieh. Sein Zimmer war riesig und die Hälfte davon wie ein Büro eingerichtet, sodass es nicht ganz ungewöhnlich schien, dass er dort eine Besprechung abhielt.

Wem wollte ich etwas vormachen? Es war seltsam. Aber ich unterdrückte alle territorialen Instinkte, die ich gegenüber Jack empfand, weil er nicht mir gehörte, auch wenn ich ein unangenehmes Gefühl in der Brust verspürte, weil ich eine andere Frau in sein Zimmer gehen sah.

Wir beide hatten eine einmonatige Geschäftsbeziehung, bei der ich an drei Abenden in der Woche das Abendessen zubereitete und mich um die Wäsche kümmerte. Es gab keine Spielereien im Schlafzimmer. Diese Brücke war abgebrochen.

Zwanzig Minuten später ließ das Lachen der Frau mich aufhorchen. Denn es klang auf jeden Fall kokett.

Was zum Teufel trieben die da drin?

Ich schlich auf Zehenspitzen in mein Schlafzimmer, schloss die Tür bis auf einen Spalt und ließ mich auf das Bett sinken, das meine Schwester zurückgelassen hatte, um zu lauschen.

War ich schrecklich neugierig? Auf jeden Fall!

Jack war heiß – wenn er mich nicht gerade herumkommandierte. Ich hatte gesehen, wie Thalia ihn anschaute, und das war nicht ganz professionell gewesen.

Sie sah elegant aus, trug eine moosgrüne Hose mit weitem Bein und einen passenden Blazer mit einem sexy cremefarbenen Top. Ihr Outfit war die Art von erstklassigen Geschäftsfrauenklamotten, die ich noch nie in meinem Leben getragen hatte, denn wer konnte sich so einen Scheiß schon leisten? Jacks neue CEO anscheinend.

Ich trug Boxershorts und ein löchriges T-Shirt: Ich fühlte mich doch nicht unwohl. Nein, ganz und gar nicht.

Dies war jetzt mein vorübergehendes Zuhause. Zuhause zogen sich alle wie die Schluffis an. Ich musste nicht gut aussehen, ich brauchte ein Dach über dem Kopf, und wen kümmerte es schon, ob seine Geschäftsführerin hübsch war und Klasse besaß? Alles, was ich wollte, war meine Unabhängigkeit, und das Zusammenleben mit Jack war ein Mittel zum Zweck. Wenn diese Frau es auf ihn abgesehen hatte, war es doch gut, dass ich das von Anfang an wusste, damit ich ihr nicht in die Quere kam.

Ich seufzte und sah mich um. Außer dem Bett war mein

Zimmer leer und kahl, und ich konnte mein Telefon nicht finden. Oder meine Handtasche, wenn ich jetzt so darüber nachdachte. Die Klamotten, die ich vorher getragen hatte, hatte ich nach dem Duschen neben der Eingangstür abgelegt, und Jack hatte sie irgendwohin geräumt, als ich nicht hinsah.

So sehr ich es auch hasste, das zuzugeben, er hatte recht gehabt; es war besser, nichts aus der schimmeligen Wohnung mitzunehmen. Aber ich brauchte etwas zum Anziehen für die Arbeit morgen. Vielleicht könnte ich ein paar Basics bei Target erstehen?

Auf Zehenspitzen schlich ich ins Wohnzimmer und sah mich nach meiner Handtasche um. Jack hatte irgendetwas damit gemacht, und ich hatte vergessen, ihn danach zu fragen, als wir hier ankamen, denn die Vorstellung, mit ihm zusammenzuwohnen, brachte mich aus dem Konzept.

Ich schaute an die Decke und seufzte. Ohne Portemonnaie konnte ich mir keine neuen Sachen für morgen kaufen. Sollte ich die beiden unterbrechen und ihn fragen, was er damit gemacht hatte?

Ich kehrte in den Flur zurück und starrte auf Jacks Tür. Der Klang seiner tiefen Stimme drang heraus, als er etwas über *synergetischen Outreach* sagte – was auch immer das bedeuten mochte. Ich würde ihr Meeting stören, um nach meiner Handtasche zu fragen, was mich wie eine seltsame Mitbewohnerin aussehen ließe.

Na gut, dann nicht, dachte ich und gähnte. Das konnte noch warten.

Auf Sophias alter Matratze knickte ich wie eine Ziehharmonika zusammen und schloss die Augen.

Als ich mich einige Zeit später kurz rührte, fühlte ich, wie eine weiche, flauschige Decke über mich gezogen wurde, bevor ich in einen traumlosen Schlaf sank.

„GUTEN MORGEN", sagte ich, als ich am nächsten Tag die Küche betrat. „Danke für die Decke." Ich hatte meine Tür gestern Abend einen Spalt offengelassen, und Jack musste mir irgendwann eine gegeben haben.

Er saß an der Theke, verschlang sein Müsli und scrollte durch sein Handy. „Kein Ding", sagte er, ohne aufzublicken.

Ich öffnete die Tür zur Speisekammer. „Weißt du, was mit meiner Handtasche passiert ist? Ich konnte sie gestern Abend nicht finden."

Nachdem ich gestern Nachmittag eingenickt war, hatte ich die ganze Nacht durchgeschlafen. Das Leben in der Wohnung mit den Kakerlaken und dem Schimmel war anstrengend gewesen, aber verdammt, das war eine Menge Schlaf, den ich da nachgeholt hatte.

Er knusperte auf einer Art Müsli/Cornflakes-Kombination herum und sagte: „Die ist weg."

Ich blinzelte mehrmals, und mein Herz begann zu hämmern. „Weg? In meiner Handtasche sind meine Zugangskarte zur Arbeit, mein Telefon und meine Kreditkarten. Sie kann nicht weg sein."

Eine Sekunde lang hörte er auf zu kauen, sein Blick schweifte zur Seite. Dann schob er sich einen weiteren Löffel voll in den Mund. „Sie wird von einem Typen ausgeräuchert, den mir ein anderer Typ empfohlen hat, mit dem Max mich in Kontakt gebracht hat."

Meine Augen weiteten sich. „Was? Jackson, du kannst mir nicht einfach meine Sachen wegnehmen."

„Ich heiße nicht Jackson, nur Jack." Er blickte auf und sah mich endlich direkt an. „Kennen sie dich nicht im Gesundheitsamt? Müssen die deinen Ausweis sehen, um dich reinzulassen?"

Wahrscheinlich gab es jemanden, den ich anrufen konnte, obwohl es nicht gut aussehen würde, wenn ich meinen Ausweis gleich zu Beginn der neuen Tätigkeit verloren hätte.

„Das ist nicht der Punkt. Du kannst nicht einfach meine Sachen nehmen und damit machen, was dir gerade einfällt. Das waren meine persönlichen Sachen! In meiner Handtasche sind mein Führerschein, mein Telefon und mein Geld."

Er trank seinen Orangensaft in großen Schlucken, seine muskulöse Kehle arbeitete, während die Flüssigkeit ihren Weg in seinen Bauch fand, und ich schaute weg. Es gab einen Grund, warum ich in Sophias Ex-Mitbewohner verknallt war – und zwar, weil er verdammt scharf war. Sogar seine Kehle, verdammt. Ich war wütend, aber meine Hormone hatten ihren eigenen Kopf.

Er stellte das Glas auf die Marmorarbeitsplatte. „Führerschein? Du besitzt doch gar kein Auto, du fährst mit dem Bus zur Arbeit."

Woher zum Teufel wusste er das?

Ich warf meine Hände in die Luft. „Ich brauche mein Geld. Und ich habe keine Kleider!" Ich hatte immer noch die Boxershorts und das T-Shirt an, die er mir gestern geliehen hatte.

Er musterte mich jetzt eingehend, und sein Blick blieb an meinen Beinen hängen, bevor er die Schüssel zum Mund hob und die Müslimilch wie ein Wilder trank.

„Jackson, hörst du mir zu?"

Er warf mir einen bösen Blick zu. „Willst du mich weiterhin so nennen?"

Endlich erregte irgendetwas, das ich sagte, seine Aufmerksamkeit. „Ja. Es ist einprägsam."

„Mit dieser Bockigkeit bekommst du deine Tasche nie wieder zurück."

Ich atmete ein und zählte bis zehn, dann ließ ich die Luft wieder heraus. Ich würde ihn umbringen, wenn ich mein Portemonnaie wiederhatte, aber nicht vorher. „So kann ich nicht zur Arbeit gehen. Ich habe einen professionellen Job."

Er stand auf und trug seine Schüssel zum Spülbecken, wo er sie kurz abspülte. „Leih dir gern mehr von meinen Sachen.

Ich bin sicher, du kannst etwas mit einem meiner guten Hemden machen."

Okay, das könnte funktionieren. „Was ist mit einer Hose?"

„Deine Schwester ist auf dem Weg nach unten. Leih dir eine von ihr."

„Was?"

Wie aufs Stichwort stürmte meine Schwester mit ihrer riesigen Allzweck-Tasche in die Wohnung, die Haare bereits kraus und wirr, obwohl es erst halb acht Uhr morgens war. „Wo bist du gewesen?" Ihr Gesicht war gerötet, ihr Ausdruck besorgt.

Er hatte Sophia angerufen? Jack war bereits so gut wie tot.

Und wenn er glaubte, ich würde aufhören, ihn mit diesem lächerlichen Spitznamen zu bezeichnen, hatte er sich verrechnet. Das alles hier war eine Falle. Er hatte mich hierhergebracht, um mich mit der Überfürsorglichkeit meiner Schwester zu quälen, und das würde ihm zum Verhängnis werden.

Ich lächelte Sophia beruhigend an. „Ich war ein bisschen beschäftigt. Tut mir leid, dass ich mich nicht früher gemeldet habe."

Sophia schmiss ihre Tasche auf den Tresen, und sie landete mit einem dumpfen Aufschlag, der sich anhörte, als hätte sie ihren Laptop kaputt gemacht. „Du konntest nicht zurückrufen?"

„Ich habe gearbeitet und bin nebenbei umgezogen. Du hast vor nicht allzu langer Zeit das Gleiche durchgemacht. Du weißt, wie schwer es sein kann."

Ihr Gesichtsausdruck wandelte sich von Erregtheit zu Enttäuschung. „Aber ich hätte doch helfen können. Du hättest das nicht alles allein machen müssen."

Und genau deshalb hatte ich sie auch nicht angerufen. Meine Schwester konnte nicht aufhören, mich zu bemuttern.

Ich liebte Sophia sehr, und sie war meine beste Freundin,

aber manchmal ging ihre Fürsorge zu weit. Vor allem, wenn ich auf eigenen Füßen stehen wollte.

Obwohl ich zugeben musste, dass ich ihre Hilfe jetzt gebrauchen konnte, wenn ich es pünktlich zur Arbeit schaffen wollte. „Nun, das ist deine Chance. Kann ich mir eine Hose von dir ausleihen?"

KAPITEL
SECHS

Elise

Als ich später am Nachmittag nach Hause kam, fand ich Jack und Max vor, die beide Virtual-Reality-Brillen trugen. Die beiden liefen im Wohnzimmer herum wie Touristen, die Architektur bewunderten.

Dieses Szenario war mir nicht fremd. Ich hatte eine VR-Brille aufgesetzt, als Sophia hier wohnte. Damals hatte ich ein von Jack entworfenes Videospiel ausprobiert, und es hatte sehr viel Spaß gemacht. Aber das Spiel, das sie jetzt spielten, schien mir zahmer zu sein als das letzte, bei dem Schwerter involviert gewesen waren. Virtuelle natürlich.

Ich schloss die Haustür, und Jack musste die Lautstärke auf niedrig gestellt haben, denn er hob sein Headset und drehte sich zu mir um. „Du bist zuhause?" Er überprüfte die Uhrzeit auf seinem Handy, und seine Augen weiteten sich. „Wow, ich wusste gar nicht, dass es schon so spät ist."

Max nahm sein Headset ab und legte es auf den Couchtisch. „Ich sollte jetzt gehen", sagte er. Aber anstatt zu gehen, griff er nach einer Handvoll Käsecracker aus einer Schüssel und stopfte sie sich in den Mund, wobei er sich viel Zeit ließ.

Jacks Blick wanderte zu meiner Hose, bevor er kicherte und wegschaute. „Wie ich sehe, hat Sophia dich ausstaffiert. Sie ist kleiner als du, stimmt's?"

Mein Mund wurde zu einem schmalen Strich. Musste er mich bei jeder Gelegenheit auflaufen lassen? Jack war schließlich der Grund dafür, dass ich keine Kleider hatte! „Sie ist Eins fünfundsechzig groß", verteidigte ich meinen derzeitigen Look.

„Und du bist wie groß? Mehr als Eins siebzig."

Interessant, dass er das auf Anhieb einschätzen konnte. „Ja."

„Das erklärt die Hochwassersituation, die du da hast."

Ich ballte meine Fäuste und schloss die Augen. „Weißt du, wie peinlich es war, so herumzulaufen?"

Er zuckte die Achseln. „Das Hemd sieht doch gut aus."

Das Hemd war seins, der Arsch. Und ja, es sah ziemlich süß aus, an den Ärmeln hochgekrempelt und oben aufgeknöpft, mit einem Unterhemd darunter. Aber die Hose war eine andere Geschichte. „Diese Hose sitzt sehr eng, und meine Unterwäsche zeichnet sich viel zu sehr ab" – war das etwa ein Erröten von Jackson? – „und der Bleistiftstil sieht lächerlich aus, wenn sie auf halber Höhe meiner Waden endet."

Er wandte sich an Max, der unseren Austausch schweigend beobachtet hatte. „Was denkst du?"

Max schnappte sich noch eine Handvoll Kräcker und machte sich nun auf den Weg zur Tür. „Ich mache nie Bemerkungen über die Garderobe meiner Freundin, weil sie in allem unglaublich gut aussieht."

Jack und ich tauschten einen empörten Blick aus. Das Einzige, worüber wir uns einig waren, war wohl, wie ekelhaft verliebt Sophia und Max ineinander waren.

„Ich brauche meine Klamotten zurück." Ich drehte meinen Kopf in Max' Richtung. „Kannst du mich vielleicht zu meiner alten Wohnung mitnehmen?"

„Auf keinen Fall", sagte Jack und schob sich vor mich. „Lass uns gehen, Elise. Wir besorgen dir etwas zum Anziehen."

„WAS HÄLTST DU HIERVON?" fragte ich Jack und hielt ihm eine schwarze Hose aus dem Sale-Regal hin.

Nach einigem Gezänk im Auto hatte ich ihn davon überzeugt, dass ich zu Target und nicht in ein Einkaufszentrum musste. Er schien verwirrt zu sein, aber er hatte den Kontostand auf meinem Konto ja auch nicht gesehen.

Er betrachtete die Hose und zuckte leicht die Achseln. „Sieht ganz gut aus." Er blickte sich um, die Stirn in Falten gelegt. „Warum habe ich das Gefühl, dass ich das schon mal gemacht habe?"

„Einkaufen bei Target?" fragte ich, während ich das Preisschild überprüfte.

„Nein." Er gestikulierte um sich herum. „Ich habe das schon mal gemacht – Frauenklamotten gekauft. Nur mit deiner Schwester, als sie noch in der Wohnung wohnte." Er schmollte hinreißend. „Ich bin kein persönlicher Shoppingberater."

„Das war doch deine Idee. Wenn du dich erinnerst, wollte ich zu meiner Wohnung und den Sachen zurückkehren, die ich zurückgelassen habe." Ich hob eine blaue Bluse mit knallorangenen Blumen in die Höhe. Es war nicht mein Stil, aber ich wollte seine Reaktion sehen.

Sein Mund verzog sich, als hätte er etwas Bitteres gegessen, und er drehte den Daumen nach unten.

Okay, sein Geschmack war also intakt. Kein Wunder, dass Sophia sich an ihn gewandt hatte, als sie Modetipps brauchte.

„Betrachte es als ein Fenster in das Leben einer Frau", sagte ich. „Das wird dir bei deiner Partnersuche helfen."

Er schnaubte. „Es gibt keine Partnersuche. Deine Schwester war eine gute Flügelfrau, aber ich fliege lieber allein. Ich brauche die Komplikationen nicht."

Ich wollte fragen, warum, denn in mancher Hinsicht war Jack ein Typ, bei dem man auf den ersten Blick wusste, woran man war, aber in anderer Hinsicht auch wieder nicht so sehr. Zum Beispiel wusste nur Max, was Jack beruflich tat. Ich hatte mich bei Sophia erkundigt, die keine Ahnung hatte, obwohl sie mit dem Kerl zusammengelebt hatte.

„Naja, ich verstehe dich. Beziehungen sind bei mir auch auf Eis gelegt", sagte ich, „auch wenn ich für andere Dinge zu haben bin." Ich hängte die geblümte Bluse zurück auf den Ständer.

Er lehnte sich mit seiner großen, athletischen Statur gegen eine Trennwand, die die Damenabteilung von der Herrenabteilung trennte. „Was genau meinst du denn mit anderen Dingen?" Sein Gesichtsausdruck war plötzlich ganz aufmerksam.

Ich zuckte die Achseln. „Ich habe nichts gegen Gesellschaft. Ich bin nur nicht an einer ernsthaften Beziehung interessiert."

„Warum nicht? Du bist einigermaßen attraktiv." Er sagte dies ganz beiläufig, als wäre es ihm gerade erst aufgefallen.

Ich verdrehte die Augen. „Danke für das üppige Kompliment."

Er grinste und hob das Kinn, um mit seiner nächsten Bemerkung das Thema zu wechseln. „Wirst du diese eine Hose jeden Tag tragen?"

Ich hielt die schwarze Hose hoch. Sie war süß, aus einem Crêpe-artigen Stoff und gefüttert, wofür ich Target Bonuspunkte gab. Die könnte ich auf jeden Fall ein paar Wochen lang tragen, bis ich mehr Möglichkeiten hätte. „Ja. Ich leihe mir eine von Sophias Jogginghosen, um zuhause herumzulungern, und besorge mir irgendwo noch eine Jeans, aber für den Moment reicht die hier." Ich verzog den Mund. „Ich hatte vor dem Umzug überlegt, ob ich ein paar Sachen bei meiner Mutter lassen soll, und jetzt ärgere ich mich, dass ich es nicht getan habe."

Er runzelte die Stirn. „Eine Hose und eine geliehene Jogginghose reichen nicht aus, um über die Runden zu kommen."

„Natürlich tun sie das. Ich habe ja auch noch die Boxershorts, die ich dir gestohlen habe."

Er seufzte. „Elise, lass mich dir mehr Kleider kaufen. Ich habe mehrere Firmen, schon vergessen? Für einen ordentlichen Einkaufsbummel bei Target zu bezahlen, stresst mich nicht."

Jack hielt mich wahrscheinlich nicht für so unfähig, wie ich es mir in den letzten Jahren eingeredet hatte, aber ich wollte, dass jede meiner Handlungen von Unabhängigkeit zeugte. Auch wenn er es gut meinte, wollte ich sein Angebot nicht annehmen. „Target kann sehr teuer werden. Wenn man mehrere Firmen besitzt, heißt das nicht, dass man Geld zum Verprassen hat."

„Eigentlich schon, doch."

Ich blickte abrupt auf und bemerkte seinen ausdruckslosen Blick. „Aber du wohnst in einer Mietwohnung in Max' Gebäude."

„Weil es praktisch ist. Max kann doch keinen Tag aushalten, ohne mich zu sehen."

Ich verdrehte ungläubig die Augen. „Du meinst wohl andersherum."

Er seufzte. „Wir haben seit über fünfzehn Jahren eine echte Männerfreundschaft. Zufrieden?"

Ich lächelte. „Solange du deine Liebesaffäre zugibst."

„Der Punkt ist", sagte er und wischte unsichtbaren Staub von der Trennwand, „wir verbringen viel Zeit miteinander, und es ergibt Sinn, im selben Gebäude zu wohnen. Außerdem macht es Spaß."

Ich nickte nachdenklich. „Das ist wahr. Gibt es nicht noch eine dritte Einheit?"

„Eine Einzimmerwohnung. Die steht leer."

Ich hatte kein Interesse daran, so nah an meine Schwester heranzuziehen. Ich wollte mir ein eigenes Leben aufbauen, das ich dann mit meiner Schwester *teilen* konnte. Trotzdem … „Wie viel verlangt Max dafür?"

Jack nannte eine Zahl, die ein Drittel höher war als das, was ich für meine letzte Wohnung bezahlt hatte. Das Gebäude von Max lag in einem schicken Viertel von San Francisco. Auch wenn die Miete für Russian Hill superbillig war, so war sie doch zu hoch für meinesgleichen. „Das kann ich mir nicht leisten."

„Deshalb habe ich es auch nicht vorgeschlagen." Jack gähnte.

Ich ging trotzdem nicht auf sein Angebot ein, so verlockend es auch war. „Danke, aber ich habe das im Griff."

Jack stand schweigend da, seine grünen Augen beobachteten mich, als ob ich ein besonders merkwürdiges Exemplar einer fremden Spezies wäre.

„Was?", fragte ich.

Er zuckte die Achseln und ließ seinen Blick über mein Gesicht hinweg zu den anderen Kunden schweifen. „Nichts. Du bist einfach anders."

„Und fantastisch, ich weiß." Er zog die Stirn in Falten, und ich grinste. „Komm, lass uns da rüber gehen." Ich zeigte auf eine andere Abteilung. „Ich brauche Unterwäsche."

„Unterwäsche?" Sein Gesichtsausdruck war pures Gold.

„Kommst du damit klar?"

Er wischte sich den nervösen Ausdruck aus dem Gesicht und stolzierte hinter mir her. „Ich helfe dir sogar beim Aussuchen."

Ich schnappte mir einen lavendelfarbenen BH, der meine kleine Oberweite etwas aufpeppen würde, und warf ihn in den Korb, wobei ich die Tatsache ignorierte, dass Jack mich beobachten könnte. Dann ging ich ein paar Meter weiter zu den Höschen und suchte nach genau dem richtigen Paar.

„Was hältst du von dieser hier?" Ich hielt einen beigen Oma-Schlüpfer hoch.

Sein Gesicht war entsetzt. „Du machst Witze."

„Zu deinem Glück mache ich Witze, ja." Ich kicherte und legte die Unterhose zurück.

„Zu meinem Glück?", wiederholte er. „Du meinst, das ist Glück für denjenigen, mit dem du dein nächstes Date haben wirst."

Jack ging zu einem runden Tisch, auf dem mehrere wie Kuchenstücke angeordnete Fächer voller Wäsche standen, und wühlte in einem Stapel Tangas. Er hielt ein glitzerndes Paar in Hellgrün hoch. „Wie wäre es damit?" Sein Gesichtsausdruck war so neutral, dass ich beinahe dachte, er würde es ernst meinen.

„Jackson, das ist nicht mein Stil."

Er warf das Höschen zurück in das Fach. „Gut, denn ich würde sie verbrennen, wenn sie es durch die Wäsche schaffen würden."

„Weißt du", sagte ich und deutete auf das Höschen, das er gerade weggelegt hatte, „Frauen probieren die hier an …"

Einen Moment lang schien er es nicht zu begreifen, dann weiteten sich seine Augen und er blickte auf seine Hand.

Ich lachte, bis mir die Tränen kamen. „Seit wann bist du so zimperlich?"

„Ich gebe Max die Schuld."

Max war heikel und anspruchsvoll, obwohl er laut Sophia im Schlafzimmer durchaus schmutzig sein konnte – eine Information, die ich aus meinem Gehirn zu löschen versuchte, seit sie sie mir mitgeteilt hatte.

Ich ging zu einer Reihe von Mehrfachpackungen von Unterhosen und griff nach einem Sechserpack Bikinislips aus Baumwolle, die nur minimal auftragen sollten. Ich warf sie in den Korb.

Jack warf einen Blick hinein. „Sehr praktisch. Sag mir Bescheid, wenn du bei der Unterwäsche irgendwann mal aufrüsten möchtest. Ich spende dann gerne für den guten Zweck."

„Damit ich sexy Unterwäsche für meine zukünftigen Freunde tragen kann?"

Er runzelte wieder die Stirn. „Wenn du es so ausdrückst, solltest du vielleicht doch bei den großen bleiben ..." Er machte sich auf den Weg zurück zu den Oma-Slips, und ich hielt ihn am Arm fest.

„Komm schon", sagte ich und lachte. „Lass uns bezahlen."

Ich hatte gerade genug auf der Bank für die schwarze Hose, zwei Oberteile und neue Unterwäsche. Ich hatte auch Shampoo und Spülung mitgenommen.

Auf dem Weg zum Ausgang fiel mein Blick auf einen Artikel im Spontankaufregal, der zu gut aussah, um ihn hängenzulassen, und der Jack sicher ärgern würde. Ich blieb stehen und hob meine Hand. „Warte mal." Ich zeigte auf die Schürze mit der Aufschrift *„Caution: Hot Stuff"* und drehte mich zu ihm um. „Ich soll für dich kochen, im Gegenzug für die Unterkunft, richtig? Nun, ich brauche die hier. Betrachte sie als meine Küchen-Uniform."

Er warf einen Blick auf die Schürze. „Soll das *heiße Zeug* das Essen sein oder du?"

„Ich natürlich."

Er warf mir einen müden Blick zu. „Du kochst nur drei Abende die Woche."

„Du hast gesagt, du willst mir etwas kaufen. Das hier kannst du mir kaufen."

Er schüttelte den Kopf und starrte mich einen Moment lang an, dann ging er hinüber, schnappte sich die Schürze und ging zur Kasse.

Self-Checkout, um genau zu sein, was sexy war, weil es selbstständig war.

Und vielleicht bewunderte ich seinen Hintern in der Jeans,

die er trug, denn er war einfach niedlich, auch wenn ich nicht daran interessiert war, etwas mit meinem neuen Mitbewohner anzufangen. Alle Männer, die geduldig mit Frauen einkauften und ihnen lächerliche Schürzen kauften, waren niedlich. Das war schlicht eine Tatsache.

KAPITEL
SIEBEN

Jack

Wir kehrten in die Wohnung zurück, und Elise ließ sich auf die Wohnzimmercouch fallen, wobei sie die Tüten von Target auf ihren Schoß kippte. Sie legte die nackten Füße auf den Couchtisch und sagte: *„Home, sweet home."*

Ein Schauer lief mir über den Rücken. Aus irgendeinem Grund bereitete es mir große Freude, dass sie meine Wohnung als ihre eigene betrachtete. Das war seltsam und ungewöhnlich.

Wenn meine Ex, die auch meine Mitbewohnerin gewesen war, ihre Füße auf den Couchtisch gelegt hätte, wäre ich stinksauer gewesen. Sie war egozentrisch und gierig, was nichts Neues war, denn ich hatte einen bevorzugten Typ. Sie hatte sich auch schon öfter an meiner Brieftasche bedient, als ich zählen konnte. Als sie sich an Max' Brieftasche bediente, war das der Tropfen, der das Fass zum Überlaufen brachte.

Und dann war da Elise.

Es machte mich wütend, Elise dabei zuzusehen, wie sie an den elementarsten Dingen sparte. Ich konnte sehen, dass sie sich zurückhielt, weil sie nicht zu viel ausgeben wollte. Und das brachte mich dazu, ihr den ganzen Laden kaufen zu wollen. Zehn Geschäfte. Einen ganzen Häuserblock im besten Viertel San Franciscos.

Wenn Elise die nächsten dreißig Tage bei mir leben sollte, durfte ich mich nicht ständig über so etwas Dummes freuen, wie dass sie sich zu Hause fühlte. Ich musste die Dinge – also sie – auf Distanz halten. Und es gab keinen besseren Weg, Barrieren zu errichten, als mit meiner nächsten Aussage. „Was gibt es zum Abendessen?"

Ihr Blick war verwirrt.

Ich neigte meinen Kopf in Richtung Kühlschrank. „Ich denke, heute Abend ist ein guter Zeitpunkt, um die Weichen zu stellen, wie es hier weitergehen soll." Auf ihren entsetzten Blick hin sagte ich: „Du hättest auf mein Angebot eingehen sollen, dir eine neue Garderobe zu kaufen. Diese Art von Geschenk wird sich eher nicht wiederholen."

Ihr Mund schloss sich fest, und ich war mir ziemlich sicher, dass aus ihren Augen Funken flogen. Sie stand auf, stapfte in die Küche und schob sich an mir vorbei zum Kühlschrank. Ich hatte mir in weiser Voraussicht ein Bier geholt, das ich nun mit in den Flur nahm. „Ich bin dann in meinem Büro und arbeite."

„Du meinst dein Schlafzimmer."

„Ganz genau. Sag mir Bescheid, wenn das Essen fertig ist."

Ich setzte mich an meinen Schreibtisch und lauschte dem Knallen von Schranktüren und dem Klappern von Töpfen. Ich war mir zu neunundneunzig Prozent sicher, dass das nur Show war. Niemand machte beim Kochen so viel Lärm.

Mein Mund verzog sich. Die Operation „Elise soll in Sicherheit sein, aber mir nicht zu nahkommen" war in vollem Gange und lief genau nach Plan. Allerdings ärgerte es mich, dass sie beim Einkaufen erwähnt hatte, sie wolle sich Gesellschaft suchen. Das hatte sie doch gesagt, oder? Was genau hatte das zu bedeuten?

Ein Klumpen saß in meiner Brust. Ich wollte es nicht wissen.

Hoffentlich würde sie mit den Dates warten, bis sie wieder ausgezogen war, denn ich glaubte nicht, dass ich in dieser Hinsicht neutral bleiben könnte.

Ich setzte mir Kopfhörer auf und hörte Musik, während ich mich um die E-Mails kümmerte, die meine Assistenten nicht bearbeiten konnten. Ich hatte einen Assistenten, der sich um alles Mögliche kümmerte, und vier Chefsekretärinnen, die die Korrespondenz filterten, ganz zu schweigen von den Managern, Finanzmanagern und mehreren Geschäftsführern der Unternehmen, die mir gehörten. Environ, das Virtual-Reality-Unternehmen, das Thalia leiten würde, war eines davon. Die Idee und die Programmierung stammten von mir, aber sobald ich das Konzept entwickelt und mit der Umsetzung und dem Aufbau von Geschäftsbeziehungen begonnen hatte, zog ich mich zurück und mischte mich nur ein, wenn die Dinge vom Kurs abwichen. So hatte ich mehr Zeit, um an anderen Projekten zu arbeiten.

Thalia war klug. Ich hatte keine Zweifel, dass sie mit dem Unternehmen zurechtkommen würde, aber es würde Zeit brauchen, bis sie sich eingearbeitet hatte.

Ich schickte ihr eine E-Mail, in der ich sie über den neuesten Investor informierte. Im Moment würde ich mich noch um die Beziehungen zu den Investoren kümmern, aber irgendwann würde ich auch das abgeben.

Ich lehnte mich zurück und streckte die Arme über den Kopf, dann rieb ich mir den knurrenden Bauch. Es war schon fast eine Stunde vergangen. Elise war sicher längst fertig.

Nachdem ich meine Kopfhörer abgenommen und meinen Computer in den Energiesparmodus versetzt hatte, ging ich in die Küche, um zu sehen, was sie sich ausgedacht hatte.

Der Duft von gebratenem oder frittiertem Essen lag in der Luft. Kein schlechtes Zeichen. Nicht gesund, aber egal – ich war nicht wählerisch.

Elise stand in der Küche, hatte ihre *Caution: Hot Stuff*-Schürze im Rücken zugebunden und ihr Haar zu einem Pferdeschwanz zusammengenommen. Ich lächelte darüber, wie süß sie aussah.

„Alles in Ordnung hier drin?" Ich versuchte, um sie herum in den Topf auf dem Herd zu sehen.

Sie drehte sich um, stand jetzt mit dem Rücken zum Essen und versperrte mir die Sicht mit einem schelmischen Blick. „Oh, ja. Es ist alles bereit." Sie deutete auf den Esstisch, der bisher nur von Sophia und ihren Pflanzenentwürfen benutzt worden war. Es war ein weiteres dieser Möbelstücke, auf die Max bestanden hatte. Wenigstens die Couch war nützlich. Der Tisch hier war bis jetzt eine totale Verschwendung gewesen.

Naja, das stimmte nicht ganz: Max und ich hatten einmal Bierpong darauf gespielt, weil wir so erwachsen waren.

Der Tisch war mit Tellern, Besteck und Gläsern mit Wasser gedeckt. Elise hatte sogar Papierküchentücher in der Hälfte als Servietten gefaltet. Es war … gemütlich.

Ein unangenehmes Rauschen erfüllte meinen Kopf, und mein Herz begann zu rasen. Seit dem Tod meiner Mutter hatte ich es nicht mehr gemütlich gehabt. Als ich dreizehn war.

Irrationale Angst und Wut verknoteten meinen Magen. Das war die Art von Scheiße, die ich in meinem Leben nicht haben wollte. „Du hättest dir nicht die Mühe machen müssen, den Tisch zu decken."

„Nein, überhaupt nicht", sagte sie und kam mit einem abgedeckten Topf herüber. „Setz dich einfach."

Ich sank hölzern in den Stuhl und beruhigte meinen Atem. Das war Elise, und sie war eine Frau, die mich immer wieder überraschte. Noch nie war mir eine Frau am Morgen nach dem Sex davongelaufen; normalerweise waren sie an einer zweiten Runde interessiert. Es war meine größte Schande, dass Elise das getan hatte. Deshalb war das alles auch nur Show. Sie versuchte nicht, mir näher zu kommen. Kein Grund zum Stress.

Sie stellte den Topf auf den Tisch und zog den Deckel ab, um … Hashbrowns zum Vorschein zu bringen.

Und nicht irgendwelche Hashbrowns. Es waren die rechteckigen, tiefgefrorenen, die ich kaufte und in den Toaster warf, wenn ich mein morgendliches Müsli-Frühstück aufpeppen wollte.

Meine Schultern entspannten sich vor Erleichterung. Elise wollte schlicht die übliche Nervensäge sein, mehr nicht. „Sieht lecker aus."

Ich nahm eine Gabel in die Hand und wollte gerade zugreifen, als sie sagte: „Warte mal. Ist noch nicht fertig." Sie zog eine Flasche Ketchup heraus, die sie in ihrer Schürzentasche versteckt hatte, und bespritzte die beiden Hashbrown-Rechtecke mit Ketchup in Form von fröhlichen Gesichtern. Dann griff sie nach einem Glas mit süßsauren Gurken, die ich auf dem Tisch vorher gar nicht bemerkt hatte, spießte eine auf und schüttelte sie auf den Teller.

Sie trat einen Schritt zurück und bewunderte ihr Werk. „So, jetzt kannst du essen."

Ohne mit der Wimper zu zucken, machte ich mich über das Essen her, kaute und stöhnte genüsslich auf. Ich blickte auf und bemerkte ihr Stirnrunzeln. „Es ist köstlich. Warum setzt du dich nicht zu mir?"

Das war eindeutig nicht die Reaktion, die sie beabsichtigt hatte, aber sie verbarg ihre Überraschung gut. „Ich kann nicht", sagte sie. „Ich habe ein Date."

Elise band die Schürze ab und legte sie auf den Tresen, und meine Nackenhaare richteten sich auf. Denn sie hatte sich umgezogen, aber nicht in ihre neue Hose oder eins der beiden Tops, die sie gekauft hatte.

Ich verschluckte mich fast an meinem Essen. „So angezogen?"

Sie sah an sich herunter. „Was? Ich dachte, ich hätte das

gut hingekriegt mit dem, was ich hatte, und mit dem, was ich mir von meiner Schwester geliehen habe, *wie du vorgeschlagen hast*." Ihr Lächeln war der Inbegriff von dreist.

Ich holte tief Luft, hatte meine Panik von vorhin immerhin gänzlich vergessen und zählte bis fünf. „Ich kann deine Unterwäsche sehen."

Sie zerrte an den Seiten des wohl kürzesten Rocks, der je hergestellt wurde. „Nein, das kannst du nicht. Das sagst du doch nur so."

Ich deutete auf ihre Beine. „Er zeigt die Kurven deiner Oberschenkel."

„Du starrst also auf meine Oberschenkel, was?"

„Das werden alle tun. Sophia ist viel kleiner als du, und ihre Kleider sind es auch." Elise war viel zu heiß, zu sexy. Die männlichen Aasgeier der Welt würden sich in Sekundenschnelle auf meine schöne Mitbewohnerin stürzen.

„Deshalb", sagte sie, während sie sich die Tasche schnappte, die ich ihr endlich zurückgegeben hatte, nachdem der Schimmelpilzsachverständige Entwarnung gegeben hatte, „schlug ich ja auch vor, meine Sachen zu holen."

Ihre Sachen waren zusammengepackt und verbrannt worden, aber das wollte ich ihr jetzt lieber nicht sagen.

Sie ging auf die Tür zu, und ich stand abrupt auf. „Warte."

Sie drehte sich um. „Ja?"

„Was ist mit dem Abendessen?"

Sie verbeugte sich und wies auf den Tisch. „Das ist doch fertig. Du hast nie gesagt, dass ich mit dir essen muss. Byebye." Sie winkte mit dem kleinen Finger.

KAPITEL
ACHT

Jack

Eine Stunde später öffnete ich Max und Sophia die Tür. „Habt ihr die Reste mitgebracht?"

Max hielt eine Tüte hoch. „Thailändisch von gestern Abend."

„Das passt bestens." Ich hatte Max und Sophia angerufen und um Essen gebettelt, weil ich immer noch hungrig war, nachdem Elise gegangen war – und weil es mich wahnsinnig machte, dass sie abgehauen war und viel zu schön für einen anderen Mann aussah.

„Also was ist eigentlich los?", wollte Sophia wissen. „Geht es Elise gut?" Sie blickte sich um.

„Elise geht es bestens. Sie ist auf ein Date gegangen." Ich musterte Sophia. „Sie hat nichts zu dir gesagt?"

„Nein, diese Rumtreiberin. Sie hat mich aus ihrem Privatleben ausgeschlossen, und das macht mich echt sauer."

Ich schichtete die Reste auf einen Teller, der gerade noch in die Mikrowelle passte, und fing an, sie aufzuwärmen. Elise hatte die Hashbrowns gemacht, um mich zu ärgern, aber es hatte mir nichts ausgemacht. Was mich gestört hatte, war bloß, dass sie sich sexy angezogen hatte, um einen anderen Typen zu beeindrucken. Allerdings brauchte ich mehr als Hashbrowns, um zu überleben. Daher das Essen von Max und Sophia.

Ich holte Getränke, und die Mikrowelle piepte. Wir drängelten uns an der Theke und füllten abwechselnd unsere Teller mit den Resten.

„Und warum wohnt Elise nun in deiner Wohnung?", fragte Max zwischen zwei Bissen. „Ich habe vergessen, dich das während der VR-Vorführung zu fragen, und habe erst wieder daran gedacht, als Elise nach Hause kam."

Sophia starrte mich an und wartete auf meine Antwort. Es war seltsam, dass ich derzeit mehr über Elise wusste als ihre Schwester.

Max war ein Investor bei Environ, also waren wir damit beschäftigt gewesen, über das Geschäftliche zu reden, und kamen nicht zu den persönlichen Dingen. „Ich habe Elise einfach angeboten, hier zu wohnen, nachdem ich ihre Wohnung gesehen habe."

Sophia stöhnte. „War es so schlimm?"

Ich zuckte unverbindlich die Achseln. Ich hatte Elise versprochen, ihrer Schwester nicht zu sagen, wie schlimm die Höllenbude gewesen war.

„Aber in Anbetracht eurer gemeinsamen Vergangenheit …", sagte Max und ließ den Gedanken in der Luft hängen.

Ich runzelte die Stirn. „Es war eine Nacht und keine große Sache." Die Lüge in dieser Aussage schmeckte wie Asche auf meiner Zunge, aber wenn ich es oft genug sagte, würde ich vielleicht anfangen, es zu glauben.

Max und Sophia wechselten einen Blick. Wenn Elise hier wäre, würden wir über ihre stumme Kommunikation beide die Augen verdrehen. Wo zum Teufel war sie überhaupt? Es war schon ganz schön spät.

„Ich meine nicht die Nacht, in der du mit Elise geschlafen

hast", sagte Max. „Ich spreche von deinen früheren Verwicklungen mit Mitbewohnerinnen."

Verdammt, das hatte ich verdient. „Ja, das auch. Ich werde sowas nicht mehr tun."

„Schwörst du das?" fragte Sophia.

Einen Moment lang zögerte ich. Dann kam ich zur Besinnung. „Ich schwöre. Mach dir keine Sorgen. Sie hat ein Date, schon vergessen? Apropos: Wie konntest du sie in deinem Rock rausgehen lassen? Du bist zehn Zentimeter kleiner als sie." Elise hatte sexy und schön ausgesehen, aber ich konnte diese Gedanken jetzt ja wohl kaum mit Max und Sophia teilen.

„Warum machst du dir Sorgen darüber, was sie anhat, Jack?" Sophia beugte sich vor. „Ist das dein Beschützerinstinkt? Oder geht es um mehr?"

Ich sah auf meinen Teller hinab und kratzte die letzte Gabel voll Essen ab, wobei ich ihrem Blick auswich. „Sie ist deine Schwester; ich passe nur auf sie auf. Ich kann mir nur allzu gut vorstellen, welche Gedanken ihrem Date bei diesem winzigen Rock durch den Kopf gehen." *Denn dieselben Gedanken hatte ich auch.*

Sophia lachte. „Elise kann auf sich selbst aufpassen, aber ich werde ihr eine SMS schicken und mich vergewissern, dass es ihr gut geht. Außerdem hat meine Schwester ja nun deinetwegen keine Klamotten und ist gezwungen, sich meine auszuleihen. Sie sagte, du hättest ihre verbrannt."

Woher zum Teufel wusste Elise das? Ich hatte sie wohl unterschätzt. „Glaub mir einfach, das war notwendig."

Sophias Mund verzog sich, und sie sah mich neugierig an. „Ich verstehe euch beide nicht."

Ich griff nach den Tellern, die nun leer waren, und brachte sie zur Spüle. „Da gibt es nichts zu verstehen."

Das Verhältnis zwischen Elise und mir war komplizierter geworden, seit sie hier wohnte. Und seit sie Verabredungen hatte. Und seit meine hartnäckigen Gefühle für sie sich wieder heftig zu Wort meldeten.

„Da bin ich mir nicht so sicher", sagte Sophia. „Auf jeden Fall rüste ich meine Garderobe sowieso gerade auf und gebe Elise dann ein paar Sachen, die ihr besser passen sollten. Mach dir keine Sorgen wegen des Rocks. Sie trägt Boyshorts drunter."

Ich wollte wirklich nicht an dünne Stofffetzen denken, die Elises zarte, empfindliche Stellen vom Rest der Welt trennten. „Ich habe keine Ahnung, was Boyshorts sind, aber du wirst schon wissen, was gut für sie ist."

Sophia stand auf und legte ihren Arm vertraulich über Max' Schultern. „Schick Elise hoch, wenn du sie siehst. Wenn sie ein Date hat, wird das wahrscheinlich nicht vor morgen sein, aber schick sie hoch und sag ihr, ich habe noch ein paar Kleider für sie."

Nicht vor morgen?

Meine Schläfen pochten. Die Eifersucht schmeckte bitter, und ich war sauer, dass ich wusste, was für ein Gefühl mich da umtrieb.

Elise würde die ganze Nacht mit einem Mann, den sie kaum kannte, unterwegs sein und dabei umwerfend aussehen. Wie sollte ich wissen, dass sie nicht in Gefahr war?

Ich hatte den Drang, ihr einen Peilsender zu verpassen. Dann wurde mir klar, wie beschissen das wäre, und ich unterdrückte den Wunsch.

Das würde eine lange Nacht werden.

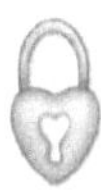

IRGENDWANN WAR ich in meinen Kleidern eingeschlafen. Aber das hinderte mich nicht daran, sofort aufzuwachen, als Elise nach Hause kam.

Ich warf einen Blick auf mein Handy. Es war Mitternacht, also nicht zu spät. Ich stolperte aus dem Bett und sah, wie sie mit gesenktem Kopf und gähnend den Flur entlangkam.

Als sie mich schließlich in der Nähe meiner Tür stehen sah, wich sie erstaunt zurück. „Hey. Was ist denn los?"

Offensichtlich hatte ich meine Gefühle nicht unter Kontrolle. Ich lehnte mich gegen den Türrahmen und zwang meine Glieder, sich zu entspannen. „Wie war dein Date?"

„Mein Date?" Sie sah aus wie ein Reh, das im Scheinwerferlicht steht. „Oh, fantastisch. Er war wirklich … muskulös."

Interessante Beschreibung. „Also nicht besonders schlau?"

„Was? Nein, er war nur, du weißt schon, er trainiert."

„Mm-hm." Ich schaute an ihrem Körper hinunter. Sie sah aus, als wäre sie ganz und gar unversehrt. „Geht es dir gut?"

Sie neigte ihren Kopf zur Seite. „Ja, warum?"

Ich hatte mir nie zuvor Sorgen um eine Frau gemacht, die nachts allein unterwegs war, und plötzlich wurde mir klar, dass ich das unbedingt hätte tun sollen. Es gab männliche Raubtiere, die nur darauf warteten, dass eine schöne Frau in Griffweite kam. Und schäbige Männer, die Dating-Apps nur für den nächsten Fang nutzten. Es war alles gefährlich. Elise hätte verletzt oder gekidnappt werden können.

Ich stieß einen angestrengten Seufzer aus. „Pass da draußen einfach auf dich auf. Du kannst mich jederzeit anrufen, wenn du in Schwierigkeiten gerätst."

„In Schwierigkeiten?" Ihre Augen leuchteten auf, leider nur vor Zorn. „Du glaubst, ich kann nicht auf mich selbst aufpassen? Dass ich inkompetent bin?"

„Was? Nein. Nichts dergleichen …"

„Ich kann sehr wohl auf mich selbst aufpassen, Jackson." Sie stürmte an mir vorbei und in ihr Zimmer.

Ich starrte verwirrt auf ihre Tür. Ich war noch nie gut darin gewesen, das Verhalten von Frauen richtig zu deuten, aber anscheinend war ich noch schlechter darin, Elises

Verhalten zu deuten. „Das lief ja sehr gut", murmelte ich und kehrte in mein Schlafzimmer zurück.

Elise war zu Hause, und sie war in Sicherheit. Das war alles, was zählte.

KAPITEL
NEUN

Elise

Gestern Abend hatte ich zugestimmt, mit einem Typen, den ich über eine Dating-App kennengelernt hatte, essen zu gehen, um aus dem Haus zu kommen. Der Schlüssel zum katastrophenfreien Zusammenleben mit Jack lag darin, nicht zu viel Zeit miteinander zu verbringen, in der wir uns streiten oder – schlimmer noch – in der ich mich womöglich nach ihm sehnen könnte. Als also ein Typ ein Foto von seinem süßen Hund postete, beschloss ich, es mit ihm zu versuchen.

Das lief folgendermaßen ab:

Der Typ hatte keinen Hund. Vortäuschung falscher Tatsachen, obwohl er eindeutig die weibliche Psyche verstand und bereit war, unsere Schwächen gegen uns einzusetzen. Punkt eins für ihn.

Er brachte eine Zweiliterflasche Wasser mit und weigerte sich, das Wasser im Restaurant zu trinken, weil es „verunreinigt" war.

Nach einer Stunde im Restaurant sprach er darüber, wie wir unseren ersten Jahrestag feiern würden.

Auf gar keinen Fall.

Und als ich dann nach Hause kam, hatte Jack noch einen draufgesetzt und behauptet, ich könne mich bei einem Date nicht beherrschen oder nicht auf mich aufpassen, oder was immer er auch gemeint hatte.

Vielleicht hatte ich überreagiert oder mir Dinge eingebildet, aber ich reagierte empfindlich auf Menschen, die nicht an mich glaubten. Rückblickend schien es mir fast so, als hätte er wie ein Elternteil auf mich gewartet.

Jack kam in die Küche, während ich Kaffee einschenkte, den ich fast mit der Konsistenz von Teer aufgebrüht hatte, und als ich aufblickte, traten mir fast die Augen aus dem Kopf, und die Luft blieb mir auch gleich weg. Alle Frustration über seine Unterstellung von gestern Abend löste sich in Luft auf. Denn Jack trug eine lässige graue Jogginghose und – kein Hemd oder Shirt.

„Hey", sagte er, gähnte und fuhr sich mit der Hand durch sein hinreißend zerzaustes Haar. Seine Haut war leicht gebräunt und glatt, abgesehen von den hellbraunen Haaren auf seiner Brust, die aus der Ferne nicht so gut zu sehen waren, von denen ich aber wusste, dass es sie gab, weil ich während unserer unartigen Nacht mit den Fingern hindurch gefahren war.

Und hier hatten wir das Problem: Jack war heiß, und er ging ganz lässig damit um. Als ob es keine große Sache wäre.

Aber es war eine große Sache. Denn diese lässige Einstellung machte ihn unwiderstehlich. So unwiderstehlich, dass ich mich auf ein Date mit einem Typen eingelassen hatte, den ich besser hätte durchleuchten sollen. Im Nachhinein betrachtet hatte Jack recht, wenn er sich Sorgen gemacht hatte, mit wem ich gestern Abend ausgehen würde.

Eine Sekunde lang dachte ich, er könnte mit nacktem Oberkörper herumlaufen, um mir so das beschissene Abendessen, das ich ihm serviert hatte, heimzuzahlen. Als wüsste er um meine Schwäche, was seinen Körper betraf, und wollte mir das unter die Nase reiben. Aber sein Haar stand in alle Richtungen ab, und seine Jogginghose war zerknittert. Das war definitiv kein geplanter Hot-Guy-Moment.

Er lehnte sich gegen den Küchentresen, spannte seine Brustmuskeln an und brachte mein Herz zum Rasen. „Also, was dein Date angeht. Gehst du wieder mit diesem Typen aus?"

„Mein Date?", echote ich und versuchte, ruhig zu wirken, während ich die Neuronen in meinem Gehirn dazu drängte, für andere Dinge als seinen Körper zu feuern. „Vielleicht. Es war toll – oder großartig." Ich setzte ein falsches Lächeln auf.

Er griff nach einer Tasse und schenkte sich Kaffee ein, obwohl er meines Wissens sonst keinen trank, das war also seltsam. „Toll oder großartig?"

„Hm?", sagte ich, verwirrt von dem halbnackten Mann und dem ungewöhnlichen Kaffeeverhalten.

„Deine Verabredung", sagte er und warf mir einen Blick zu. „Du sagtest, es war toll, und dann sagtest du, es war groß-artig. Was denn nun?"

So ein Mist. Wenn ich Jack die Wahrheit sagte, würde er sich kaputtlachen und sagen, ich habe es dir ja gesagt. Er hatte schon genug Munition gegen mich: Ich konnte mir keine angemessene Wohnung aussuchen oder leisten, ich wanderte mitten in der Nacht in die Schlafzimmer fremder Männerhinein – zumindest in seins – und jetzt wählte ich auch noch die schlimmsten Leute auf Dating-Apps.

Es war alles klar, so klar wie Kloßbrühe: Ich brauchte einen Aufpasser.

Die Überfürsorglichkeit meiner Schwester sagte mir ohne Worte, dass sie das auch dachte. Aber es von Jack zu hören? Nein – einfach nein.

Ich stand bereits tief in seiner Schuld, da ich einen Monat hierbleiben durfte. Er brauchte nicht zu wissen, dass ich auch einen schrecklichen Geschmack bei Männern hatte. „Es war großartig." Ich lächelte, aber es war ein Kampf.

Sein Blick fiel auf meine zusammengepressten Lippen und glitt dann zu meinen Augen. „Hmmm."

Oberflächlich betrachtet könnte man Jack für geistesabwesend halten – sogar für unaufmerksam. Aber dieser Mann war ein Falke. Ein halbnackter Falke mit durchtrainierten Bauchmuskeln und hypnotisierenden V-Muskeln, an die ich mich von unserer gemeinsamen Nacht gar nicht erinnerte.

Aber in dieser Nacht ging es nur um Emotionen und Berührungen, nicht so sehr um das Visuelle, weil es dunkel war. In der Küchenbeleuchtung sah ich mehr, als ich gesehen hatte, als wir zusammen nackt waren. Und es war lehrreich.

Ah! Hör auf, darüber nachzudenken.

„Ist irgendwas?" Er lehnte sich an den Schrank und nippte an seinem Kaffee, der Bizeps wölbte sich. Dann zuckte er zusammen und warf einen angewiderten Blick in die Tasse, bevor er seine Miene zu einem Ausdruck der Gleichgültigkeit veränderte.

Sophia sagte oft, dass sich die Gefühle in meinem Gesicht spiegelten und man mich wie ein Buch lesen konnte. Also zwang ich mich, meine Miene neutral wirken zu lassen, um die lüsternen Gedanken, die mir durch den Kopf gingen, zu verbergen. „Das Date war ein guter Anfang. Er trainiert viel."

Das war immerhin die Wahrheit. Der Typ von gestern Abend war ein Fitnessstudio-Freak, deshalb hatte ich seine Wasserflasche zunächst ignoriert. Ich dachte, das sei Teil seines Gesundheitsticks. Dann fand ich heraus, nein, er war nur ein Hypochonder.

„Er mag Hunde", fügte ich hinzu. *Und log verdammt noch mal, dass er selbst einen hatte.*

Die Sache mit dem Hund hatte mich wütend gemacht. Aber der Sargnagel war der Hinweis auf unsere gemeinsame Zukunft gewesen. Nach einer Stunde Gespräch! Dieser Teil hatte mich zu Tode erschreckt.

„Er sucht allerdings etwas Ernstes", sagte ich, bevor ich den Rest meines Kaffees hinunterkippte und die Tasse in den

Geschirrspüler stellte, wobei ich den heißen, halbnackten Mann zu meiner Rechten ignorierte.

„Und das ist ein Problem?" Jack stand so nah, dass ich sein Waschmittel riechen konnte.

Oder was, wenn es sein Duft war und nicht ein Waschmittel, das ich so gerne roch? So ein Mist.

„Elise?"

Ich fuhr herum und lehnte mich am Spülbecken nach hinten, um mich von Jacks Pheromonen fernzuhalten. „Was? Oh, ja, ist es. Ich will nichts Ernstes." Ich huschte um ihn herum und ins Wohnzimmer.

Ich ließ mich auf die wolkenweiche Couch sinken, blickte dann auf und versuchte, lässig zu wirken. „Ist das eine neue Angewohnheit, dass du ohne Hemd herumläufst?"

Er rieb abwesend mit einer Hand über seine Brust. „Ich habe meine Wäsche schon eine ganze Weile nicht mehr gewaschen. Die Person, die ich dafür angestellt habe, ist nachlässig." Er sah mich eindringlich an.

Richtig. Die Wäsche. Das war auch eine meiner Aufgaben.

„Warum?", fragte er. „Hast du ein Problem damit, dass ich kein Hemd trage?" Ich hörte einen Hauch von Herausforderung in seinem Ton.

Ich schluckte. „Überhaupt kein Problem."

„Cool. Wenn niemand da ist, habe ich es gerne bequem. Solange du kein Problem damit hast." Er zog fragend eine Augenbraue in die Höhe.

Wird er jetzt wirklich die ganze Zeit so herumlaufen?

„Ähm, sicher. Fühl dich ganz wie zuhause." Scheiße, das war nicht gut.

„Ich bin zum Abendessen hier. Ich bin gespannt, was du dir als Nächstes einfallen lässt. Und was die Wäsche angeht …", sagte er.

„Bin schon dabei." Und Himmel, das war mein Ernst. Ich musste diesem Mann sofort ein Hemd besorgen, sonst würde es wieder eine Mitternachtswanderung in sein Schlafzimmer geben.

Ich traute mir in Jacks Nähe selbst nicht über den Weg. Bei meinem Glück würde ich wie beim ersten Mal direkt in sein Schlafzimmer schlafwandeln und mich um all die lüsternen Gedanken kümmern, die ich tagsüber hatte.

Das hatten wir schon. Und dieses Mal könnte ich es wohl kaum als Unfall abtun.

SPÄTER AM NACHMITTAG machte ich die Wäsche. Verdammt, aber ja, so schnell wie möglich. Das war ein Notfall. Ich hoffte, dass es Jack nicht ernst damit war, jeden Tag halbnackt herumlaufen zu wollen. Die Zeit würde es zeigen, aber wenigstens hatte er jetzt saubere Kleidung.

Jack hatte seinen Wäschekorb in den Flur gestellt, und ich war sofort misstrauisch geworden. Einige der Sachen sahen aus, als hätte er sie aus dem sauberen Stapel genommen, aber egal. Der Mann hatte jetzt extra saubere Kleidung, und es machte mir nichts aus, Wäsche zu waschen. So hatte ich nämlich Zeit, das neue Hörbuch meiner absoluten Lieblings-autorin für Liebesromane zu hören. Es war eine Romanze nach dem Muster „Kleinstadt, bester Freund des Bruders, Nachbar, Cowboy, alleinerziehender Vater"-Romanze, und ich tauchte sofort in die Geschichte ab.

Ich faltete und stapelte Jacks saubere Kleidung ordentlich und legte den Stapel vor seine Tür, bevor ich hinausging. Er war ins richtige Büro gegangen, um etwas zu erledigen, und ich fühlte mich nicht wohl dabei, in sein Schlafzimmer zu gehen, wenn er nicht da war.

Sophia brauchte dringend Hilfe im Laden, also hatte ich mich bereit erklärt, sie an den Wochenenden zu unterstützen. Die Vorteile eines Nebenjobs bei meiner Schwester? Ihr Laden war nur ein paar Blocks von Jacks Wohnung entfernt, und es half, mein nicht gerade San-Francisco-freundliches Einkommen im Gesundheitsamt aufzubessern.

Eine halbe Stunde später betrat ich Sophias Green-Design-Laden in der Polk Street und wurde von frischer Luft, einer Unmenge von Pflanzen und absolutem Chaos begrüßt.

„Was? Nein!", schrie Sophia gerade ins Telefon. „Du kannst nicht aufhören!" Sie winkte mich mit großen Augen und gestresstem Blick heran.

Ich legte meine Handtasche auf den Schreibtisch im hinteren Teil des Ladens und schaute mich um. Heute waren noch zwei andere Angestellte hier, ein Mann und eine Frau, beide etwa in meinem Alter. Das gewellte schwarze Haar der Frau verdeckte ihr halbes Gesicht, und ihr Kopf war nach unten geneigt, während sie Notizen machte und in ihr Telefon sprach. Der Mann trug Khakihosen und ein weißes, zuge-knöpftes Hemd und bediente Laufkundschaft und sprach parallel mit einigen Männern, die wohl Zulieferer waren.

„Sophia?", sagte ich, als sie den Hörer auflegte. „Was ist passiert?"

Sie presste ihren Zeigefinger zwischen die Brauen und schloss die Augen. „Zwei meiner Mitarbeiterinnen sind nicht erschienen, und meine neue Koordinatorin hat gerade gekün-digt. Das heißt, ich muss schon wieder jemanden einstellen und einarbeiten."

„Warum hat sie gekündigt?"

Sophia sah niedergeschlagen aus und fing an, Akten-ordner in ihre riesige Handtasche zu stecken. „Weil einer meiner besten Kunden ihr das doppelte Gehalt als Vollzeitde-signerin für seine verschiedenen Anwesen im ganzen Land und auf den Bahamas zahlt. Kurz gesagt, ich habe eine Desi-gnerin und einen großen Kunden verloren."

„Scheiße. Ja, dagegen kannst du nicht anstinken; ich würde auch kündigen, um auf den Bahamas zu arbeiten."

Sophia schmollte, aber ihre Mundwinkel verzogen sich,

als ob sie gegen ein Lächeln ankämpfen würde. „Das ist nicht hilfreich."

„Aber die Bahamas – kann man es der Frau verdenken?"

Meine Schwester ließ sich auf ihren Schreibtischstuhl sinken und nahm ihre Arbeitstasche in die Arme, drückte sie an ihre Brust. „Nein. Ich überlege selbst, ob ich nicht besser kündige."

„Der Laden gehört dir, du kannst nicht kündigen."

Sie atmete scharf aus, und ihr Pony flatterte über ihre Stirn. „War es falsch, diese Firma zu kaufen? Ich bin überwältigt."

„Du bist überwältigt, weil jeden Tag neue Kunden hinzukommen. Bei dem Tempo, in dem dein Laden Geschäfte macht, wirst du diesen einen Kunden bald durch zehn weitere ersetzen."

Sophia setzte sich abrupt auf. „Shit! Wir müssen los." Sie fummelte an ihrem Telefon herum. „Wir kommen zu spät zu einem Termin."

Ich nahm nicht nur Anrufe im Geschäft entgegen, sondern begleitete sie auch zu Samstagsterminen und tippte Antworten in die Tabelle, die sie für neue Kunden entworfen hatte, während sie das Plaudern und Verhandeln übernahm.

Ich war also eine bessere Schreibkraft. Und das war völlig in Ordnung, denn Sophia zahlte gut. Ich fand, ich schuldete ihr auch noch einiges, nach allem, was sie für mich geopfert hatte …

Ihre Teenagerjahre.

Den größten Teil ihrer Zwanziger.

Und das alles, damit ich meine Studiengebühren bezahlen konnte, abzüglich der Kredite, die ich aufnehmen musste, denn selbst Sophia konnte nicht für alles aufkommen.

Meine Schwester war nur vier Jahre älter als ich, aber sie war verdammt klug und extrem mütterlich. Es war, als hätte ich eine zweite Mutter, nur dass diese mich ausschimpfte, wenn ich dummes Zeug machte, wie die Feuerleiter runterzuklettern, nachdem ich mit ihrem Mitbewohner geschlafen hatte. Sie war meine Schwester, meine beste Freundin und manchmal auch meine Mutter, alles in einem. Auch wenn ich es gut fände, wenn sie letzteres nun endlich ablegen würde; eine Mutter war genug.

Nach zwei langwierigen Terminen in Pacific Heights kamen Sophia und ich gegen sechs Uhr endlich zurück in den Laden.

Sie zog ihre hohen Schuhe aus und rieb sich die Füße. „Danke für deine Unterstützung heute. Ich dachte, wir würden bei dem letzten Termin nie mehr wegkommen. Gut, dass ich meine Assistentin habe, die die Peitsche schwingt, wenn die Kunden die Dinge in die Länge ziehen."

„Jederzeit", sagte ich und lächelte. „Ich genieße es, reiche Leute in Schach zu halten."

„Apropos reiche Leute, wie geht es meinem alten Mitbewohner?", fragte sie. „Kommst du mit Jack zurecht?"

Mein Herz schlug mir plötzlich bis zum Hals. „Verdammt! Ich muss nach Hause." Ich kippte einen Becher Wasser hinunter und warf mir meine Handtasche über die Schulter.

„Heißes Date?"

Mir verging sofort jedes Lächeln, als ich an mein Date von gestern Abend dachte. „Nicht mal annähernd. Ich koche ein paar Mal in der Woche für Jack, und ich habe versprochen, dass ich heute Abend etwas koche."

Sophia blinzelte. „Was redest du da? Du kochst doch gar nicht."

Ich grinste schelmisch. „Das habe ich ihm gesagt, aber er hat mir nicht geglaubt. Er lässt mich dort mietfrei wohnen, im Austausch für ein paar Mahlzeiten und Wäsche, während ich nach einer besseren Wohnung suche."

Sie schüttelte den Kopf. „Das ist sehr hinterhältig von dir. Und wahrscheinlich nicht so toll für Jack, wenn er dir draufkommt."

„Oh, er ist mir sofort draufgekommen." Ich lachte. „Meine

Kochkünste scheinen ihn nicht zu stören. Der Mann ist ein Müllschlucker. Er isst alles."

Meine Schwester nickte. „Wahrscheinlich sind er und Max deshalb so gute Freunde. Max braucht jemanden, der die Dinge locker nimmt, das gleicht seine Steifheit aus."

Ich sah auf und dachte darüber nach. „Ihre Männerfreundschaft ergibt endlich einen Sinn."

„Wenn du in Jacks freiem Zimmer wohnst, warum zahlst du ihm nicht einfach die Miete, anstatt zu kochen? Jack ist nicht ins Detail gegangen, aber ich nehme an, deine letzte Wohnung war nicht so toll."

Das war die Untertreibung des Jahrhunderts.

Ich warf ihr einen komischen Blick zu. „Ich und Jack? Wir sind wie Öl und Essig." *Außer im Schlafzimmer,* dachte ich. „Ich bevorzuge das Tauschsystem, da mein Gehalt begrenzt ist und ich sparen muss."

Sophia seufzte. „Es ist schon kriminell, wie wenig sie einem bei der Stadt für einen Job zahlen, für den man einen Masterabschluss braucht."

„Ich könnte als Pflegefachkraft mehr verdienen, aber auf halbem Weg durch die Ausbildung habe ich gemerkt, dass ich lieber hinter einem Computer sitze und Gesundheitsstatistiken bearbeite, als Blut abzunehmen. Nochmals vielen Dank, dass du mich überredet hast, die Statistikkurse durchzuziehen."

„Gern geschehen. Es war wahrscheinlich das erste und letzte Mal, dass du meinen Rat befolgt hast."

„Wie gut du mich kennst", sagte ich und eilte dann aus dem Laden. „Wir sehen uns später!"

KAPITEL
ZEHN

Jack

Als ich von einem langen Samstag im Büro nach Hause kam, war ich müde und hungrig.

Und meine Köchin war nirgends zu sehen.

Ich schlenderte durch die Wohnung und warf einen Blick in Elises Schlafzimmer. Ihr Bett war gemacht, aber sie war nicht da.

Dann war ich heute Abend wohl doch auf mich allein gestellt.

„Hallo!", kam ihre Stimme, gefolgt vom Zuschlagen der Eingangstür. „Tut mir leid, dass ich zu spät bin. Das Essen ist in einer Minute fertig", rief sie.

Ich nutzte Elise ganz schön aus mit meiner Bitte, drei Mahlzeiten pro Woche zu kochen. Oder vielleicht auch nicht. Sie lebte hier ja umsonst. Aber ich hätte sie ebenso gut bitten können, andere, weniger persönliche Dinge zu tun. Besorgungen machen. Lebensmittel einkaufen. Irgendwie war Kochen etwas Persönliches, und das wollte ich auch so. Zugegeben, ich war innerlich ausgeflippt, als ich gesehen hatte, wie sie den Tisch beim ersten Mal mit weiblicher Liebe zum Detail gedeckt hatte, weil es mich an meine Mutter erinnert hatte, und meine spontane Reaktion war gewesen, vor dieser Intimität zurückzuschrecken. Aber der Gedanke an Abendessen mit Elise reizte mich zunehmend.

Ich zog mich um und ging dann wieder in die Küche, um ihr zu helfen. So sehr ich mich wegen des Koch-Arrangements auch vor mir selbst rechtfertigte, sie arbeitete hart im Gesundheitsamt und unterstützte ihre Schwester, und ich begann mich schuldig zu fühlen.

Es stellte sich heraus, dass ich das nicht brauchte.

Auf dem Küchentisch standen mehrere Fast-Food-Kartons, und ich schnupperte neugierig. „Indisch?"

Sie sah auf, das Besteck in der Hand. „Ist das in Ordnung? Du hast gesagt, du magst Curry. Auf dem Heimweg bin ich an einem Lokal in der Nähe von Sophias Laden vorbeigekommen. Da wir beide arbeiten und ich erst spät nach Hause komme, fand ich es am sinnvollsten, heute Abend etwas zu bestellen."

„Das ist großartig", sagte ich. „Ich hätte dir eine Nachricht schicken sollen, dass du dir keine Sorgen wegen des Abendessens machen sollst. Ich werde es dir zurückzahlen."

Sie winkte ab. „Ich lade dich ein. Ich weiß es zu schätzen, dass ich hierbleiben darf."

Wenn mein Verdacht stimmte, dass es sehr schlecht es um Elises Sparkonto bestellt war, war ich nicht damit einverstanden, dass sie für irgendetwas bezahlte. Jemanden auszunutzen, der knapp bei Kasse war, widerstrebte mir mit jeder Faser meines Körpers.

Ich setzte mich auf einen der Barhocker und überlegte, wie ich ihr das Geld zurückgeben könnte, das sie ausgegeben hatte, und im Handumdrehen waren wir beide damit beschäftigt, gierig Butter Chicken und Naan in uns hineinzuschlingen.

Sie stöhnte genüsslich auf, und ein Schauer lief mir über

den Rücken bis in die Leistengegend. Ich hörte auf zu kauen und starrte auf ihren Mund.

Ihre prallen Lippen waren zusammengepresst, sie glänzten, und ihr schönes Gesicht war glücklich auf das Essen vor ihr konzentriert.

Also dachte nur ich an ein anderes Stöhnen und an Schlafzimmer und an Lust. *Scheiße.* „Es ist super", sagte ich mit angespannter Stimme. „Danke, dass du sowas Gutes mitgebracht hast."

„Kein Ding. Wie war dein Tag?" Sie schaute eifrig herüber, als ob es sie tatsächlich interessierte.

Die einzigen Frauen in meinem Leben, die sich dafür interessierten, wie es mir ging, waren meine Jugendfreundin Lizzie und Elises Schwester Sophia. Lizzie konnte einfach nicht anders. Sie war wie eine Schwester und nörgelte auch wie eine solche liebevoll an mir herum. Und Sophia war einfach ein guter Mensch. Dieses fürsorgliche Gen musste in der Familie liegen.

Ich überlegte, wie ich die Frage beantworten sollte, denn es war kompliziert. „Es läuft okay."

Sie legte ihre Gabel ab und musterte mich. „Nur okay?"

„Thalia hat in der neuen Firma alles im Griff. Sie lässt die Mitarbeiter an Aufgaben arbeiten, die die Mission voranbringen. Sie kann viel besser delegieren und priorisieren, als ich es je konnte."

„Deshalb hast du sie doch eingestellt, oder?" Sie nippte an einem Glas Wasser und wischte sich den Mund mit einer Papierserviette ab, die sie wohl von dem Inder bekommen hatte, denn ich war nicht organisiert genug, um so etwas vorrätig zu halten.

„Im Grunde genommen ja. Ich bin gut darin, Ideen einzubringen und die richtigen Leute zu finden. Nicht so gut darin, sie zu managen."

„Dann ist das also eine gute Sache. Dass Thalia das Tagesgeschäft im Griff hat?"

„Mm-hm."

Sie zog die Brauen zusammen. „Jackson, warum der mürrische Blick?"

Ich warf ihr einen finsteren Blick zu, und sie lächelte. Sie machte mich fertig mit ihrem Spitznamen. „Thalia ist fast ein bisschen zu gut darin, Leute zusammenzubringen. Sie will, dass sich alle in einer Stunde auf einen Drink treffen."

Elise kratzte sich am Kopf. „Ich sehe das Problem nicht."

Ich zuckte die Achseln. „Ich verbringe die Abende nicht gerne mit Fremden."

Sie blinzelte. „Erstens arbeitest du mit diesen Leuten zusammen, sie sind also keine Fremden. Zweitens, wie willst du neue Leute kennen lernen, wenn du nicht gerne mit Leuten zusammen bist, die du nicht kennst? Du hast doch auch schon Verabredungen gehabt. Sophia hat mir von deinen Fehlgriffen beim Dating erzählt."

Ich hätte mich über diese Bemerkung ärgern sollen, aber das hätte ja keinen Sinn gehabt, denn es stimmte. „Ich weiß nicht. Irgendwie schaffe ich das gerade noch." Ich sah zu ihr hinüber, und ein Gedanke kam mir in den Sinn. Es hatte mir nicht gefallen, dass Elise ausging, aber vielleicht lag das auch nur daran, dass ich Männern von Natur aus nicht traute, nachdem ich Privatschulen mit anspruchsvollen Arschlöchern besucht hatte, die Frauen wie Dreck behandelten. Wenn ich einen guten Kerl für Elise finden könnte, hätte ich vielleicht nichts mehr dagegen, wenn sie sich mit jemand anderem verabredete. „Warum kommst du nicht mit?", fragte ich. „Ich kann die Leute für dich abchecken und die Nieten ausschließen."

Sie lachte. „Das ist verlockend", sagte sie und wischte den Rest Saag Paneer mit Naan auf. „Kannst du wirklich so leicht erkennen, wer eine Niete ist?"

„Es ist mehr Intuition", sagte ich und folgte ihrer Bewegung mit dem Brot mit meinem Blick. „Ich bin gut darin,

Menschen zu lesen. Wahrscheinlich hänge ich deshalb nicht gerne mit ihnen ab. Zu viele sind Arschlöcher."

„Musst du nicht ständig reiche Fremde anquatschen, während du mit Max und seinen High-Society-Bekanntschaften abhängst?"

„Ja."

Sie schüttelte den Kopf. „Du bist ein Rätsel, Jackson."

„Danke."

Dieses Geplänkel fühlte sich ganz natürlich an und viel zu angenehm. Gut, dass ich vorhatte, Elise dabei zu helfen, einen guten Kerl zu finden und mich selbst aus der Gleichung auszuschließen.

„Okay, na schön" – sie zuckte leicht die Achseln – „ich habe heute Abend sonst nichts vor. Ich komme auf einen Drink oder zwei mit."

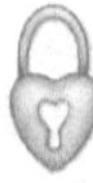

VERDAMMT, *verdammt, verdammt.*

Dieser Abend verlief nicht wie geplant. Die Männer in diesem Kontakthof von einer Bar, in der wir uns trafen, stürzten sich alle praktisch auf Elise, während sie in alle Richtungen lächelte und flirtete. Zu meinem Leidwesen wurde dann auch noch Thalia allzu vertraulich, nachdem sie ein oder zwei Drinks intus hatte.

„Jackson!", rief Elise angeheitert, aber nicht zu betrunken, wie ich feststellte. Gerade genug, um schön zu sein und Aufmerksamkeit zu erregen. „Das ist Brendon", sagte sie und wackelte hinter dem Rücken des Mannes anzüglich mit den Augenbrauen.

Ich hasste ihn auf den ersten Blick.

Aber ich schüttelte ihm die Hand und stellte mich vor. Wir unterhielten uns ein paar Minuten, und als er sich umdrehte, um einen weiteren Drink zu bestellen, zeigte ich Elise den Daumen nach unten.

Sie machte einen Schmollmund, ließ den Kerl kurze Zeit später stehen und kehrte an den Tisch zurück. „Verdammt, ich dachte, er wäre ein guter Fang", sagte sie und ließ sich auf den Platz neben mir fallen. „Hast du seine Schultern gesehen?" Sie machte eine Geste, die große Muskeln nachahmte.

„Sind mir nicht aufgefallen." Ich nahm einen Schluck von meinem Cuba Libre.

Sieben meiner Angestellten saßen um den Tisch herum, plus Thalia, die heute Abend so weit gegangen war, unter dem Tisch mein Knie anzufassen, als niemand hinsah. Zwischen Thalias umherwandernden Händen und Elise, die die Männer wie mit einer unsichtbaren Angelrute einsammelte, fühlte ich mich gar nicht wohl.

„Jackson, du bist zu wählerisch", sagte Elise. „Was stimmte mit ihm nicht?"

„Dein Freund Brendon hat Augen für zu viele Frauen auf einmal."

Sie warf einen Blick auf den Mann, der sich gerade mit einer anderen Frau unterhielt. „Verdammt. Er schien aufmerksam zu sein, und er hat schöne Unterarme."

Ich funkelte sie an. „Du hast gesagt, er hat schöne Schultern."

Sie blinzelte unschuldig. „Er hat beides. Unterarme und Schultern sind wichtig."

„Klar, solange es dir nichts ausmacht, die Unterarme und Schultern mit anderen Frauen zu teilen."

Sie runzelte die Stirn. „Ich bin nicht an einer langfristigen Beziehung interessiert, aber ja, ich bevorzuge Monogamie."

Ich wollte Elise helfen, jemanden zu finden, warum störte es mich also, dass sie einen anderen Mann anhimmelte?

Weil ich ihre Arme schon einmal um mich hatte …

Und ihren Körper geküsst und geleckt hatte …

Und sie bis zum Höhepunkt gebracht hatte. Das war der Grund.

Ich war besitzergreifend, obwohl ich es nie zuvor gewesen war.

Sie verzog den Mund. „Ich bin wirklich schlecht im Aussuchen von Männern. Du solltest auch meine Dating-Apps überprüfen. Ich bin besonders schlecht darin, dort gute Dates zu finden."

Ich drückte mit den Fingern meine Stirn zusammen. „Elise …"

Ich weiß nicht, was ich gesagt hätte, wenn Thalia mich nicht am Arm gepackt und näher zu sich gezogen hätte.

„Was meinst du, Jack? Kneipentour? Die Gang redet davon, nach North Beach rüberzufahren."

Mein Arm kribbelte, wo Thalia ihn umklammert hatte, und das nicht im positiven Sinne. Eher wie bei einem Bienenstich oder einem elektrischen Schlag. Ich fühlte mich nicht zu meiner CEO hingezogen, und selbst wenn, würde ich mich auf keinen Fall mit einer Frau einlassen, die mir unterstellt war; das war verkorkst und unprofessionell. Aber Thalia war nicht der Typ, der leicht aufgab, das wusste ich ja bereits. Ich saß also ein wenig in der Klemme und hangelte nach der erstbesten Lösung, die mir einfiel.

Ich setzte mich gerader auf, um Abstand zwischen uns zu schaffen, und ließ meinen Arm über Elises Stuhllehne fallen, während sie den Blick über die Menge schweifen ließ und vermutlich ihr nächstes Ziel auskundschaftete. Ich runzelte die Stirn, ließ meine Hand tiefer gleiten, bis hinab zu ihrer Taille, und zog ihren Stuhl dann näher an meinen heran. „Elise und ich sollten gehen."

Elise sah überrascht auf. „Hm? Ich wollte gerade …"

Ich wartete nicht darauf, dass sie diesen Satz beendete. Wahrscheinlich würde sie sich darüber beschweren, dass sie gehen sollte, bevor sie einen anderen Mann gefunden hatte, den ich später würde umbringen müssen.

„Meine Freundin ist müde." Ich drückte Elises Taille fest an mich, und sie quiekte laut auf.

KAPITEL
ELF

Elise

Ich schenkte Thalia ein falsches Lächeln und gähnte. „Ja, ähm, langer Tag." Ich wusste nicht, was Jack vorhatte, als er mich seine Freundin nannte, aber ich würde das jetzt mal so hinnehmen. Für den Moment.

Aber nicht, ohne ihn fest in seine muskulöse Flanke zu kneifen. Wie konnte er es wagen, eine solche Fake-Dating-Nummer abzuziehen, ohne mich vorher zu fragen?

Er zuckte zusammen, grinste mich mit geschlossenem Mund an und drückte mich fester an sich.

Er wusste, was ich davon hielt, mich an jemanden zu binden, am allerwenigsten an ihn! Selbst wenn es nur eine vorgetäuschte Bindung war.

Nach unserer Nacht war ich monatelang ein Wrack gewesen. So sehr, dass ich das Land verlassen musste, um mit Hilfe eines Praktikums, das mir damals in den Schoß gefallen war, wieder auf die Beine zu kommen. Deshalb war es gefährlich, auch nur so zu tun, als hätte ich etwas mit Jack am Laufen.

Er schnappte sich meine Handtasche und reichte sie mir, verabschiedete sich hastig von der Gruppe, die ihn leicht verwirrt anstarrte – wahrscheinlich, weil Jack mich nie als seine Freundin vorgestellt hatte –, und wir stolperten aus der schnieken Bar in der Grant Avenue, wobei er mich an der Taille festhielt und mich gleichzeitig nach vorne schob.

Draußen angekommen, schubste ich ihn erst einmal weg. „Was war das denn?"

Er kratzte sich am Kinn. „Tut mir leid, ich bin in Panik geraten."

„Was in aller Welt hat dich denn in Panik versetzt? Du hattest doch einen Riesenspaß dabei, meine potenziellen Dates abzulehnen." Leider erwies sich Jack als sehr scharfsinnig, wenn es um andere Männer ging. Er wies mich auf irgendeine schreckliche Eigenschaft eines Mannes hin, die ich nicht bemerkt hatte, und dann war das alles, was ich sehen konnte. Das war supernervig, aber auf lange Sicht wahrscheinlich nützlich.

Er grinste. „Das hat Spaß gemacht, ja. Aber nein, das ist nicht der Grund. Ich habe die Schwingungen von Thalia gespürt, und das war mir zu viel."

„Ach, das", sagte ich und zog meine Handtasche über meinen Körper. „Sie war voll auf deinen kleinen Jackson aus."

Er zog eine Grimasse. „Musst du das so ausdrücken?"

„Sie will ein Stück von der Jackson-Salami. Möchte das Brötchen für deinen Hot Dog sein. Möchte den Arsch hinhalten. Die Banane einschmieren …"

Er zuckte zusammen, und ich musste innerlich lächeln. Jack zu ärgern war der beste Teil meines Tages.

„Hörst du bitte auf?" Er sah richtiggehend grün im Gesicht aus.

„Irre ich mich denn?"

„Nein", sagte er zähneknirschend und winkte ein vorbeifahrendes Taxi heran, anstatt eine App zu benutzen.

Ich strich mir die Haare hinters Ohr und sah weg. „Sie hat dich von Anfang an gewollt, weißt du." Ich blickte zu ihm hinüber, und er starrte mich schockiert an. „Das wusstest du nicht?"

Jack konnte vielleicht die geheimen Wünsche meiner potenziellen Dates erschnüffeln, aber ich hatte ein gutes Gespür für Thalia. Sie schien ganz nett zu sein, und sie musste sehr clever sein, sonst hätte Jack sie nicht eingestellt. Aber diese Frau hatte eine Schwäche für ihn. Die Berührungen an seinem Arm, das Kichern in seinem Schlafzimmer, als sie das eine Mal vorbeikam ... Oh ja, sie wollte ihn.

Unsere Vergangenheit war vergangen, aber es machte mich immer noch ganz kribbelig, wenn eine andere Frau sich in Jacks Leben drängen wollte.

Und das musste ich dringend überwinden.

Es musste doch einen Weg geben, mich gegen ihn immun zu machen. Deshalb hatte ich mich ja auch wie eine Wikingerin auf Beutezug auf die Suche nach einem Date für heute Abend gemacht. Um die Vergangenheit zu vergessen, gab es nichts Besseres, als mit jemand anderem weiterzumachen, neue Fakten zu schaffen. Zugegeben, sich von der Vergangenheit helfen zu lassen, um diesen Jemand zu finden, mit dem man dann Fakten schaffte, das war irgendwie echt verdreht, aber was sollte ich machen? Jack und ich gingen die Dinge eben nicht auf die übliche Weise an.

Deshalb war ich auch so verärgert über die Sache mit der vorgetäuschten Beziehung; das ging in die entgegengesetzte Richtung – ich wollte mich doch von ihm lösen.

„Und was sollen wir tun, wenn wir zusammen unterwegs sind und ihr über den Weg laufen? Denn bei unserem Glück wird das ständig passieren." Die Frustration in meiner Stimme war nicht zu überhören.

Das Taxi hielt am Bordstein, und Jack öffnete die hintere Tür. Ich stieg ein, und er kletterte neben mich, macht sich breit, wobei er seinen Oberschenkel fast gegen meinen drückte.

„Wir sollen gar nichts tun." Sein Tonfall war leise und

intim, jetzt, wo wir im Taxi saßen. Er teilte dem Fahrer die Adresse mit. „Ich habe vorhin deutlich gemacht, dass ich es vorziehe, mit ihr im Büro zu arbeiten. Ich bezweifle, dass sie erneut bei mir zuhause vorbeikommen wird. Außerdem wird sie mich jetzt, wo sie weiß, dass ich eine Freundin habe, nicht mehr anbaggern."

Ich schnaubte. „Klar, wird sie bestimmt nicht."

„Was war das?", fragte er, denn eine laute Hupe ertönte gleichzeitig.

„Nichts …", sagte ich und verstummte, als ich mich mit einer Hand an der Seite des Wagens und mit der anderen an Jacks durchtrainiertem Oberschenkel abstützte, während der Fahrer Kamikaze-Bewegungen machte, um uns durch den Verkehr in der Innenstadt zu bringen. Ich blickte auf, und Jack beobachtete mich. Das plötzliche Bewusstsein unserer Nähe ließ meine Sinne alle gleichzeitig in Flammen stehen.

Schnell zog ich meine Hand weg, setzte mich wieder gerade hin und schaute aus dem Fenster, errötet und verunsichert. „Ich sage dir nur, dass ich es hasse zu lügen. Ich will es in Zukunft nicht mehr tun müssen."

„Verstanden." Er schaute verlegen zu mir herüber. „Nochmals vielen Dank für heute Abend."

Ich gab einen verärgerten Laut von mir. „Das war das eine und einzige Mal, Jackson. Ich meine es ernst."

KEINE ACHTUNDVIERZIG STUNDEN später hatte Jack mir den letzten Nerv geraubt, weil er mich erneut bat, für ihn zu lügen.

Er stand im Türrahmen meines Zimmers, wo ich gerade Maischips aß und mich durch die sozialen Medien scrollte. „Ich brauche deine Hilfe." Sein gewelltes Haar war besonders wild getürmt, als wäre er ein paar tausend Mal mit den

Fingern hindurchgefahren, und sein Gesicht war leicht gerötet.

Ich setzte mich auf und wischte mir die Krümel von der Brust. „Was ist los?" Jack war ein entspannter Mann. Er war nicht der Typ, der leicht in Verlegenheit geriet oder sich aufregte – abgesehen von dem Vorfall mit Thalia –, also machte ich mir Sorgen.

„Ich muss morgen Abend auf eine Party der besseren Gesellschaft gehen und Thalia wird auch dort sein." Er zog die Stirn in Falten, stieß einen tiefen Seufzer aus und sah mich dann direkt an. „Du würdest auf keinen Fall mein Date sein wollen, oder?"

Mir fiel die Kinnlade herunter. „Willst du mich verarschen?"

Er hob besänftigend die Hände. „Hör mir bloß zu. Thalia hält dich für meine Freundin. Ich könnte allein gehen, aber … ich glaube, ich brauche mehr als einen Auftritt mit dir, um ihr klarzumachen, dass ich wirklich vom Markt bin."

„Du denkst nicht, dass sie dir neulich geglaubt hat?" Natürlich hatte sie das nicht. Oder zumindest war sie noch nicht bereit, ihn aufzugeben.

Er wandte den Blick ab. „Die Sache ist die, sie ist ein Hai im Geschäft, und ich habe das Gefühl, dass sie das auch beim Dating sein könnte."

Ich seufzte. „Und das fällt dir erst jetzt auf? Das hätte ich dir schon vorgestern Abend sagen können. Was zur Hölle, Jackson? Sag ihr einfach, du bist nicht interessiert."

Er bedachte mich mit einem trockenen Blick. „Sie ist nicht der Typ, der ein Nein als Antwort akzeptiert. Frag mich, woher ich das weiß."

„Woher weißt du das?"

Er warf die Hände in die Luft. „Weil diese Art Frauen auf mich fliegen wie die Fliegen auf Scheiße!"

Ich lächelte. Es war ein lustiges Bild und durchaus möglich. Er war niedlich und lieb und erfolgreich. Was gab es da nicht zu mögen? „Ich verstehe, klar. Aber wenn du das weißt und daran gewöhnt bist, dass Frauen sich so verhalten, weißt du dann nicht längst, wie du damit umgehen sollst?"

Er verschränkte die Arme. „Offensichtlich nicht. Meine Erfolgsbilanz ist nicht gerade glänzend. Ich bin seit über einem Jahr mit niemandem mehr ausgegangen, weil ich verdammt paranoid bin, die Fehler der Vergangenheit zu wiederholen. Außerdem möchte ich Thalias Gefühle nicht verletzen."

„Moment, noch mal zurück. Hast du gerade gesagt, dass du seit einem Jahr kein Date mehr hattest?" Das war eine lange Zeit. Und es würde bedeuten, dass ich die letzte Person war, mit der er … Nein, das konnte nicht sein. Er hatte seit jener Nacht wahrscheinlich mit vielen Frauen geschlafen. Er war nur nicht mit ihnen ausgegangen.

Seine Reaktion war ein halbes Achselzucken. „Was soll ich sagen? Es war eine lange Durststrecke."

Er meinte das ernst. Er hatte nicht … „Scheiße." Ich legte den Kopf in den Nacken und starrte an die Decke.

Dieser Mann … Ich könnte ihn umbringen. Denn ich zog das jetzt tatsächlich schon wieder in Betracht. Er half mir mit dem mietfreien Zimmer, und er wollte Thalia, seine beste Mitarbeiterin, nicht rundheraus abweisen. Wenn er so tat, als wäre er mit mir zusammen, müsste er das auch gar nicht. „Wie schick ist die Party? Du weißt doch, dass ich im Moment keine Kleider besitze."

Er stieß seine Faust im Triumph in die Luft. „Du brauchst nichts. Sag mir deine Kleider- und Schuhgröße, und ich kümmere mich darum. Deine BH-Größe weiß ich schon." Er tippte sich an die Schläfe.

Ich schloss meine Augen. „Du hast auf meine BH-Größe geachtet, als wir bei Target eingekauft haben?"

„Aber klar doch, das habe ich. Faszinierend. Ich denke immer noch über diese Oma-Schlüpfer nach …"

„Hör auf, solange du noch kannst."

Er grinste. „Ich verspreche dir, du wirst es nicht bereuen. Behalte einfach alles, was ich dir kaufe, und füge es zu deiner neuen Garderobe hinzu."

Kostenlose Kleidung? Und wahrscheinlich in bester Qualität? So lässig Jack auch rüberkam, der Mann hatte einen ausgezeichneten Geschmack. Er würde bessere Sachen aussuchen, als ich es je könnte.

Ich war ein trauriges Beispiel für die weibliche Bevölkerung. Bisher bestand mein Modebewusstsein aus Sweatshirts und Jeans. Aber ich hatte die Nase voll von meiner schwarzen Hose und Sophias abgelegten Klamotten. Wie wäre es, zur Abwechslung mal etwas Schönes zu besitzen?

Ein hübsches Kleid als Gegenleistung zu bekommen, war ein Pluspunkt. Aber die Vorstellung, dass er mir irgendetwas kaufte, war mir immer noch unangenehm. „Ich weiß nicht."

„Vergiss nicht", sagte er, „dass du mir einen Gefallen tun würdest, nicht umgekehrt. Und betrachte das Kleid doch einfach als Uniform, wie die Schürze."

Nun, wenn er es so ausdrückte …

„Gut. Ich werde es tun. Aber das ist das letzte Mal."

KAPITEL ZWÖLF

Jack

Elise zu der formellen Dinnerparty heute Abend einzuladen, war reiner Eigennutz. Ich wollte Thalia klar machen, dass ich in einer Beziehung war (einer vorgetäuschten, aber was soll's), denn ich war offenbar ein unfassbar starker Magnet, der immer nur die falschen Frauen anzog – ein Problem, an dem ich arbeitete. Elise als Puffer zu benutzen, war eine Zwischenlösung, und sie war gute Gesellschaft.

Elise wäre die letzte, die dabei auf falsche Gedanken kommen könnte. Sie wollte schließlich nur Männer, die nicht an etwas Ernstem interessiert waren. Das machte mich neugierig, aber ich würde später noch Zeit haben, ihre Beweggründe zu untersuchen. Das Letzte, was ich aktuell wollte, war, Thalia auf falsche Gedanken zu bringen und die Sache mit meiner Star-CEO in den Sand zu setzen. Das hatte ich schon mit meiner Ex-Mitbewohnerin und einer ganzen Reihe von Frauen erlebt. Elise war temperamentvoll, aber arglos. Diese Frau wollte nichts von mir, was mich dazu brachte, ihr alles geben zu wollen.

Wenn es einen Hintergedanken gab, Elise heute Abend

einzuladen, dann war es der, sie aus der schwarzen Hose herauszuholen, die sie fast jeden Tag trug. Sie hatte zugestimmt, alles zu behalten, was ich ihr kaufen würde, also war das meine Gelegenheit, ihre Garderobe zu erneuern.

Elise saß auf ihrem Bett und hob ein langes Seidenkleid aus der Einkaufstasche, die ich ihr gerade gegeben hatte. „Ach du meine Güte, Jackson!" Sie drückte das cremefarbene Kleid an ihre Brust. „Wenn ich mehr Geld gespart habe, werde ich dich als meinen persönlichen Einkäufer einstellen. Du hast den besten Geschmack."

Da war er wieder, ihr Spitzname für mich. Traurigerweise gefiel er mir sogar immer besser. Vor allem, weil es wie ein Kosename klang, wenn es von Elise kam. „Nein, dein persönlicher Einkäufer werde ich nicht, aber" – ich griff nach zwei weiteren großen Tüten voller Kleidung im Flur – „das sollte dir ja auch erst einmal für eine Weile reichen."

Sie starrte mich verwirrt an. „Aber ich brauchte doch nur ein Kleid."

„Und Hosen und alles andere."

Sie wühlte in den Einkaufstüten und schaute dann auf eins der Preisschilder. „Heilige Scheiße, Jack. Nein." Sie kletterte vom Bett und schob mir die Tüten zu. „Das ist zu viel. Das Kleid, klar, okay, weil du heute Abend ein Date brauchst. Aber nicht die anderen Sachen."

Meine Sicht verschwamm, und ich presste die Zähne zusammen. „Ich verstehe, dass du unabhängig bist, aber ich bin doch ein Freund, oder?" Sie nickte, anscheinend überrascht von meiner Frustration. „Dann sollte es doch in Ordnung sein, wenn ein Freund einem anderen Freund etwas kauft, das er braucht."

Sie wollte etwas erwidern, und ich hob meine Hand. „Ich bin hier fertig. Sei du um sechs Uhr fertig."

Ich verließ das Zimmer und betrat mein eigenes, während Elise mir schockiert hinterherblickte.

Ich schloss die Tür und ließ mich auf das Bett sinken. Sie

hatte recht. Es war ungewöhnlich, ihr eine komplette Garderobe zu kaufen, aber das war mir inzwischen egal. Sie konnte von mir aus alles umtauschen, aber das Geld würde ich nicht zurücknehmen. Ich würde nicht zulassen, dass sie aus Sturheit auf schöne und notwendige Dinge verzichtete.

So wie ich es sah, hatte ich sie dazu gebracht, ihre Kleidung zurückzulassen. Ich war dafür verantwortlich, dass sie keine hatte.

Mit ruhigem Gewissen stand ich auf und ging unter die Dusche.

ICH WARTETE IN DER KÜCHE, ein Bier in der Hand, und sah auf die Uhr. Ich konnte so extrovertiert sein wie jeder andere auch, aber es lag nicht in meiner Natur. Die Abendessen und die geselligen Abende mit Wein und Cocktails für die Arbeit waren etwas, das ich nur widerwillig in Kauf nahm. Aber heute Abend würde es vielleicht gar nicht so blöd werden, wenn ich meine Mitbewohnerin an meiner Seite hatte.

„Elise! Mach schon, es wird Zeit!"

Das Klackern der Jimmy-Choo-High-Heels, die ich ihr gekauft hatte, drang durch den Flur. Und dann sah ich sie.

Der cremefarbene Schimmer des Kleides hob ihre leicht gebräunte Haut hervor, wie ich es vermutet hatte, und der Stoff schnitt an den richtigen Stellen ein und brachte ihre herrliche Figur zur Geltung. Sie war groß und schöner, als irgendeine Frau sein durfte.

Diese Art von Schönheit machte einen Mann dumm und dämlich.

Heilige Mutter Maria ... Scheiße.

Ich trank einen Schluck Bier und stellte die Flasche auf den Tresen; meine Hand war ruhig, obwohl mein Herz hämmerte. „Bist du soweit?"

Ihr Haar war im Nacken zu einem tiefen Dutt gesteckt, der die schlanke, elegante Linie ihres Halses enthüllte. Sie hielt eine kleine Handtasche hoch. „Du hast mir sogar eine Clutch gekauft?"

Die Tasche hatte mehr gekostet als die Schuhe, aber sie sah schön aus, und Elise würde nie erfahren, wie viel ich ausgegeben hatte, weil an diesen Sachen keine Preisschilder angebracht waren. Das nächste Mal würde ich die Preisschilder von allem entfernen.

„Ich dachte, du brauchst sie für dein" – ich gestikulierte abwesend – „Telefon." Keine Ahnung, was Frauen in ihren Handtaschen aufbewahrten, aber es schien immer ein unendlicher Vorrat an Dingen darin zu sein.

„Aber ich ziehe mich sonst nie so schön an." Sie blickte traurig auf die Cartier-Clutch. „Wann werde ich sie benutzen?"

„Ich bin sicher, du findest einen anderen Anlass." Ich war kein großer Einkäufer, aber anscheinend hatte ich einen teuren Geschmack. Und ich liebte es, mein Geld für Elise rauszuhauen, ohne dass sie es wusste.

Ich steckte mein Handy ein und tastete meine Anzugjacke ab, um sicherzugehen, dass meine Brieftasche drin war. „Wir sollten gehen."

„Warte." Auf dem Weg zur Tür blieb sie stehen. „Nehmen wir dein Auto?" Sie sah auf ihre Absätze hinunter. „Ich kann in diesen Dingern nicht weit laufen. Werden wir in der Nähe des Veranstaltungsortes parken?"

„Ich habe einen Fahrer bestellt. Er wartet draußen."

Ihre Augen weiteten sich. „Er wartet? Warum hast du mir das nicht gesagt?", sagte sie, als sie zur Tür hinauseilte und ich abschloss. „Ich hätte mich schneller fertig gemacht."

Ich schaute sie ungläubig an. Eine Sache, die ich über Elise gelernt hatte, nachdem ich die letzte Woche oder so mit ihr zusammengelebt hatte, war, dass sie es mit der Pünktlichkeit nicht sehr genau nahm.

Sie grinste schamhaft. „Gut. Ich hätte genauso lange gebraucht, aber ich hätte wenigstens versucht, mich zu beeilen."

Ich griff nach ihrer Hand und legte sie in meine Armbeuge.

Sie sah mich misstrauisch an.

„Keine Sorge", sagte ich und starrte geradeaus. „Ich will nur nicht, dass du die Treppe runterpurzelst. Das wäre eine Sauerei."

Sie verdrehte die Augen. „Ich muss mich erst daran gewöhnen, dir so nahe zu sein, damit wir unsere Beziehung echt aussehen lassen."

Der Gedanke, Elise nahe zu sein, ließ mich sowohl vor Aufregung als auch vor Angst schwitzen. Jeder Mann würde sich wünschen, neben ihr zu sein. Aber ich musste aufhören, auf dumme Ideen zu kommen.

Ich half ihr in den Luxus-SUV, stieg hinter ihr ein, öffnete eine Wasserflasche und reichte sie ihr.

Sie richtete ihr Kleid und griff nach dem Wasser. „Ich danke dir. Also, wie ist der Plan für heute Abend?"

„Kein Plan. Tu einfach so, als würdest du mich mögen." Ich grinste.

Sie schaute mich an, die Lippen geschürzt, als würde sie es sich überlegen. „Das wird schwierig, bei dem eleganten dunklen Anzug, den du trägst. Du hast sogar dein Haar gekämmt."

Ich richtete meine Krawatte. „Ich kann etwas hermachen, wenn ich muss."

Sie gab ein schnurrendes Geräusch von sich, das ganz tief aus der Kehle kam, während sie mich ansah, und mein Herz klopfte wild.

Diese sexy Klänge waren die Art von Elise-Eigenheiten, die mich leicht verrückt machen konnten.

„Also, was brauchst du heute Abend noch von mir?" Sie

schaute abwesend aus dem Fenster und beobachtete die vorbeifahrenden Autos, als wir durch die Stadt fuhren.

„Von dir brauchen?" Das Schnurren ließ mich nicht mehr los. Ein Bild davon, wie ich Elise das Seidenkleid auszog, schoss mir durch den Kopf, bevor ich mich mental ohrfeigte. „Essen? Smalltalk machen?"

Sie sah mich an, und ihr Gesicht wurde blass. „Smalltalk? Mit wohlhabenden Snobs? Ich dachte, ich würde nur mit dir rumhängen."

„Nicht jeder dort wird ein Snob sein. Einige sind gute Menschen. Ich werde dir die guten vorstellen."

„Okay", sagte sie, aber sie biss sich auf die Lippe.

Der Drang, ihre Hand zu halten, war stark. Und genau das war die Gefahr bei vorgetäuschten Beziehungen. Es konnte sich echt anfühlen, auch wenn es das nicht war.

Ich unterdrückte den Wunsch, sie zu trösten, und trank mein eigenes verdammtes Wasser, bis wir vor dem Gebäude anhielten, in dem die Party stattfand.

Ich half Elise aus dem Auto. „Die alte Merchants Exchange ist eines der wenigen Gebäude, die das Erdbeben von 1906 überstanden haben. Und der Ballsaal, in den wir gehen werden, ist nach einer erfolgreichen Architektin benannt, die das Hearst Castle entworfen hat."

Sie sah zu dem Bauwerk im Beaux-Arts-Stil auf. „Wie hieß die Architektin?"

„Julia Morgan, obwohl sie dieses Haus nicht entworfen hat. Sie haben es ihr zu Ehren benannt, weil sie die erste in der Kammer eingetragene Architektin in Kalifornien war."

„Das ist so cool. Man muss einen Ladyboss einfach lieben."

Wir begaben uns in den mit Teppich ausgelegten Ballsaal mit hundert Jahre alten französischen Kronleuchtern, schweren Vorhängen und Holzvertäfelungen. An der Seite des Raumes befanden sich eine geschwungene Bar mit Artdéco-Details und ein riesiger alter Kamin, der nicht mehr in Gebrauch war.

Ich mochte Veranstaltungen an Orten wie diesen, mit Geschichte und dem Echo der Vergangenheit. Ich fragte mich dann immer, ob meine Mutter jemals einige von ihnen besucht hatte.

Mein Vater hatte die Wohnung, in der ich aufgewachsen war, nie verkauft, und ich war froh darüber. Die meisten Erinnerungen, die ich an meine Mutter hatte, befanden sich in dieser Wohnung, und es war tröstlich, die gleichen Wege zu gehen, die sie gegangen war. Als sie starb, hatte ich jede Bodenhaftung verloren. Das war wahrscheinlich der Grund, warum ich in Beziehungen versagte. Max nannte mich „beziehungsgestört", weil die einzigen guten Beziehungen, die ich hatte, aus der Zeit vor dem Tod meiner Mutter stammten.

Apropos … Max stand mit Sophia ein gutes Stück weiter im Ballsaal, nippte an Rotwein und unterhielt sich mit einem seiner Kunden, den ich wiedererkannte. Elise und ich gingen hinüber, und dabei fielen die Blicke der Männer im Saal auf mein wunderschönes Date.

Stellt euch hinten an, dachte ich. Heute Abend gehörte Elise ganz mir. Fake-Dating hatte seine Vorteile.

Elise überprüfte nervös ihr Kleid. Sie hatte keine Ahnung, wie schön sie war.

Ich lehnte mich näher heran. „Es ist alles in Ordnung, nichts verrutscht. Du siehst …"

Sie machte große Augen, blickte ein wenig misstrauisch und wartete geduldig darauf, dass die nächsten Worte meinen Mund verließen. „Was, Jackson? Wie sehe ich aus?", fragte sie frustriert, als ich zu lange brauchte, um meinen Gedanken zu beenden.

„Hübsch." Sie war atemberaubend, wunderschön und verdammt sexy, aber das konnte ich ihr nicht sagen, sonst würde sie einen falschen Eindruck bekommen.

Sie verdrehte die Augen. „Ach, danke."

Bevor wir Max und Sophia erreichen konnten, tauchte Thalia ein paar Meter weiter aus dem Nichts auf, in einem rötlichen, bodenlangen Kleid. Sie war eine gutaussehende Frau, nur ein paar Jahre älter als ich, aber ich fand sie nicht auf romantische Art attraktiv. Das schien sie allerdings nicht zu stören, wie mir die Entschlossenheit in ihren Augen verriet.

Ich seufzte, als Thalia mein wunderschönes Date ignorierte und sich schnurstracks auf mich zubewegte. „Da bist du ja. Ich muss dir jemanden vorstellen."

Ich schlang meinen Arm um Elises Taille. „Kann das nicht warten? Ich würde meiner Freundin gerne erst einmal einen Drink holen."

Elise versteifte sich.

Ich ließ meine Hand zu ihrem Hintern gleiten, der in dem enganliegenden Kleid nach mir rief, seit sie die Wohnung verlassen hatte. Sie war heute Abend meine Freundin; körperlicher Kontakt war zu erwarten.

Elises Augen weiteten sich, und ihre Lippen pressten sich mit einer stummen Botschaft zusammen, die ich wie folgt interpretierte: *Was zum Teufel glaubst du, dass du da machst?*

Ich beugte mich zu ihr hinunter und flüsterte ihr ins Ohr: „Das ist nur zur Show."

Sie flüsterte zurück: „Du übertreibst es, Jackson."

„Möchtest du etwas trinken?" fragte ich sie, nunmehr laut genug, dass Thalia es in dem überfüllten Raum hören konnte.

Elise lächelte. „Klingt gut. Ich begleite dich."

Ich wandte mich an Thalia. „Können wir dir auch etwas mitbringen?"

Ihr Blick war so unverhohlen zornig, dass ich fast gelacht hätte. Vielleicht lag es an dem Geflüster zwischen mir und Elise oder an meiner Weigerung, ihr zu folgen. Was auch immer es war, Thalia war wütend.

„Nichts für mich", sagte sie zuckersüß. „Aber Elise sollte hierbleiben. Ich werde sie unterhalten." Sie lächelte – das war das Lächeln, das ihr im Geschäftsleben die Türen öffnete. Das Lächeln, hinter dem niemand Arglist vermutete, aber das, wie ich zu glauben begann, ihre wahren Gefühle verbarg.

Währenddessen forderte Elise mich mit ihrem Blick auf, sie nicht alleinzulassen.

Es wäre äußerst unangenehm, Thalia erneut ein Nein zu präsentieren, nachdem ich das gerade schon einmal getan hatte. Was konnte es schaden, wenn die beiden kurz zusammenstanden?

Elise ging es doch um Unabhängigkeit. Das würde ihr guttun. „Ich bin gleich wieder da."

Ihr Blick verengte sich. „Komm schnell zurück, Hase." Und dann spürte und hörte ich einen lauten Klaps auf meinen Hintern.

Elise unterdrückte ein Lachen über meinen ungläubigen Blick und winkte mit den Fingern.

Wenn dieser feste Klaps von jemand anderem gekommen wäre, wäre ich verärgert gewesen. Aber was ich nun fühlte, war schlicht eine Herausforderung.

KAPITEL
DREIZEHN

Elise

Jack und ich mussten dringend Grundregeln für dieses Pseudo-Dating festlegen. Seine umherwandernde Hand hatte ein Flattern in verschiedenen Körperregionen hervorgerufen, und ich konnte diese Verwirrung nicht gebrauchen. Ich war vielleicht auf der Suche nach Gesellschaft, aber nicht von meinem Mitbewohner! Allerdings hatte ich mich über seinen verärgerten Gesichtsausdruck gefreut, nachdem ich ihm vor Thalia einen Klaps auf den Hintern verpasst hatte, um ihm seine Übergriffigkeit heimzuzahlen.

Sie blieb äußerlich cool, aber ich spürte, wonach Thalia der Sinn stand, vor allem weil ihre Augen stets über Jacks Körper wanderten, wenn er nicht hinsah. Seinen Hintern vor ihr zu beanspruchen, sollte ihm eine Lektion erteilen, und ihr ebenso. Thalia sollte wissen, dass Jacks fester Hintern *mir* gehörte.

Nun, technisch gesehen nicht. Aber das wusste sie ja nicht.

„Also", sagte Thalia beiläufig und ließ den Blick dabei über die Menge schweifen. „Wie lange seid ihr schon zusammen, du und Jack? Er nannte dich seine Mitbewohnerin, als er dich vorstellte." Sie drehte sich um und starrte mich an. „Stell dir vor, wie überrascht ich war, als er dich neulich Abend als seine Freundin bezeichnet hat."

„Das ist noch ganz frisch", sagte ich.

Ihr Gesichtsausdruck gaukelte Unschuld vor. „Ist das der Grund, warum ihr euch kein Schlafzimmer teilt?"

Treffer. Punkt eins für Thalia.

„Genau", bestätigte ich fröhlich und versuchte zu überspielen, was eigentlich ein offensichtlicher Fehler in meinem Plan hätte sein müssen. „Ich bin als Mitbewohnerin eingezogen, aber wir konnten unsere Anziehung nicht leugnen."

Sie neigte den Kopf zur Seite, ebenso misstrauisch, wie ich ihr gegenüber war. „Ich verstehe", sagte sie, und ich befürchtete, dass sie das wirklich tat.

Ich schaute mich schnell um. *Wo zum Teufel ist Jack?* Die Leute starrten in meine und Thalias Richtung, was mich nervös machte. War mein BH durch den Stoff des teuren Kleides zu sehen? Es wäre typisch für mich, dass ich auf einer noblen Veranstaltung einen modischen Fauxpas beging. Der cremefarbene Stoff schien jede Falte und jede Kurve zu zeigen, und ich war mir nicht sicher, ob ich überzeugend oder billig darin wirkte.

Das war der Grund, warum ich mich nicht mit schicken Klamotten abgab. Sie waren nicht robust, auch wenn Jack ein Vermögen bezahlt hatte.

„Jack braucht eine starke Partnerin, wenn er sich mit den Geschäftsleuten trifft, die er an Bord holen will." Ihr Blick war hinterhältig. „Du bist hoffentlich bereit, potenzielle Investoren anzuheizen, den Fluffer zu machen?"

Ich verschluckte mich beim Einatmen. „Den Fluffer?"

Das einzige Mal, dass ich diesen Begriff gehört hatte, war für jemanden, der einen Erotikdarsteller auf einem Pornoset vorbereitet. Aber das konnte nicht das sein, worauf sie sich bezog.

Thalia zuckte leicht die Achseln, und ihr Blick wanderte über meine Schulter. „Der Begriff trifft zu."

Hatte Thalia mich gerade mit jemandem verglichen, der beruflich Blowjobs gibt? „Der Begriff trifft nicht zu", sagte ich, aber sie ignorierte meine Bemerkung und lächelte bloß.

Ich schaute zurück und sah, wie Jack sich auf den Weg zu uns machte, aber ich war nicht erleichtert. Ich war verärgert.

Thalias Lächeln wurde etwas schwächer, als sie meinen Körper begutachtete, sodass ich mich in dem von Jack ausgesuchten Designerkleid wie ein Stück Dreck fühlte. „Du hast dich vorhin unangemessen verhalten, als du Jack betatscht hast. Es sieht nicht gut für ihn aus, eine billige Freundin zu haben. Er braucht jemanden mit Klasse."

Ich hatte plötzlich einen Stein im Magen, und mein Atem wurde flach. „Und deine verklemmte Nummer ist besser?" Meine Erwiderung war eine reine Frechheit, aber ihre Bemerkung hatte ins Schwarze getroffen.

Sie lächelte nur, während ich gleichzeitig spürte, wie Jacks Arm sich um meine Taille legte. Er reichte mir ein Glas Weißwein, mein Lieblingsgetränk, wenn ich in Stimmung war. Ich war mir nicht sicher, woher er das wusste. Allerdings wurde mir langsam klar, dass Jack für jemanden, der seine Freizeit hinter einer VR-Brille verbrachte, extrem aufmerksam sein konnte.

Mein Körper versteifte sich, und er blickte fragend zu mir herab.

„Die Investoren warten auf dich", sagte Thalia zu ihm. „Trödel also nicht zu lange."

„Was denn für Investoren?", kam eine tiefe Stimme von hinten.

Max und Sophia umgingen das Paar hinter uns und gesellten sich zu uns. Meine Schwester trug ein einfaches schwarzes Kleid, und Max den wahrscheinlich teuersten dunklen Anzug im Raum.

Der Mann hatte einen guten Geschmack. Er hatte auch

meine Schwester unter all den attraktiven Frauen in der Stadt ausgewählt, die ihm ihre Höschen zuwarfen, also rundum guten Geschmack.

Jack reagierte nicht sofort. Seine nächste Bemerkung richtete er an eine wartende Thalia. „Ich komme gleich nach."

Thalia lächelte einem anderen Gast zu und ging, ihr langes kastanienbraunes Kleid fließend hinter sich herziehend, davon.

Ich spürte den brennenden Blick von Sophia auf Jacks Hand an meiner Taille. Ihr Blick wanderte zwischen der Hand und meinem Gesicht hin und her. „Was ist hier los?"

Jack ließ endlich los und trat einen Schritt zurück. „Elise, würdest du deine Schwester auf den neusten Stand bringen, was unseren Status angeht?" Er betonte das Wort Status.

Ich wedelte abweisend mit der Hand. „Geh und mach was Geschäftliches." Ich überlegte, ob ich ihm sagen sollte, was Thalia gesagt hatte, aber er wusste bereits, dass sie entschlossen war. Das war der Grund, warum er mich heute Abend hierhergebracht und mir den Deal mit neuen Kleidern versüßt hatte.

Jack schritt davon, und vielleicht bewunderte ich ihn ein bisschen von hinten. Der Kerl war in Jogginghose und Jeans schon heiß, aber ein gutaussehender, athletischer Mann in einem gutsitzenden Anzug machte mich richtig schwach. Es half auch nicht, dass er sein widerspenstiges braunes Haar heute Abend aus der Stirn gekämmt hatte, was hohe Wangenknochen und eine starke Kieferpartie betonte. Gut, dass er eher ein lässiger Typ war, sonst wäre es eine Herausforderung gewesen, diese maskuline Schönheit zu ignorieren.

Meine Schwester stieß mich in die Rippen und brachte mich fast aus dem Gleichgewicht. „Und?"

„Herrgott, Sophia." Ich rieb mir die Seite. Ihre Ellbogen waren spitz wie Dolche.

Sie betrachtete mein Kleid. „Das hast du nicht gekauft."

Sie zupfte an dem Stoff. „Das ist teuer, und du bist so arm wie eine Kirchenmaus."

Schön, dass meine Schwester mir die Fakten unter die Nase rieb. „Jack hat es gekauft."

Sophias Augen weiteten sich, und sie blickte Max an, der einen ebenso überraschten Gesichtsausdruck hatte. „Also, was ist hier los?", fragte sie.

„Nicht, was du denkst", sagte ich. „Jack brauchte eine Verabredung für heute Abend, aber ich habe ungefähr fünf Kleidungsstücke in meinem Kleiderschrank, also bot er an, mir ein neues Kleid zu kaufen."

Sie schaute finster drein. „Seine Hand war auf deiner Taille."

Ich beobachtete, wie Jack sich am anderen Ende des Raumes mit Thalia traf, registrierte ihre besitzergreifende Berührung an seinem Rücken und runzelte die Stirn. „Das liegt daran, dass ich seine Pseudo-Freundin bin. Es hat sich herausgestellt, dass Thalia ein Hai ist, und zwar sowohl in den Dating-Gewässern als auch im Sitzungssaal. Sie hat ihn laufend angebaggert." Ich zuckte die Achseln. „Er sagt, er braucht sie, um das Geschäft zu führen, und er denkt, dass dies der einfachste Weg ist, ihre Annäherungsversuche abzublocken, ohne sie zu verletzen." Ich schürzte meine Lippen. „Ich bin mir allerdings nicht sicher, ob eine Freundin diese Frau aufhalten wird", sagte ich zu mir selbst und auch zu ihnen. „Sie glaubt, ich hätte nicht genug Klasse, um mit ihm auszugehen."

„*Was?*" Sophias Gesicht färbte sich krebsrot.

Ich ergriff die Hand meiner Schwester und zog daran. Fest. „Beruhige dich. Du ziehst die Aufmerksamkeit auf dich."

Aber Sophia blickte zurück und wippte hin und her, als wäre sie bereit für eine Schlägerei. „Diese Schnepfe."

„Ja, sie ist irgendwie eine", sagte ich nachdenklich. „Ich bewundere ihren Erfolg als Frau in einem von Männern dominierten Bereich, und ich kann ihren Geschmack bei Männern nicht beanstanden, aber ja, ich könnte auf die persönlichen Beleidigungen verzichten."

Der Kampfgeist schien Sophias Körper widerstrebend zu verlassen. „Es ist also nur für heute Abend? Diese vorgetäuschte Freundinnen-Sache?"

„Hm", sagte ich mit einem zittrigen Lächeln. „Nein?"

Max atmete langsam aus und schüttelte den Kopf.

„Wie lange?", fragte Sophia, ihre Stimme ein wenig zu hoch.

Ich verzog den Mund. „Wir haben die Details noch nicht ausgearbeitet." Es gab eine Reihe von Dingen, die wir noch nicht geklärt hatten. Berührungsregeln, wie lange die Sache laufen würde und so weiter. Aber ich ahnte, dass es genau dann enden würde, wenn auch mein Mietverhältnis endete.

Sophia presste ihre Finger gegen die Stirn und schloss die Augen. „Elise, das ist ein schrecklicher Plan."

„Gib Jackson die Schuld. Es war nicht meine Idee."

Max' Augenbrauen zogen sich zusammen. „Jackson?"

Ich grinste schadenfroh. „Er hasst seinen neuen Spitznamen."

„Und deshalb nennst du ihn laufend so", vermutete Max.

„Du bist so klug, Max. Ich verstehe, warum Sophia dich behält. Und die teure Schokolade, mit der du sie verwöhnst, schadet auch nicht."

Sophia stieß einen leicht genervten Atemzug aus. „Ich behalte ihn nicht wegen der Schokolade", sagte sie. „Er ist auch sehr hübsch anzuschauen."

Max gluckste, und Sophia schenkte ihm ein süßes Lächeln.

„Bringt mich nicht zum Kotzen", warnte ich sie. „Ich habe auch ohne euer Liebesgequatsche schon genug um die Ohren."

„Zurück zum eigentlichen Thema", sagte Sophia. „Ist es eine gute Idee, so zu tun, als wärst du mit Jack zusammen?"

„Nein", gab ich zu, „aber jetzt stecken wir schon im Schlamassel."

Max musterte mich nachdenklich. „Es ist, als würde man ein Zugunglück beobachten, zwei Züge, die zusammenstoßen. Ich kann nicht wegsehen. Ich muss wissen, wie das ausgehen wird." Er blickte auf seine deutlich kleinere Freundin hinunter. „Wir sollten öfters in der Wohnung vorbeischauen. Ich sage ein Feuerwerk voraus."

„Feuerwerk?" sagte Sophia. „Es ist eine miese Show." Sie drehte sich zu mir um. „Elise, überleg es dir noch mal. Jack ist Max' bester Freund, und ich will, dass ihr beide euch vertragt und keinen Blödsinn macht."

Ich nahm einen Schluck von dem Wein, den Jack mir gebracht hatte. „Wir müssen nur so lange durchhalten, bis Thalia begreift, dass sie bei Jack keine Chance hat."

Wir sahen alle drei zu der Stelle, an der Jack mit Thalia stand und mit einer Gruppe elegant gekleideter Männer und ihren Begleiterinnen sprach. Sie hatte immer noch ihre Hand auf seinem Rücken, während sie mit der Gruppe sprachen.

Ich war peinlich berührt.

„Ja", sagte Sophia. „Sie sieht sehr abgeschreckt aus."

Max runzelte die Stirn. „Ich werde mit Jack reden. Das kann nicht gut sein, die Avancen einer Angestellten abwehren zu müssen." Er schüttelte den Kopf. „Er hat das größte Pech mit Frauen."

KAPITEL
VIERZEHN

Jack

Bislang war der Abend ein Erfolg. Environ erhielt eine mündliche Zusage von einem Investor, und es wurden zwei Treffen mit weiteren potenziellen Investoren anberaumt, deren Interesse von kalt auf warm umgeschlagen war. Noch war nichts in trockenen Tüchern, aber die Ergebnisse waren vielversprechend. Außerdem war mein Date verdammt heiß, wenn auch temperamentvoll, und ich hatte Spaß, was bei solchen Veranstaltungen nur selten der Fall war.

Die Ballbesucher hatten sich zu den seitlich aufgestellten Tischen begeben, und wir waren gerade dabei, den letzten Teil eines Vier-Gänge-Menüs zu verspeisen, während sich die Gäste angeregt unterhielten.

Elise starrte gierig auf den Mini-Kuchen mit Limoncello und Himbeeren auf dem Teller vor ihr. „Wenn das die Art von Essen ist, die ich von solchen Veranstaltungen erwarten kann, darfst du mich gerne zu allen Partys mitbringen, Jackson."

Ich schmunzelte. Das war ein Versprechen, an das ich sie erinnern würde. Da Max und Sophia heute Abend auch hier waren, zusammen mit Elise, fühlte es sich eher wie ein schickes Beisammensein an als ein Arschkriechen bei Investoren.

„Wenn das Essen so gut ist, stört es mich auch nicht, wenn Thalia mich beleidigt."

Ich drehte meinen Kopf zu ihr. „Was hast du gerade gesagt?"

Sie hob die Gabel zum Mund, mit einem Stück Kuchen am Ende. „Hm?"

„Über Thalia?"

Sie biss sich auf die Lippe und legte ihre Gabel ab. „Nichts. Sie ist nur, ähm … kein Fan von mir."

Was zum …? „Wie kommst du darauf?"

Elise nahm ihre Serviette und berührte damit ihre Mundwinkel. Ihre Hände waren elegant, selbst wenn sie mir auf den Hintern klatschten, was ich verdient hatte. „Um es zusammenzufassen, sie hat mir klar gemacht, dass ich nicht gut genug für dich bin."

Ich schnaubte. „Du bist mindestens eine Nummer zu groß für mich."

Sie blinzelte, ihr Gesichtsausdruck war verblüfft.

Ich nahm einen Bissen vom Kuchen und schaute weg. „Sie ist wahrscheinlich eifersüchtig. Du siehst heute Abend atemberaubend aus." Ich überlegte einen Moment. „Zu atemberaubend – ein paar der Männer hier sollten aufpassen, wohin ihr Blick schweift."

Die Wärme ihres Blicks streichelte mein Gesicht. „Das sind schwerwiegende Komplimente, Jackson. Du wirst mich doch nicht schon wieder um etwas bitten, oder? Denn wenn es um Kleidung und Köstlichkeiten geht, könnte ich womöglich annehmen."

Ich blickte sie an, und sie lächelte.

„Wie ich schon sagte", schärfte ich ihr ein, „halte dich vielleicht besser von lüsternen Kerlen fern. Diese reichen, alten Männer sind gerissen."

„Zur Kenntnis genommen", sagte sie. „Aber der einzige

Mann, der bisher handgreiflich geworden ist, war mein Mitbewohner."

Ich richtete meine Dessertgabel auf sie. „Das war nur Show."

„Sicher, ich glaube dir", sagte sie mit viel Sarkasmus in der Stimme. Sie nahm einen weiteren Bissen vom Dessert. „Aber deine Schauspielerei hat den Test nicht bestanden. Thalia kauft es dir nicht ab. Diese Frau ist uns auf der Spur."

Ich knurrte tief in meiner Kehle. Wenn Thalia nicht schon neue Investoren an Land gezogen und mein Team überzeugt hätte, würde ich sie wohl entlassen. „Lass mich das ein für alle Mal klären."

Zwei Tage später war ich gezwungen gewesen, den ganzen Tag über ohne Unterhose herumzulaufen, auch während eines sehr wichtigen Treffens mit führenden Vertretern der Gemeinde, die sich für unsere Technologie interessierten. Ich kam mir wie ein totaler Perverser vor. „Elise!"

Ich warf meine Aktentasche auf den Tresen und stürmte in ihr Schlafzimmer.

Sie saß mit dem Kopf gegen das beige gepolsterte Kopfteil gelehnt, die Haare in einem unordentlichen Dutt, die langen, nackten Beine gekreuzt, während sie auf ihrem Laptop tippte und nichts weiter trug als eine meiner Boxershorts und ein T-Shirt.

Ich schüttelte den Kopf. Das Anstarren meiner Mitbewohnerin war nicht der Grund, warum ich sie ausfindig gemacht hatte. „Verdammt, Elise, ich habe keine Unterwäsche. Was ist mit der Wäsche?"

Sie blickte verlegen auf, bevor sich ihr Gesichtsausdruck in einen der Sturheit verwandelte. „Das ist nicht meine Schuld. Du hast mich gezwungen, mich fein zu machen und am Wochenende auf eine Party zu gehen, und ich hatte keine Zeit für die Wäsche. Es ist eine Menge Arbeit, sich schön zu machen. Man muss alle möglichen Körperteile rasieren …"

Ich zuckte zusammen.

„… sich die Nägel polieren und all sowas. Und dann braucht man Make-up und Unterwäsche, die sich nicht durch die enganliegende Seide abzeichnet. Und die Haare! Hast du eine Ahnung, wie lange es dauert, einen natürlich aussehenden Dutt zu machen, der meine Haut nicht wie eine Leinwand spannt? Und damit das glasklar ist: Zwölf-Zentimeter-Absätze tun weh. Also komm mir nicht mit diesem „Du hast meine Wäsche nicht gewaschen, Weib"-Geschwätz. Ich hatte viel zu tun und werde mich darum kümmern, wenn ich Luft habe. Oder du kannst die Wäsche selbst waschen."

Der Instinkt, den Schwanz einzuziehen und mich zu verstecken, war stark.

Sie wandte sich wieder ihrem Computer zu und schnippte mit den Fingern, ohne aufzusehen. „Mach die Tür hinter dir zu."

Wie konnte es sein, dass ich diesen Streit verloren hatte? „Sieh einfach zu, dass du zur Wäscherei kommst." Sophia hatte versucht, mich über Absätze zu belehren, als sie noch hier wohnte, und wie ein Idiot hatte ich das nicht bedacht, als ich Elises Outfit kaufte. „Tut mir leid wegen der Schuhsache. Ich hätte dich fragen sollen, bevor ich sie gekauft habe."

Ihr Temperament schlug schlagartig um, und sie strahlte mich an. „Es ist in Ordnung. Sie waren sehr hübsch."

Ich kniff meine Augen zusammen. Wollte sie mich verarschen? „Apropos unbequem, weißt du, wie unangenehm es ist, einen Anzug ohne Unterwäsche zu tragen? Die Jungs haben geklappert wie Kastagnetten."

Elises Augen weiteten sich, dann beugte sie sich vor, fing an zu lachen und kippte ihren Laptop auf die Matratze. „Wirklich?" Sie wischte sich über die Augen, denn das hatte ihr offenbar die Tränen in die Augen getrieben.

„Ich bin froh, dass mein Elend dich zum Lachen bringt", sagte ich irritiert, aber meine Lippen verzogen sich zu einem kleinen Lächeln. „Es ist luftig ohne Unterwäsche."

Ihr Blick glitt zu meiner Taille, und ich spürte, wie mein Schwanz reagierte. „Das ist nicht hilfreich", murmelte ich.

Sie schüttelte kurz den Kopf. „Tut mir leid. Ich schätze, ich kann eine Pause machen und eine Ladung erledigen." Sie legte den Laptop beiseite und rutschte vom Bett. „Gib mir nur ein oder zwei Stunden."

„Was ist mit dem Abendessen?", fragte ich.

Ihr Gesicht verhärtete sich. „Du übertreibst es, Jackson."

Ich hielt meine Hände hoch. „Das steht im Vertrag."

Sie hob ihre Augenbraue. „Du meinst den unsichtbaren Vertrag?"

„Den mündlichen Vertrag."

„Na schön", sagte sie und rauschte auch schon an mir vorbei. „Geh duschen, oder was auch immer, und ich werde mich um meine häuslichen Pflichten kümmern."

Dreißig Minuten später kam ich geduscht und in Jogging-hose und T-Shirt in die Küche und fand Elise in ihrer *Hot Stuff*-Schürze vor, was ein gutes Zeichen war. Sie machte nie Essen, ohne dieses Ding zu tragen.

Ich setzte mich an die Halbinsel, und sie stellte einen Teller vor mich hin.

„Pizza?", sagte ich überrascht. „Und Salat?" Sie hatte eine Tiefkühlpizza in den Ofen geschoben und sogar noch zusätz-lichen Belag draufgelegt. Aber der Salat mit geschnittenem Gemüse war der größte Schocker.

Das war eine gewaltige Steigerung gegenüber ihrer normalen Kost. Ich war beeindruckt.

Elise kramte ein Stück Stoff hervor und reichte es mir. „Hier."

Ich hielt sie hoch. „Ist das … meine Boxershorts?" Ich warf einen Blick auf ihre Beine, die jetzt in der Jeans steckten, die ich ihr gekauft hatte – und die darin verdammt gut aussahen, wenn ich das so sagen durfte. Ihr Oberteil war schwarz und dehnbar; die Verkäuferin hatte behauptet, dass es ihr gut stehen würde. Das tat es allerdings. Beinahe zu gut, denn es schmiegte sich an all den richtigen Stellen an ihre Kurven, zog meine Aufmerksamkeit auf sich und hielt sie fest.

Und dann erstarrte ich. „Das ist aber nicht … ist das die Boxershorts, die du eben noch getragen hast?"

Ich hatte in Erwägung gezogen, ihr auch hübsche Unterwäsche zu kaufen, als ich ihr eine Garderobe besorgte, aber ich dachte, sie würde es falsch verstehen und mir die Sachen um die Ohren hauen. Jetzt wurde mir klar, dass ich das Risiko hätte eingehen sollen.

„Ja, aber mach dir keine Sorgen", sagte sie. „Ich habe sie nur eine Stunde oder so getragen."

Ich starrte sie an. „Sag mir, dass du darunter deine eigene Unterwäsche getragen hast." Der Gedanke an ihre nackte Haut unter den Boxershorts war zu viel. Die partielle Erektion, die ich vorhin gespürt hatte, war jetzt eine komplette, voller Tatendrang.

Sie prüfte die Uhrzeit auf ihrem Handy. „Natürlich habe ich das, Dummerchen." Sie zog die Schürze aus. „Du hast dann jetzt alles?"

Ich runzelte die Stirn, als sie sich beeilte, das Geschirr wegzuräumen, mit dem sie das Essen zubereitet hatte. „Wo gehst du hin?"

„Auf ein Date. Sophia hat mich überredet, diese neue App auszuprobieren, von der ihre Mitarbeiter gesprochen haben." Sie schloss den Geschirrspüler und wischte sich die Hände ab. „Sie macht sich Sorgen, dass dieses Pseudo-Dating unsere Freundschaft ruinieren könnte, und sie möchte sichergehen, dass es platonisch bleibt. Also, tschüss!" Sie winkte mit den Fingern und war zur Tür hinaus, bevor ich zu Atem kommen konnte.

Noch mehr Dates?

Erst als sie weg war, wurde mir klar, dass sie unmöglich in

den letzten dreißig Minuten die Wäsche gewaschen und das Abendessen zubereitet haben konnte. Das bedeutete, dass die einzige Unterhose, die ich für morgen hatte, die war, die ich in meiner Hand hielt. Die, die vorhin noch ihre langen, gebräunten Beine umschmeichelt hatte. Und andere Stellen von ihr.

Scheiße.

KAPITEL
FÜNFZEHN

Jack

In der gesamten zweiten Woche unserer vierwöchigen Wohngemeinschaft trieb mich Elise in den absoluten Wahnsinn. Sie hatte endlich die Wäsche gewaschen und ein paar anständige Mahlzeiten zubereitet, als ob sie an meinen Cholesterinspiegel denken würde. Und sie hatte mindestens ein halbes Dutzend Verabredungen gehabt.

Man hätte meinen können, dass sie mir aus dem Weg ging.

Das Essen war keine große Sache, ebenso wenig wie die Wäsche. Ich hätte diese Dinge genauso gut selbst erledigen können, aber zum ersten Mal, seit ich dreizehn war, hatte eine Frau sie für mich erledigt – und das hatte mir gefallen.

Mir war es nie wichtig gewesen, dass eine Frau irgendetwas für mich tat, aber aus irgendeinem Grund gefiel es mir so gut, wenn Elise diejenige war, dass ich mich in ein Arschloch verwandelte und darauf bestand. Ich hatte das Arrangement doch nur vorgeschlagen, damit sie sich damit wohlfühlte, einzuziehen und keine Miete zu zahlen, und jetzt verlangte ich, dass sie sich um den Haushalt kümmerte.

Die Tiefkühlkost schmeckte besser, wenn Elise sie zubereitete. Vielleicht machte der zusätzliche Belag, den sie auf die Käsepizza gab, oder die Art, wie sie die Kleidung faltete, den Unterschied aus – ich wusste es nicht. Aber ich mochte alles lieber, wenn sie es tat. Ich mochte auch, wie sich die Wohnung anfühlte, wenn sie da war. Deshalb war ich kurz davor, meinen Verstand zu verlieren, weil sie jeden Abend ausging.

Und weil sie ihre Zeit mit anderen Männern verbrachte.

Ich hatte mich gerade aus dem Mailaccount in meinem „Arbeitszimmer" ausgeloggt, als sie an meine offene Schlafzimmertür klopfte. „Hast du einen Moment Zeit?"

„Klar, was gibt's?"

Sie hielt ihr Telefon hoch, dessen Bildschirm vom gefürchteten Spinnennetz überzogen war. Ich hatte das Display schon länger im Auge und überlegte immer wieder, wie ich es ersetzen lassen könnte, ohne dass sie es mitbekam, aber das war wohl unmöglich.

Ich kniff die Augen zusammen und betrachtete endlich das Foto und die Beschreibung in der App, die sie mir zeigte. Ein Typ Anfang dreißig, der ein Kopftuch trug. „Nein."

„Nein?"

„Er sieht verzweifelt aus. Und trottelig." Ich deutete auf meinen Kopf. „Das Bandana um den Kopf verrät alles."

„Verrät was genau?"

„Er ist ein Perverser."

Elise lachte und schien unsere Streitereien darüber, mit wem sie als Nächstes ausgehen sollte, auch noch zu genießen. „Das ist lächerlich."

Ich zuckte mit den Schultern. „Ich sage nur, was ich sehe."

Sie hatte mir die ganze Woche über Profile potenzieller Verehrer gezeigt, und jedes Mal fiel mir eine andere Ausrede ein, damit sie sich nicht mit ihnen verabreden konnte. Aber einige der Männer kamen durch, wenn ich nicht da war, um ein Veto einzulegen.

Sie legte den Kopf schief und starrte das Foto an. „Du hast recht. Er sieht wirklich verzweifelt aus. Ich wette, er ist anhänglich."

„Eindeutig anhänglich."

Ich hatte Sophia beiläufig gefragt, ob Elise immer so oft ausging, und sie hatte den Kopf geschüttelt und gesagt: „Nein, das muss daran liegen, dass sie nicht mehr zu Hause wohnt."

Ich wusste nicht, warum das Zusammenleben mit mir ihr Dating-Fieber geweckt hatte, aber ich war nicht glücklich darüber.

Elise seufzte und ließ sich auf meine Matratze sinken, während sie durch ihr Handy scrollte.

Ich beäugte sie misstrauisch. Elise auf meiner Matratze war kein gutes Bild in meinem Kopf.

Sie sah auf. „Bist du bald fertig mit der Arbeit? Willst du noch ein Bier mit mir trinken?"

„In einer Bar?" Ich war mir nicht sicher, ob ich dazu in der Stimmung war, aber ich würde hingehen, wenn sie es wollte. Wenigstens könnte ich dort all die anderen Kerle verscheuchen.

Sie schnaubte. „Auf keinen Fall. Der Schlafanzug ist an, und ich mache heute Abend keinen Schritt mehr vor die Tür. Ich habe an das Bier in unserem Kühlschrank gedacht."

Das wäre das erste Mal seit Tagen, dass sie nicht ausging. „Kein großes Date heute Abend?"

„Nö."

Ich wusste nicht, warum mich diese schnoddrige, einsilbige Antwort so verdammt glücklich machte, aber ich hatte nicht vor, mich damit aufzuhalten.

Ich stand auf und gab ihr ein Zeichen. „Nach dir." Wenn ich Elise auf meinem Bett sitzen sah, brachte mich das bloß auf Ideen. Nicht, dass ich den zusätzlichen Schubs gebraucht hätte. Meine Gedanken waren in letzter Zeit oft in diese Richtung gewandert.

Wir gingen in die Küche, und Elise öffnete den Kühlschrank, während ich mich an die Theke setzte. Sie beugte sich vor, so dass ich ihren Hintern direkt im Blickfeld hatte.

Ich seufzte. Sie machte ein konzentriertes Gesicht, als sie versuchte, sich zwischen den fünf verschiedenen IPAs zu entscheiden, die ich vorrätig hatte. Sie flirtete nicht absichtlich; ihre sexuelle Attraktivität war einfach ein Teil von ihr.

Unabhängig davon, wie sehr ich mich zu Elise hingezogen fühle, würde ich mich nicht darauf einlassen. Ich würde es ja doch nur vermasseln, selbst wenn ich offen für eine Beziehung wäre, was ich nicht war. Es gab einen Grund, warum meine früheren Beziehungen gescheitert waren, und es war nicht immer die Schuld der Frauen. Einige von ihnen hatten sich mehr Bindung gewünscht, und dieses Bedürfnis hatte dafür gesorgt, dass ich mich wie ein schwedischer Tresor verschlossen hatte. Abgesehen von den oberflächlichen Geschenken und so weiter war ich ein mieser Freund. Deshalb hatte ich mir eine Auszeit gegönnt. Ich begann mich schuldig zu fühlen.

Elise öffnete eine Flasche Anchor Steam – das Bier, das ich normalerweise trank – und reichte sie mir. Sie holte Chips, Salsa und Mais-Snacks aus dem Schrank und gesellte sich mit einem Sierra Nevada in der Hand zu mir an den Tresen, glitt auf einen der Barhocker.

Meine Körperseite strahlte Wärme aus, sobald sie in der Nähe war. Und doch war dieser kleine Moment der Häuslichkeit auch friedlich. Ich mochte das gesellige Knuspern, kein Gespräch nötig. Wir genossen einfach die Gesellschaft des anderen.

Sie griff nach ihrem altmodischen Wörtersuchbuch, das man in den Zeitschriftenregalen der Supermärkte findet, und begann eine neue Seite mit Wörtern, die mit dem Kentucky Derby zu tun hatten.

Ich schaute ihr über die Schulter. „Fohlen – diagonal." Ich zeigte auf die Stelle.

Sie zog einen Kreis darum und strich das Wort auf der Liste durch.

Ein paar Minuten später war sie fast fertig. Ich hatte hier und da auf ein paar hingewiesen, weil ich mir das nicht verkneifen konnte, aber Elise war die Meisterin der Wortsuche. Sie brauchte nur wenige Minuten für eine Seite.

Sie seufzte. Dann seufzte sie erneut. Sie hing bei „Hengst" fest. Es waren immer die kurzen Wörter, die ihr am Ende fehlten.

Ich lehnte mich näher heran, und sie versteifte sich. Ihr Brustkorb hob und senkte sich noch schneller.

Normalerweise schien Elise nicht sonderlich an meiner Anwesenheit interessiert zu sein. Manchmal wirkte sie beinahe gleichgültig, es sei denn, ich ging ihr auf die Nerven, und sie nannte mich Jackson. Aber trotz ihrer Verabredungswut fragte ich mich in Momenten wie diesem ...

„Unten rechts in der Ecke, eine Reihe weiter oben." Ich streckte mich, um Abstand zu gewinnen und so zu tun, als hätte mich unser kleiner Moment nicht berührt. Ich würde keinen weiteren Schritt machen. Ich hielt diesen Scheiß unter Verschluss.

Ihr Telefon piepte, und sie nahm den Hörer ab. Ein breites Grinsen überzog ihr Gesicht.

Mein Elise-Dating-Radar war in höchster Alarmbereitschaft. Jedes Mal, wenn ich diesen Piepton hörte, raste mein Herz, und mein Kopf pochte, so als hätte ich eine leichte Panikattacke. Ich nickte mit dem Kinn in ihre Richtung. „Was ist los?"

Ihre Augen funkelten, während sie auf den Bildschirm starrte. „Ich habe da einen Guten erwischt."

Mein Kiefer krampfte sich zusammen. „Ich dachte, du bleibst heute zu Hause."

„Er arbeitet in der Nähe und ist auf dem Weg hierher." Sie hüpfte vom Hocker und ignorierte meine Frage.

Ich war derjenige, der emotional verschlossen war, aber

dennoch saß ich nun hier und ärgerte mich darüber, dass Elise ging, als wir es uns gerade gemütlich gemacht hatten. Ich hatte kein Recht dazu. Aber das änderte nichts an meinen Gefühlen.

In Gedanken ging ich die Läden und Gaststätten in der Nähe durch. „Du gehst mit einem Kellner aus? Was ist aus dem Plan geworden, dass ich deine App checke, bevor du dich mit dem nächsten Loser verabredest?"

„Der hier scheint in Ordnung zu sein. Und er ist kein Kellner, er ist ein Blumenlieferant", sagte sie fröhlich.

Ich schloss meine Augen und seufzte. „Ja, das klingt toll."

„Hey." Endlich sah sie mich an. „Lieferant zu sein, ist ein ehrbarer Beruf. Was würdest du ohne deine Essenslieferanten machen?"

Sie hatte mich erwischt. Ich kannte die Lieferfrau, die in dem chinesischen Restaurant am Ende der Straße arbeitete, beim Vornamen. Dennoch blieb ich beharrlich. „Und das ist ein Kriterium dafür, dass du eine Stunde vergeudest, die du nie mehr zurückbekommst? Worüber wirst du mit ihm reden?"

Sie zuckte mit den Schultern. „Pflanzen? Sophia arbeitet im Bereich Grünkrempel; ich bin sicher, es gibt Dinge, über die wir uns unterhalten können."

„Sophia ist eine diplomierte Designerin."

Elise runzelte die Stirn. „Sei kein intellektueller Snob, Jackson. Der Typ scheint fleißig zu sein. Und er ist süß."

Ich stieß einen gequälten Seufzer aus.

Sie sah auf die Uhr. „Er wird in fünf Minuten hier sein."

Es kribbelte in meinem Nacken. „Was? Ich dachte, du machst Witze. Er ist doch nicht wirklich auf dem Weg hierher?"

„Doch, ist er. Also solltest du gehen."

Fielen mir gerade die Augen aus dem Kopf? „Das ist mein Haus!"

Sie zuckte die Achseln. „Okay, dann bleib. Er und ich werden gehen."

Das gefiel mir auch nicht besser. „Vergiss es. Ich gehe in mein Zimmer. Aber hier ..." Ich öffnete die Schublade mit dem Zeug, das sonst nirgends hingehörte, und schob alles durcheinander, bis ich fand, wonach ich suchte.

Elise starrte auf das Stück Metall, das ich ihr reichte. „Eine Pfeife?"

„Da bläst du rein, wenn er irgendwas versucht." Ich kratzte mich am Kopf. „Pfefferspray wäre besser, aber das habe ich gerade nicht zur Hand."

Sie schien sich ein Lächeln zu verkneifen. „Hast du denn sonst immer Pfefferspray zur Hand?"

„Natürlich nicht, ich bin ein Mann. Ich werde vielleicht angemacht, aber bisher hat mich keine Frau überwältigt und ausgenutzt."

Ihr Gesicht wurde knallrot, und mir wurde bewusst, was ich gesagt hatte.

Sie dachte an diese eine Nacht – die Nacht, in der sie versehentlich zu mir ins Bett gekommen war und mich dann nicht ganz so versehentlich geküsst hatte.

Dachte sie, ich hätte es nicht gewollt? Dass sie mich gezwungen hatte? „Und pack meine Nummer auf deine Kurzwahltaste."

Sie verdrehte die Augen, ihre Verlegenheit verblasste. „Bist du jetzt mein überfürsorglicher großer Bruder?"

Ja, genau, *großer Bruder*. Ich tippte mit dem Finger auf den Tresen. „Kann ich dir den Kerl anvertrauen?"

Sie schüttelte langsam den Kopf, als könne sie meine Worte nicht glauben, und dann klopfte es an der Haustür.

Ihre Augen weiteten sich, und sie zeigte auf die Rückseite des Hauses. „Geh!" Auf meinen sturen Blick hin sagte sie: „Warte wenigstens in deinem Zimmer, bis wir gehen. Du ruinierst die Stimmung mit deinem unleidlichen Jackson-Blick."

„Er hätte es verdient", murmelte ich. Niemand nannte mich unleidlich. Ich war fröhlich und unbekümmert. Außer mit Elise.

„Jetzt." Sie zeigte wieder auf mich, aber ich wartete, bis sie die Tür öffnete, wobei ich meine Boxershorts trug, die zu sexy waren, um sie vor anderen Männern zu tragen.

Der Typ auf der anderen Seite hatte langes, schmutzig-blondes Haar, war gut gebaut und etwas größer. Ich mochte ihn nicht. Kein bisschen.

Elise schaute über ihre Schulter und sah mich dort stehen, und ihre Augen schossen Blitze.

Mürrisch ging ich in mein Schlafzimmer, wo ich mich aufs Bett legte und an die Decke starrte, bis ich hörte, wie Elise zurück in ihr Zimmer eilte. Sie rumorte dort ein paar Minuten lang, vielleicht um sich umzuziehen, dann stürmte sie den Flur hinunter und knallte die Haustür zu, als sie hinausging.

Mit dem Fremden, dem Arschloch.

Mit geballten Fäusten schloss ich die Augen und atmete tief ein. Ich war wütend, und ich hatte kein Recht dazu. Abrupt setzte ich mich auf und griff nach meiner Brieftasche auf dem Nachttisch. Ich hatte keine Lust, die ganze Nacht herumzusitzen. Ich kam mir vor wie ein Loser.

Mit ein paar Bieren im Arm verließ ich die Wohnung und machte mich auf den Weg zu Max, wo ich seine und Sophias Pärchenzeit stören wollte.

Dieses ganze Theater, das ich hier unnötigerweise aufführte, wäre nicht so peinlich gewesen, wenn ich Interesse an meinen eigenen Aufrissen gehabt hätte, aber das hatte ich nicht. Ich war zu sehr auf Elises Liebesleben konzentriert.

KAPITEL
SECHZEHN

Elise

Tja, es geschahen tatsächlich noch Zeichen und Wunder. Gestern Abend hatte ich ein Date, und es war tatsächlich gut gelaufen.

Conner war supersüß und nicht im Geringsten anhänglich. Wie sich herausstellte, hatte er größere Ambitionen als Blumenlieferungen. Obwohl ich Jack gesagt hatte, dass mir der Lieferjob nichts ausmachte, war es verwirrend, dass ein Siebenundzwanzigjähriger sich nicht nach etwas anderem umgesehen hatte. Es stellte sich heraus, dass Conner eine Ausbildung zum Wirtschaftsprüfer machte und den Lieferjob nebenbei ausübte, bis er mit der Schule fertig war. Was künftige Karrieren anging, so war diese stabil, wenn auch unglaublich langweilig. Aber jeder musste das finden, was ihm zusagte.

Ich ging den Flur entlang und balancierte einen Wäschekorb auf meiner Hüfte. Jack war bei einer Teambesprechung und schon seit dem frühen Morgen weg, was mir für einen Wochenendnachmittag übertrieben vorkam, aber er war ein hohes Tier. Das musste dann wohl so sein.

Er war in letzter Zeit oft weg. Ich schätzte das Alleinsein, aber wenn er erst spät nach Hause kam, fühlte es sich komisch an. Ich hatte mich daran gewöhnt, dass er in dem Zimmer auf der anderen Seite des Flurs arbeitete und hier war, wenn ich von Verabredungen zurückkam. Die Wohnung war zu ruhig, wenn er weg war.

Und ich war extrem frustriert über mich selbst, weil ich so dachte.

Das Leben in der Kakerlaken-Wohnung war einsamer gewesen, dort hatte es nur meinen streitlustigen Nachbarn gegeben für tägliche Interaktionen, und das war es auch, was ich gewollt hatte. Warum also hängte ich mich an meinen Mitbewohner? Und ausgerechnet an Jack?

Nein – einfach nein.

Ich betrat das Wohnzimmer und drehte die Musik auf, die ich über ein ausgefallenes Gerät streamte, das Jack mir zwanzig Minuten lang geduldig erklärt hatte. Ich sang falsch mit, während ich seine erstaunlich teuren Designer-Boxershorts zusammenfaltete. Ich hielt ihn nicht für einen schicken Typen, aber als ich auf die Etiketten seiner Kleidung schaute (sie starrten mich geradezu an, also schaute ich natürlich nach), waren es Marken, die ich als gehoben erkannte.

Der Mann war lässig und hatte einen guten Geschmack, und er gab offenbar viel Geld für Kleidung aus, die ihm gut stand ...

Halte dich von ihm und seiner Unterwäsche fern.

Ich hatte versucht, romantische Gedanken an Jack zu verdrängen, und es war mir gelungen ... bis zu einem gewissen Grad. Gelegentlich. Okay, selten.

In der Nacht, in der wir miteinander schliefen, war ich in einer Art Trance nach dem Schlafwandeln gewesen. Ich hatte ihn geküsst, ohne nachzudenken. Jack war mir gegenüber immer etwas launisch gewesen, und so hatte es mich überrascht, als er meinen Kuss erwiderte. Aber so trübe die körperlichen Details dieser Nacht auch waren, die Gefühle blieben in Technicolor …

Jacks starke Hände hatten mein Gesicht umschlossen, und seine Augen waren so dunkel, dass ich das Grün nicht mehr erkennen konnte. Aber die Absicht hinter seinem Blick war klar gewesen … voller Lust und etwas, das nach entschieden mehr aussah.

Ich kniff meine Augen zu, aber das half nichts, denn ich konnte immer noch die Berührung seiner Lippen spüren, die mich liebkosten und anbeteten … *Ach, hör auf, daran zu denken!*

Ich sang aus voller Kehle den Refrain eines Taylor-Swift-Songs, und meine Stimme brach vorhersehbar an einer hohen Stelle, als es an der Tür klingelte. Ich sprang über den Wäschekorb und wäre beinahe gestürzt, als ich die Tür öffnen wollte. Aber ein Vertreter war besser als das, wohin meine Gedanken gewandert waren.

Als ich durch den Türspion schaute, stand ein älterer Mann vor der Tür, der nicht gerade den Eindruck eines Vertreters erweckte. Er wirkte gebrechlich, also auch nicht gerade der Typ Serienmörder.

Ich öffnete die Tür ohne die Kette.

Die Augen des Mannes weiteten sich vor Überraschung. Er lehnte sich zurück und starrte zur Seite, wahrscheinlich auf die Wohnungsnummer neben der Tür. „Ich suche nach Jack …" Er blickte an mir vorbei in die Wohnung, die Stirn in Falten gelegt. „Ich war schon eine Weile nicht mehr hier, und der Freund meines Sohnes hat das Gebäude kürzlich renoviert. Habe ich am falschen Ort angehalten?"

„Nein, nein, das ist es", sagte ich. „Kommen Sie rein." Ich trat zur Seite, um ihn vorbeizulassen, aber Jacks Vater sah verwirrt aus – und mir ging es ganz ähnlich.

Dieser kleine alte Mann war Jacks Vater?

Sein Haar war strähnig, und er hatte dunkle Ringe unter

den Augen. Er war ein paar Zentimeter kleiner als Jack und sehr dünn.

„Ich bin Elise", sagte ich. „Seine ..." Oh, Scheiße! Würde Jack wollen, dass ich mich seine Freundin oder seine Mitbewohnerin nannte? Scheiße, Scheiße!

Als er mein Zögern spürte, streckte Jacks Vater seine Hand aus. „Ich bin Tom. Freut mich, dich kennenzulernen." Er sah sich um. „Ist mein Sohn hier?"

„Er hat in letzter Zeit meist im Büro gearbeitet."

Toms Kinn zuckte zurück. „Im Büro? Wirklich?"

Ich gluckste. „Das ist auf jeden Fall eine Abwechslung." Ich machte mich auf den Weg in die Küche und bat Tom, am Tresen Platz zu nehmen. „Kann ich Ihnen etwas zu trinken anbieten?" Ich öffnete den Kühlschrank und zögerte. „Wir haben Bier und ... Bier. Ah!", fügte ich erleichtert hinzu. „Außerdem gibt es Orangensaft."

Tom lächelte. „Ich nehme ein Glas Orangensaft, wenn es nicht zu viel Mühe macht."

Ich schenkte ein Glas ein und stellte es vor ihn hin. „Wusste Jack, dass Sie kommen?"

„Nein, ich war in der Gegend und dachte, ich schaue mal vorbei. Er hat auf meine Anrufe nicht reagiert." Der Ausdruck auf Toms Gesicht war mehr als nur besorgt.

Ich zückte mein Handy. „Ich kann es bei ihm versuchen. Mal sehen, wo er ist."

Tom wies meinen Vorschlag mit einem Winken ab. „Er wird sich melden, wenn er bereit ist."

Das war eine seltsame Antwort, aber ich lächelte einfach, weil ich plötzlich ganz unsicher war. „Wohnen Sie in der Stadt?" Es wäre seltsam, wenn ich nichts von Jacks Vater gehört oder ihn gesehen hätte, obwohl er in der Stadt war.

Tom nahm einen Schluck von seinem Saft, stellte das Glas ab und nickte. „Ja, gleich drüben an der Ecke Fillmore und Sutter."

Also nicht weit. Und definitiv in der Stadt.

„Wie lange leben Sie schon mit Jack zusammen?" fragte Tom und überraschte mich damit. Aber zumindest diese Frage konnte ich leicht beantworten.

„Erst seit ein paar Wochen. Es ist neu."

Er nickte. „Wie haben Sie meinen Sohn kennengelernt?"

Auch eine leicht zu beantwortende Frage. „Meine Schwester hat das zweite Zimmer eine Zeit lang gemietet, bevor sie mit Max zusammenkam."

Ein strahlendes Lächeln erhellte Toms Gesicht. „Ich habe von Ihrer Schwester gehört. Ich habe gehört, dass Max, mein Junge, sich sehr in sie verliebt hat."

Ich schenkte mir Wasser ein und stellte mich gegenüber von Tom an den Tresen. „Max ist ganz schön anstrengend", scherzte ich. „Aber er bringt meiner Schwester ständig hand-gemachte Schokolade mit, das spricht für ihn."

Tom lachte. „Der Junge hat eine Schwäche für Süßes."

„Hat Jack Ihnen erzählt, dass alles damit anfing, dass Max Sophias Gourmet-Schokolade gemopst hat, wenn sie nicht zu Hause war?"

Tom schüttelte den Kopf. „Das hat er mir nicht erzählt, aber es überrascht mich nicht. Er und Jack haben früher jeden Nachmittag meine Speisekammer ausgeräumt. So etwas habe ich noch nie gesehen. Sie würden nicht glauben, was ich damals für Lebensmittel ausgegeben habe."

Ich nickte. „Ich kann es mir vorstellen. Jack ist wie ein Müllschlucker. Neulich habe ich ihn mit dem schlimmsten Abendessen aller Zeiten überrascht, und er hat es verschlun-gen, als wäre es Filet Mignon statt angebrannter Burger-Pattys."

Tom lachte, und seine Wangen färbten sich vor Vergnügen rosig. „Nach dem Tod von Jacks Mutter habe ich viele Gerichte gekocht, bei denen der Junge nicht einmal mit der Wimper gezuckt hat. Verkochtes Gemüse, versalzenes Fleisch – er hat alles gegessen." Toms Gesichtsausdruck wurde weicher und trauriger. „Ich glaube, er wollte sich nicht beschweren. Meine liebe Frau hatte schon früh Mitleid mit mir wegen meiner mangelnden Fähigkeiten in der Küche, und sie kochte den größten Teil." Er schüttelte den Kopf, dann sah er auf und lächelte, obwohl die Traurigkeit noch anhielt. „Ich bin froh, dass Jack jetzt jemanden hat. Ich bin froh, dass er Sie in seinem Leben hat."

Ich wollte die Sache gerade klarstellen, als die Haustür aufschwang. Ich hatte sie wohl nicht ganz geschlossen.

Jack trat ein. „Dad? Was machst du denn hier?"

KAPITEL
SIEBZEHN

Jack

Als ich die Wohnung betrat, bot sich mir ein Bild, das ich nicht erwartet hatte. Mein Vater und Elise hingen in der Küche ab, und wenn ich mich nicht täuschte, hatte mein Vater Elise gerade als meine Freundin bezeichnet.

„Dad?" Ich schloss die Tür hinter mir. „Was machst du denn hier?" Die Chemotherapie hatte seinem Körper zugesetzt, und er erholte sich meiner Meinung nach nicht schnell genug. „Stimmt etwas nicht?"

„Es ist alles in Ordnung." Er lächelte Elise an. „Ich lerne nur deine neue Freundin hier kennen."

Elises Augen weiteten sich komisch. „Ich bin nicht …", begann sie, bevor ich sie unterbrach.

„Tut mir leid, dass ich nicht zu Hause war, als du kamst."

„Weißt du, Jack", sagte mein Vater, „du kannst mich deinen Freundinnen vorstellen. Ich beiße nicht."

Mein Vater stand mit dem Rücken zu Elise, und sie gestikulierte wütend hinter ihn, stieß den Finger in die Luft und verfluchte mich stumm.

Ich hatte nicht vorgehabt, Elise vor meinem Vater als

meine Freundin zu bezeichnen. Er hatte vor ein paar Monaten seine Behandlung gegen das Non-Hodgkin-Lymphom abgeschlossen, und ich hatte regelmäßig nach ihm gesehen, aber die letzten Wochen waren, in Ermangelung eines besseren Wortes, sehr geschäftig gewesen, nachdem Elise eingezogen war. Es schien einfacher zuzustimmen, dass sie meine Freundin war, als meinem kranken Vater die lange Geschichte zu erklären. „Keine meiner Ex-Freundinnen war besonders genug, um sie dir vorzustellen", sagte ich schließlich. „Elise ist anders."

Elises Kiefer klappte aus den Angeln.

„Du hast mir noch nichts von ihr erzählt", sagte mein Vater.

„Du triffst sie ja jetzt." Ich stellte mich neben Elise und legte meinen Arm um ihre Taille, in der Hoffnung, sie würde sich entspannen. „Wir kennen uns schon seit Monaten, aber sie ist vor kurzem eingezogen, hat das zweite Zimmer gemietet, und von da an hat sich alles ergeben."

Die Augen meines Vaters verengten sich. „Ich verstehe. Nun, ich mag sie. Mach nicht gleich Schluss mit ihr. Du hast ein Muster, mein Sohn."

„Es ist nicht seine Schuld", sagte Elise. „Er hat noch nie eine gehabt, die so gut ist wie ich."

Und da war die echte Elise, frech wie immer.

Sie grinste und kniff mir in den Hintern, wo mein Vater es nicht sehen konnte, und ich presste meine Lippen zusammen und unterdrückte ein Lächeln.

Elise hatte recht. Ich hatte noch nie eine wie sie gedatet oder gehabt – süß, frech, klug und eine Klugscheißerin.

Sie schlüpfte an mir vorbei. „Ich lasse euch beide allein, damit ihr in Ruhe quatschen könnt."

Elise ging den Flur entlang, wahrscheinlich in ihr Zimmer, und mein Vater verzog den Mund. „Die ist anders."

Ich stellte eine Packung Milch, die ich auf dem Heimweg gekauft hatte, in den Kühlschrank. „Dad, du hast die

Frauen, mit denen ich ausgegangen bin, doch nie kennengelernt."

Er strich mit den Fingern über den Tresen. „Ich habe ein paar von ihnen beim Kommen und Gehen getroffen, so wie heute. Sie waren ganz nett. Elise ist anders."

Sie ist auch nicht meine richtige Freundin, dachte ich, sagte es aber nicht. „Es ist noch neu, Dad." Ich schenkte mir ein Glas Wasser ein. „Mach dir keine zu großen Hoffnungen."

Er runzelte die Stirn. „Warum nicht? Du bist dreißig. Willst du nicht eine nette Frau an deiner Seite haben?"

Wenn ich nein sagen würde, würde meine Show auffliegen. „Doch, sicher."

Seine Miene wurde ernst. „Jack ..." Er wies mit dem Daumen in die Richtung, in die Elise gegangen war. „Sie ist eine gute Frau. Sie hat ein gutes Herz; das kann ich spüren. Und sie ist lustig. Stoß sie nicht gleich wieder weg."

Ich zuckte zusammen. Mein Vater wurde auf seine alten Tage immer scharfsinniger. „Zur Kenntnis genommen. Aber was ist mit dir, wie fühlst du dich jetzt?"

Er fuhr sich mit den Händen über die Rippen, wo eigentlich eine Schicht Wohlstandsspeck aus dem mittleren Lebensalter hätte sein sollen. „Ich fühle mich fit. Deshalb habe ich beschlossen rauszugehen."

Ich runzelte die Stirn. „Der Arzt hat gesagt, dass es gut für dich ist rauszugehen, wenn du dich wieder wohl fühlst." Ich sagte das mehr, um mich selbst zu beruhigen, als zu meinem Vater. Es war schwer, ihn umherlaufen zu sehen, obwohl er noch schwach war. „Bist du sicher, dass du die Krankenschwester, die ich eingestellt habe, nicht brauchst? Ich kann anrufen und sie ein paar Mal in der Woche kommen lassen."

Mein Vater stöhnte. „Nicht Schwester Ratched. Diese Frau hat Eier aus Stahl. Sie hat mir das entsetzlichste Essen gemacht. Die Art Essen, das man Leuten gibt, die im Krankenhaus auf dem Sterbebett liegen."

Mir wurde flau im Magen. Er scherzte, aber er war zu nah an der Wahrheit.

Er hätte sterben können. Das könnte er immer noch. Die Ärzte waren zuversichtlich, dass sie den Krebs entfernt hatten und dass er auf dem Weg der Besserung war, aber nichts im Leben war sicher. Ein Teil von mir war nie über den Tod meiner Mutter hinweggekommen, die gestorben war, als ich dreizehn Jahre alt war. Ich konnte nicht auch noch meinen Vater verlieren. Außer Max war er die einzige Familie, die ich noch hatte. „Es war die Aufgabe der Krankenschwester, dir bei deiner Genesung zu helfen und dich zu versorgen. Gesundes Essen schmeckt nie gut."

„Gesund ist nicht das Wort, mit dem ich die Mahlzeiten beschreiben würde, die Ratched zubereitet hat. Gelatineartiger, manchmal flüssiger Glibber trifft es eher. Ich würde gerne leben, Jack. Füttere mich noch mehr mit diesem Mist, und ich kippe gleich tot um."

Ich rieb mir die Stirn. „Dad, mach keine Witze."

Auf meine angespannte Miene hin sagte mein Vater: „Tut mir leid, mein Sohn. Ehrlich gesagt geht es mir schon besser. Ich muss nur wieder ins Fitnessstudio und meinen athletischen Körper zurückgewinnen."

Ich lachte.

„Hey, nicht lachen. Ich habe so viel Gewicht verloren, ich denke, ich werde es dieses Mal als Muskeln wieder aufbauen."

„Mach du das. Sag mir nur, wann du gehst, damit ich da sein kann." *Und aufpassen, dass er sich nicht verletzt.*

Mein Vater stand auf und streckte den Rücken durch, so wie ich es auch immer tat. Ich hatte nur wenige Erinnerungen an meine Mutter, aber ihr Lachen, wenn wir beide die gleichen Bewegungen machten, war eine meiner Lieblingserinnerungen.

„Na gut, ich gehe jetzt besser. Ich will mich nicht zu sehr

anstrengen und dann nachher nicht ins Fitnessstudio gehen können, um ein Muskelklotz zu werden."

Ich gluckste. „Es heißt Muskelprotz, Dad. Du gehst ins Fitnessstudio, um ein Muskelprotz zu werden."

„Klotz, Protz, das ist das Gleiche. Warte nur, bis dein alter Herr so richtig ‚shredded' ist."

Ich sah ihn von der Seite an. „Guckst du immer noch *Real Housewives of Orange County*?"

„Natürlich. Während der Rekonvaleszenz gibt es nicht viel anderes zu tun. Warum?"

Das erklärte sein Vokabular. „Nichts, ich frage nur."

Ich begleitete ihn zur Tür und umarmte ihn – und geriet fast in Panik, weil er sich so dünn in meinen Armen anfühlte. Ich wollte ihn hinausbegleiten, als er seine Hand hob.

„Bleib. Ich kann das schon alleine."

Mein Vater hatte seinen Stolz. Das machte mich verrückt, aber ich verstand es. „Was machst du morgen Abend? Wollen wir essen gehen?" Er hatte wieder Appetit, und vielleicht konnte ich ihn mit seinen Lieblingsspeisen dazu verleiten, mehr zu essen.

„Ich bin da", sagte mein Vater und nahm die erste Stufe der Treppe. Er blieb stehen und schaute zurück. „Sieh nur zu, dass ich früh zu Hause bin. Ich habe eine neue Folge einer Serie vorgemerkt, die ich gerade schaue …" Er kratzte sich am Kopf. „Ich kann mich nicht mehr an den Namen erinnern, aber die Paare stellen einander ihren Eltern vor, direkt am ersten Tag, an dem sie sich treffen." Er schüttelte den Kopf und lächelte. „Da wimmelt es von Fettnäpfchen. Es ist fesselnd."

Ich gluckste. „Mach dir keine Sorgen. Um neun bist du wieder zu Hause."

KAPITEL
ACHTZEHN

Elise

Am nächsten Morgen hob ich meine strumpfsockigen Füße auf den Couchtisch, trug eine von Jacks Boxershorts und auch eins seiner T-Shirts – er kaufte sie extraweich, die musste man ausleihen – und sah ihm zu, wie er in der Küche herumwerkelte. Nachdem Jacks Vater gestern gegangen war, war ich losgezogen, um Besorgungen zu machen, und als ich zurückkam, hatte sich Jack für den Rest des Abends in seinem Zimmer verkrochen. Aber ich hatte eine Menge Fragen. Ich hatte den Verdacht, dass mit seinem Vater etwas nicht stimmte, und ich verschwendete keine Zeit, um zur Sache zu kommen.

„Was ist mit deinem Vater los?"

Er blickte von der riesigen Müslischale auf, die er gerade füllte. „Du mochtest meinen Dad nicht? Da bist du die erste." Er wandte sich zur Seite, als ob er etwas ausweichen wollte.

„Er ist lieb", sagte ich. „Ich mochte ihn sehr. Ich spreche von seiner Gesundheit."

Jack erstarrte, als er die Cornflakes in den Schrank stellen wollte. Diese Pause war kurz, aber ich hatte sie bemerkt. „Es geht ihm gut."

„Ist er denn krank gewesen?"

Jacks Brust hob und senkte sich, was wie ein Seufzer aussah, und schließlich wandte er sich mir zu. „Er war krank, ja, aber jetzt erholt er sich wieder."

Die Worte schienen von sehr tief unten zu kommen, und ich hatte kein gutes Gefühl dabei. „Wie krank?"

Er durchquerte die Küche und stellte die Müslischale etwas zu laut auf den Tresen, dann zog er einen Barhocker hervor. „Mach dir darüber keine Gedanken, Elise."

Ich stand auf, ging hinüber und ließ mich auf den Hocker neben ihm plumpsen. Dabei stieß ich versehentlich gegen seinen Arm, während er sich das Essen in den Mund schaufelte. Er knurrte verärgert. „Ich mache mir aber Gedanken, Jackson. Ich mochte deinen Vater, und er sah gebrechlich aus. Welche Krankheit hatte er?"

Er ließ seinen Löffel in die Schale gleiten und blickte mich genervt an. „Würdest du dich bitte da raushalten?"

Ich zog es in Betracht. Aber Jack war der Typ, der alles in sich hineinfraß und im Stillen litt. Ich dachte, es würde ihm guttun, alles einmal abzuladen. Und wenn ich mich nicht täuschte, hatte er nicht einmal seinem besten Freund von der Krankheit seines Vaters erzählt. Das schien mir falsch. „Nein, ich werde mich auch nicht raushalten." Ich stahl eine der Erdbeeren, die er auf sein Müsli getan hatte.

Seine Augen funkelten absolut mörderisch.

Ich kaute auf der Erdbeere herum und wartete.

Er nahm den Löffel in die Hand und sagte: „Er hatte Krebs. Aber jetzt ist der weg, und er bekommt seine Energie langsam zurück."

Das war – nun ja, so schlimm, wie ich vermutet hatte. Tom hatte zwar nicht sein ganzes Haar verloren, aber es war auf eine Weise ausgedünnt, die nicht natürlich aussah. „Es tut mir leid, Jack. Braucht dein Vater etwas?"

Er murmelte ein Dankeschön und sagte dann: „Es geht ihm gut. Ich führe ihn heute Abend zum Essen aus."

Ich nickte. „Ich werde heute Abend auch unterwegs sein, aber ich meine es ernst: Sag mir Bescheid, wenn ich etwas tun kann. Lebensmittel bei ihm abliefern – was auch immer. Er wohnt nicht weit von meiner Arbeit entfernt."

Er schaute mich an. „Wie meinst du das?"

„Ich meine, ich könnte zum Beispiel auf dem Heimweg von der Arbeit Sachen vorbeibringen."

„Nein, wegen heute Abend. Wohin gehst du?"

„Oh, das", sagte ich und strahlte. „Ich habe noch eine Verabredung mit dem Lieferanten."

Jacks Mund verzog sich. „Zeitverschwendung." Er widmete sich wieder seinem Müsli.

Ich stützte mein Kinn auf meine Hand. „Er setzt mich nicht unter Druck, und das gefällt mir."

Er musterte mein Gesicht. „Er ist nicht gut genug für dich, Elise."

Das war eine seltsame Aussage aus Jacksons Mund. „Das weißt du doch gar nicht. Wir könnten Seelenverwandte sein."

Er wandte seine Aufmerksamkeit erneut seinem Müsli zu. „Er ist nicht dein Seelenverwandter", sagte er mit vollem Mund.

Ich stahl noch eine seiner Erdbeeren und stand auf. „Ich denke, das werde ich herausfinden."

Seine teuflischen grünen Augen funkelten. „Verdammt, Elise, hol dir dein eigenes Essen."

Ich eilte davon, bevor mein mürrischer Mitbewohner mich erwischen konnte.

Jack

Nachdem Elise mich überredet hatte, von der gesundheitlichen Situation meines Vaters zu erzählen, fiel eine Last von mir ab. Die ganze Zeit über hatte ich das, was vor sich ging, für mich behalten, weil ich das Unvorstellbare nicht wahr machen wollte. Aber jetzt, da Elise es wusste, war ich erleichtert. Und vielleicht brauchte ich es nicht mehr so geheim zu halten.

Ich joggte die Treppe des viktorianischen Gebäudes hinunter und trat auf den Bürgersteig. Die Bürgersteige in diesem Teil von Russian Hill waren steil, so dass ich entweder in die eine Richtung bergauf oder in die andere bergab laufen musste. Doch bevor ich zu meinem Auto am unteren Ende des Blocks hinuntersteigen konnte, erregte eine Bewegung auf der anderen Straßenseite meine Aufmerksamkeit. Meine Augenbrauen hoben sich.

Ein Mann küsste April, die attraktive Frau eines Bankdirektors in den Fünfzigern, leidenschaftlich im Schatten ihres edwardianischen Reihenhauses. Und er war nicht ihr Ehemann.

Aber die mögliche Untreue war nicht das, was mich aufschrecken ließ.

Ich kannte April und ihren Mann nicht so gut. Vielleicht machten sie gerade eine Pause. Er war nicht annähernd so oft da wie April, die in ihren Yoga-Klamotten in ihrem vierstöckigen Haus ein und aus ging. Ich könnte mich also irren mit dem Betrugsszenario. Mein Blut kochte aus einem anderen Grund. Denn der Hintern, den April anfasste, gehörte dem Lieferanten, mit dem Elise heute Abend etwas vorhatte. Er trug sogar das Poloshirt von Luscious Stems.

„Scheißkerl." Ich stürmte die Treppe hinauf und in die Wohnung, geradewegs zu Elises Schlafzimmertür, wo ich etwas zu fest klopfte und spürte, wie mein Herz vom Laufen drei Stockwerke hoch pochte. Auf keinen Fall würde ich Elise mit diesem Kerl ausgehen lassen. Er war Abschaum.

Aber sie antwortete nicht.

Ich holte mein Handy heraus und drückte auf „Anrufen" bei ihrem Kontakt.

Die Mailbox sprang beim ersten Klingeln an. Und was noch schlimmer war? Ich konnte ihr Telefon in ihrem Schlafzimmer klingeln hören. „Elise?"

Ich klopfte noch zweimal, und als sie nicht antwortete, öffnete ich die Tür.

Es war das erste Mal, dass ich das zweite Schlafzimmer betrat, seit Elise eingezogen war. Ihr Bett war gemacht, und abgesehen von ein paar Kleidungsstücken, die ordentlich über die Rückenlehne eines Stuhls drapiert waren, war das Zimmer sauber und aufgeräumt. Das Badezimmer hingegen war eine andere Sache.

Elises Badezimmertür stand offen, und die Kosmetika lagen verstreut auf dem Tresen. Und da war ihr Telefon. Sie musste es vergessen haben, als sie rausging.

Ich würde erst später wieder nach Hause kommen. Was, wenn sie mit diesem Kerl ausging, bevor ich sie erreichen konnte?

Wahrscheinlich würde sie vor der Verabredung noch einmal ihr Telefon holen. Ich hinterließ ihr eine Nachricht, dass sie mich anrufen sollte. Es war noch Zeit, ihr mitzuteilen, was ich mit angesehen hatte.

Zwanzig Minuten später fuhr ich auf meinen reservierten Parkplatz in Japantown, einen Block von der Wohnung meines Vaters entfernt, und hatte immer noch keine Nachricht von Elise. Sie hatte weder auf meine SMS geantwortet noch meinen Anruf erwidert. Die meisten Leute hatten ihr Handy immer dabei, aber nicht Elise. Sie war wohl der einzige Mensch auf dem Planeten, der ohne es auskam.

Ich machte mich auf den Weg zur Wohnung meines Vaters. Ihm gehörte eine Zweizimmerwohnung mit Bad, die er vor dreißig Jahren zusammen mit meiner Mutter gekauft hatte. Sie lag im Herzen dieses Stadtteils, und die üblichen Verdächtigen waren hier unterwegs: Leute, die am späten

Nachmittag im Friendly Liquor & Market einkaufen gingen, ein neues indisches Restaurant, vor dem die Leute Schlange standen, und eine Gruppe von Teenagern auf dem Weg zum Kino, das gebaut worden war, als ich in ihrem Alter war.

In diesem Teil San Franciscos herrschte reges Treiben, aber nicht der wuselige Wahnsinn des Broadway oder der Lombard Street. Es war immer genug los, um mich zu unterhalten, wenn ich als Kind aus dem Fenster meines Schlafzimmers schaute, nur ohne den Lärm, der mich die ganze Nacht wachhielt. Und doch hatte ich meinen Vater jahrelang angefleht, mir zu erlauben, ihm etwas Neues zu kaufen.

Es würde mir nichts ausmachen, die Wohnung zu behalten, wenn er an einen Ort ziehen würde, an dem ich ihn besser im Auge behalten konnte. Ich dachte an ein Gebäude, in dem wir beide leben könnten und das von Anfang an barrierefrei war, sodass er bleiben konnte, wenn er älter wurde. Er war noch nicht gebrechlich, aber eines Tages würde er es sein, und seit ich ihn in den letzten Monaten krank gesehen hatte, machte ich mir Sorgen um die Zukunft.

Ich schloss die Tür auf und betrat die Wohnung. „Dad?"

„In der Männerhöhle", rief er.

Vor einigen Jahren hatte mein Vater mein Kinderzimmer in sein Reich umgewandelt, mit einer Couch und einem Fernseher. Keine große Couch und kein großer Fernseher, denn das Zimmer war klein, aber es war ein Luxus für ihn.

Ich packte ein paar Lebensmittel aus, die er gerne mochte und die ich auf dem Weg hierher mitgenommen hatte, und ging dann nach hinten zu ihm.

„Setz dich", sagte er und klopfte auf das Polster neben sich, seine Aufmerksamkeit galt dem Fernseher. „Die Kacke ist bald am Dampfen."

Die Couch war eine Mischung aus blau und grau, und die Polster waren übermäßig hart. Andererseits hatten Max und die zehn Riesen, die er für die scheinbar kleine, einfache

Couch in meinem Apartment ausgegeben hatte, mich in dieser Hinsicht verwöhnt.

So kriegen sie einen: Man fliegt sein ganzes Leben lang Economy, aber wenn man einmal in der ersten Klasse gereist ist, ist man süchtig. Alles andere fühlt sich wie Folter an. Aber ich war fest entschlossen, meine Wurzeln nicht zu verleugnen. Es war ja auch nicht so, dass ich sie einfach vergessen könnte. Mein Vater klammerte sich an diese Wohnung, als wäre sie sein Rettungsanker.

„Wie geht es dir denn?" fragte ich. „Hast du noch Lust auf Italienisch?" Unser Lieblingsitaliener war nur ein kleines Stück die Straße runter. Sie machten die beste Pastasauce, und wenn ich sie in Flaschen abfüllen könnte, würde ich ein Vermögen damit verdienen. Aber der Besitzer weigerte sich, das Rezept zu verraten. Es war diese Art von Laden – super altmodisch und stolz. Ich begnügte mich also mit der Lieferung einmal pro Woche. Aber seit Elise eingezogen war, hatte ich nicht mehr bei ihnen bestellt. Ich musste sie ja schließlich für ihren Lebensunterhalt arbeiten lassen.

„Oha!", sagte mein Vater und lachte über die Leute auf dem Bildschirm.

Eine Frau in einem hellrosa Sommerkleid hatte gerade jemanden geohrfeigt, von dem ich annahm, dass es sich um ihren Verlobten handelte.

„Ich wusste, dass das kommen würde." Mein Vater schüttelte den Kopf. „Ein kompletter Dummkopf, der Typ. Wusste nicht, wann er die Klappe halten sollte."

„Dad, sind diese Shows nicht alle vorhersehbar? Die Leute sind gezwungen, sich nahezukommen und sich dann wieder zu trennen."

Wenn ich so darüber nachdachte, war das nicht viel anders als meine erzwungene Situation mit Elise.

„Oder Quickies zu haben", sagte mein Vater und zwinkerte.

Ich stöhnte. „Wir müssen dich von Reality-Shows

wegbringen. Du wirst süchtig. Deine neue Ausdrucksweise ist wie Nägel auf einer Kreidetafel."

Er leugnete das nicht. „Apropos Nahekommen, wie geht es Elise?"

Ich griff nach dem Popcorn aus der Schüssel, die mein Vater mir reichte. Vielleicht neigte ich insgeheim auch dazu, Popcorn zu essen und Schundfernsehen zu schauen. „Elise geht es gut."

Mein Vater starrte mich von der Seite an, aber ich weigerte mich aufzuschauen und eine größere Sache daraus zu machen. „Und?"

„Und nichts. Es geht ihr gut."

Er zog die Schüssel außer Reichweite, und ich runzelte die Stirn. „Ich mag sie, Jack."

„Das hast du schon gesagt." Ich beäugte das Popcorn. Wahrscheinlich sollte ich vor dem Abendessen nicht zu viel davon essen.

„Nein, Jack, ich mag sie wirklich."

Ich hatte meinem Vater nie die Frauen vorgestellt, mit denen ich etwas anfing. Natürlich freute er sich, endlich eine davon offiziell kennenzulernen.

„Die Frauen, mit denen du ausgehst, interessieren sich nicht für dich, und das bricht mir das Herz", sagte er und überraschte mich mit seinen Worten.

Verdammt, war das ein Zittern in seiner Stimme? „Ich war nie an etwas Ernstem interessiert." Vielleicht würde er vom Thema abkommen, wenn er verstehen würde, wie wenig ich im Moment in Beziehungen zu investieren bereit war.

„Aber das ist es ja: Elise ist irgendwie anders. Die Art, wie du sie ansiehst, ist neu. Und glaub bloß nicht, dass mir entgangen wäre, wie sie dich in den Hintern gekniffen hat."

Meine Arme sind lang, also streckte ich einen über meinen durchschnittlich großen Vater hinweg aus und stahl eine Handvoll Popcorn. „Sie ist anders, weil sie eine Nervensäge ist." Wenn mein Vater nur wüsste, was sie heute Abend vorhatte.

Er lächelte. „Eine Nervensäge also? Erzähl mir mehr."

Der Blick in seinen Augen gefiel mir nicht. „Nein, ich glaube nicht, dass ich das tun werde. Du musst mit diesen Shows aufhören. Du wirst süchtig nach Drama."

Er runzelte die Stirn. „Gut, behalte es vorerst für dich. Aber tu meiner Elise nicht weh."

Ich drehte meinen Kopf zu ihm. „Was zum Teufel, Dad?"

„Kein Fluchen in meinem Haus, Jack."

„*Meiner Elise?* Ich bin dein Sohn!"

„Du neigst dazu, die Guten wegzuwerfen", fuhr er fort und ignorierte die Beleidigung, die er seinem einzigen Kind ganz nebenbei untergejubelt hatte. „Wie dieses süße Mädchen, mit dem du in der Highschool ein paar Monate zusammen warst. Wie war ihr Name?"

„Katrina."

„Genau, stimmt!"

Meine Ex aus der Highschool hatte einen Profifußballer geheiratet. Das Letzte, was ich hörte, war, dass sie ein Kind hatte. Katrina war schlicht zu nett gewesen, also hatte ich mich von ihr getrennt. Und okay, mein Dad hatte nicht ganz Unrecht. „Wie gesagt, ich bin nicht an einer ernsten Sache interessiert. Hör auf, mich unter Druck zu setzen."

Er hob defensiv die Hände. „Kein Druck. Ich bitte dich nur, Elise eine Chance zu geben. Sie ist die einzige Person, mit der du Zeit verbracht hast, die dich nicht wie eine Geldmaschine angeschaut hat. Ich bin stolz auf das, was du erreicht hast, aber es ist nicht gut für dein Liebesleben."

Das Popcorn lag mir plötzlich schwer im Magen. Elise und mein Liebesleben waren wirklich das Letzte, worüber ich mit ihm sprechen wollte, aber es erinnerte mich daran, dass ich noch etwas zu tun hatte. „Warte mal, Dad. Ich muss eine SMS schicken."

Ich holte mein Handy heraus und schickte Elise nach der

letzten unbeantworteten SMS eine weitere, diesmal dringendere. Vielleicht würde sie sich zurückmelden, wenn ich betonte, wie wichtig es war.

> Jack: Mission gescheitert! Geh heute Abend nicht zu deinem Date. Ich habe ihn beim Rummachen mit der Nachbarin von gegenüber gesehen, als ich vorhin wegging.

Ich drückte auf Senden und starrte auf mein Handy, um zu sehen, ob sie zurückschrieb.

„Wer ist *Hot Stuff*?", fragte mein Vater und ließ mich zusammenzucken.

„Dad!" Er hatte sich rübergelehnt und starrte auf mein Handy.

Es schien ihm nicht im Geringsten peinlich zu sein, dass er so unverhohlen spionierte. Das erinnerte mich daran, warum ich vor Jahren ausgezogen war.

Gott sei Dank hatte ich Elise als ihre Lieblingsschürze auf meinem Telefon gespeichert und nicht ihren Namen. „Nur ein Freund."

Seine Augen verengten sich. „Weiblicher Freund? Du betrügst Elise doch nicht, oder?"

Ich lehnte meinen Kopf an die Rückenlehne der Couch und bedeckte meine Augen. Das würde ein langer Abend werden.

KAPITEL
NEUNZEHN

Jack

Normalerweise versetzen mich die hausgemachten gefüllten Manicotti meines Lieblingsrestaurants in gute Laune, aber nicht heute Abend. Denn Hot Stuff hatte mir nicht zurückgeschrieben, und ich war kurz davor, den Verstand zu verlieren.

Wo zum Teufel war sie? Hatte sie meine SMS ignoriert und war mit diesem Typen ausgegangen? Was war mit dieser Frau los?

Ich rannte zwar nicht nach Hause, war aber knapp davor und konnte mich nur beherrschen, weil ich nicht wollte, dass sie dachte, ich würde mich so sehr sorgen. Meine Erkundigungen bei Max im Stockwerk darüber ergaben, dass Elise auch nicht bei ihm zu Hause war. Also blieb ich und schaute mit meinem Vater die neue Lieblings-Reality-Show, wobei ich mir die ganze Zeit Sorgen um Elise machte und mich darüber ärgerte, wie unterhaltsam ich die Sendung fand.

Ich sollte Elise davon erzählen. Sie hätte sicher auch Spaß an dem Familiendrama und dem ganzen Quatsch …

Wohin drifteten meine Gedanken da bloß? Elise würde

nicht lange genug da sein, um die Serie mit mir zu beenden. Die Episoden wurden wöchentlich ausgestrahlt, und in zwei Wochen würde sie ausziehen.

Aus irgendeinem Grund trübte diese Erinnerung meine Stimmung noch mehr.

Ich überprüfte ein paar Dinge in Vaters Wohnung – die Glühbirnen funktionierten alle noch, und die Wohnung war sauber, dank der Reinigungskräfte, die ich wöchentlich vorbeischickte. Nur eine Rechnung lag auf dem Küchentisch, die ich in meine Gesäßtasche steckte.

Als ich es nicht mehr aushielt, verabschiedete ich mich von meinem Vater und eilte nach Hause.

Im Gebäude war alles ruhig, als ich mich auf den Weg nach oben machte. Ich tippte den Zugangscode ein und betrat die Wohnung, in der Hoffnung, Elise in Boxershorts und T-Shirt auf der Couch sitzend und mit hochgelegten Füßen anzutreffen. Ein Lächeln umspielte meine Mundwinkel. Sie sah in meinen Sachen gut aus. Ich sollte ihre öfter verbrennen.

Aber das Wohnzimmer und die Küche waren größtenteils dunkel, nur beleuchtet von der Herdlampe, die ich ange-lassen hatte. Es schien niemand zu Hause gewesen zu sein, und mein Puls beschleunigte sich schlagartig. War ihr etwas zugestoßen?

„Elise?"

Und dann hörte ich es. Das Kichern in ihrem Schlafzim-mer. Ich seufzte vor Erleichterung.

Bis auf ihr Kichern eine Männerstimme folgte. Sie würde diesen Trottel doch nicht hierherbringen, oder?

Meine Haut prickelte, und mein Kopf pochte. Ich hasste die Vorstellung eines anderen Mannes in meinem Haus. Besonders, wenn es einer war, der Elise hinterging.

Ich stürmte zu ihrem Schlafzimmer und klopfte einmal, dann schwang ich sofort die Tür auf.

Elise drehte ihren hübschen Kopf zu mir, mit einem über-raschten Gesichtsausdruck. „Jack? Was ist denn los?"

Mein Blick richtete sich auf den Mann, der lässig auf ihrem Bett saß. Er trug Jeans und ein schwarzes T-Shirt, und sein Haar war mit irgendeinem lächerlichen Haargel zurückgekämmt. Er berührte sie nicht – und das war auch alles, was seinen Arsch rettete.

Denn natürlich war es der herumvögelnde Lieferant.

„Hast du meine SMS bekommen?" Mir wurde heiß im Nacken, und ich starrte den Kerl an.

Elise blickte zwischen uns hin und her und schien sich zu fragen, mit wem ich sprach. Dann begriff sie es mit Verspätung, denn sie sagte: „Oh, ähm, nein. Ich habe mein Handy vergessen, als ich rausging, um Sophia zu helfen, und ich habe noch nicht wieder draufgeschaut. Warum? Was ist denn passiert? Geht es deinem Vater gut?" Sie eilte ins Bad und griff nach dem Telefon, wo ich es zuletzt gesehen hatte.

Wer zum Teufel ging zu einem Date mit einem Fremden und hatte sein Handy nicht dabei? Ihr hätte alles Mögliche passieren können. Hatte sie keinen Überlebensinstinkt?

Ohne ihr die Chance zu geben, die Nachricht erst einmal zu lesen, starrte ich den Trottel an und sagte: „Er muss gehen. Sofort."

Sie warf einen Blick auf ihr Date, das langsam nervös wurde. Wahrscheinlich, weil ich automatisch meine Fäuste ballte. „Jack, was zum Teufel ist los mit dir?" Sie trat näher und versuchte, mich aus dem Raum zu schieben.

Ich verschränkte die Arme und rührte mich nicht.

Elise nahm eine ähnliche Pose ein. „Nur weil wir zusammenwohnen, hast du nicht das Recht, mir vorzuschreiben, wen ich einladen darf und wen nicht", sagte sie. Aber ich war zu sehr damit beschäftigt, den Blödmann anzustarren, der so vernünftig war aufzustehen und zur Tür zu gehen.

„Wenn du meine SMS gelesen hättest", sagte ich langsam und wütend, „wüsstest du, warum dieser Typ gehen muss. Ich habe dir übrigens sechs Nachrichten geschickt." Ich starrte den Mann an, der ein paar Meter von mir entfernt stehengeblieben war, weil ich die Tür versperrte. „Er ist der Gigolo der Nachbarschaft. Ich habe ihn dabei erwischt, wie er 2240 geküsst hat."

Elise rümpfte verwirrt die Nase. „Zweiundzwanzig … Oh, gegenüber? Die Ehefrau, die sich gut gehalten hat?"

Ich nickte.

„Ich rufe dich später an, Elise", sagte der Blödmann und huschte aus dem Schlafzimmer, nachdem ich widerwillig zur Seite getreten war.

„Warte!" rief Elise ihm nach. „Ist das wahr?"

Die Eingangstür schlug zu.

Er hatte sie schnell erreicht. Er musste gerannt sein.

Ich blickte zu ihr hinunter, die Arme immer noch verschränkt. „Du glaubst mir nicht?"

Ihr Blick war verwirrt und verärgert. „Woher weißt du, dass er es war?"

„Er trug seine Arbeitsuniform, das pinkfarbene Hemd von Luscious Stems. Und ich sah sein Gesicht."

Sie atmete frustriert aus, trat zurück und sank auf ihr Bett. „Verdammt, wir hatten viel Spaß heute Abend. Ich schätze, wir müssen zurück ans Reißbrett." Sie zog ihr Handy heraus und öffnete die Dating-App, die der Fluch meiner Existenz war.

Der Laut, der aus meiner Kehle kam, war eher tierisch als menschlich. „Hör auf, hör einfach auf."

„Wovon redest du denn?", fragte sie, blätterte aber immer noch durch die Gesichter der namenlosen Männer.

Ich schnappte mir ihr Telefon. „Hör auf, dich zu verabreden. Zumindest, bis du ausziehst."

Sie starrte mich an, als hätte ich den Verstand verloren. Was ich wohl auch hatte. „Wovon sprichst du? Was ist falsch daran, dass ich mich verabrede?"

„Männer sind Arschlöcher. Außer ich."

Sie starrte mich nur ungläubig an.

„Gut, manchmal bin ich auch ein Arschloch … dir gegenüber. Normalerweise bin ich doch immer derjenige, der verarscht wird."

Sie rieb sich die Augen. „Ich weiß nicht, was das mit mir zu tun hat. Ich weiß es zu schätzen, dass du mir das mit dem Lieferjungen erzählt hast. Er war witzig, aber diesen Herzschmerz sicher nicht wert, obwohl ich nichts an seinem Geschmack auszusetzen habe. Vielleicht sollte ich mich mit unserer Nachbarin verabreden und eine Weile auf Männer verzichten." Sie schien es völlig ernst zu meinen.

Ich neigte meinen Kopf zur Seite. „Kannst du das machen?"

Sie schmollte. „Nein. Ich bin eindeutig hetero, und das ist echt scheiße, weil ich vielleicht mehr Glück mit Frauen hätte."

„Das bezweifle ich. Dein Geschmack bei Partnern ist beschissen."

Sie stieß einen Luftzug aus. „Und deiner nicht?"

Scheiße, da hatte sie recht.

Ihre Augen verengten sich und schienen mich zu durchschauen. „Du kannst doch nicht ernsthaft erwarten, dass ich zwei Wochen lang zu Hause bleibe."

„Warum nicht?", fragte ich, als ob es absolut Sinn ergäbe.

Sie presste den Mund zusammen, als könne sie nicht glauben, wie ich mich verhielt. Ich konnte es auch nicht, also waren wir uns da im Grunde einig. „Ich weiß nicht, warum du willst, dass ich mich nicht verabrede, aber die Antwort ist nein, ich werde nicht zu Hause bleiben. Ich muss *raus*." Den letzten Teil sagte sie kryptisch – und mit Nachdruck.

Ich rieb mir den Nacken. Ich verhielt mich unsinnig, das wusste ich. Aber ich konnte mir einfach nicht helfen. Scheiße, sogar mein Vater war auf Elises Seite.

Das ergab alles keinen Sinn. Es sei denn … „Du brauchst keine Apps dazu. Ich werde dich ausführen."

KAPITEL
ZWANZIG

Elise

Was war heute Abend bloß mit Jack los? Er benahm sich wie ein Verrückter. „Warum solltest du mit mir ausgehen wollen? Ich bin kein Mitleidsfall, Jackson."

„Nicht aus Mitleid, einfach zusammen ausgehen", sagte er beiläufig, obwohl der Gedanke nicht im Geringsten beiläufig war.

Ich musste das falsch verstanden haben. „Definiere ‚Dates' und ‚Ausgehen'."

Er zuckte die Achseln. „Wir würden halt zusammen abhängen."

„Danke für die Klarstellung." Ich verdrehte die Augen und musterte ihn einen Moment lang. Der Blick seiner grünen Augen schien arglos und aufrichtig, auch wenn ich vermutete, dass er etwas im Schilde führte. Aber was hätte er denn davon? Es sei denn … „Erwartest du Sex?"

Seine Augen weiteten sich, ein Hauch von Wut lag in ihnen. „Ist es das, was du mit dem Lieferjungen gemacht hast, als ihr euch verabredet habt?"

Ich schnaubte. „Es ist nicht mehr gelaufen als ein paar

Küsse, aber du benimmst dich verrückt, also versuche ich herauszufinden, was in deinem Kopf vor sich geht."

Er schien über meine Antwort erleichtert zu sein, was dumm war. Was kümmerte es ihn, mit wem ich etwas anfing? „Kein Sex erforderlich", sagte er. „Es sei denn, du willst es. Du wirst dich vielleicht nicht beherrschen können."

Mein Gesicht erhitzte sich. „Wirfst du mir diese Nacht jetzt etwa vor?"

Sein Mundwinkel zog sich nach oben. „Würde ich sowas tun?"

„Ja!"

„Ich meine ja nur", sagte er, breitete die Arme aus und ging in Richtung Wohnzimmer, als würden wir über die Wäsche sprechen und nicht über ein höchst verhängnisvolles Arrangement verhandeln, „du hast die Ware in Reichweite, also willst du vielleicht ein Stück davon haben."

Mein Blick huschte an seinem Körper hinunter. Er stand mit dem Rücken zu mir, aber sein Hintern sah in seiner Jeans knackig aus, und das Hemd, das er trug, schmiegte sich an seine breiten Schultern. Ich hasste es, dass ich das bemerkte. „Nein, ich werde nicht mit dir ausgehen, du arroganter Idiot."

„Also nur Sex?" Er ließ sich auf einen der Barhocker sinken, sein Gesicht war ausdruckslos.

Ich stürmte in die Küche, drehte mich im Kreis und vergaß, warum ich hereingekommen war. Als ich mich umdrehte, beobachtete er mich mit einem Grinsen. Er wusste, dass ich aufgeregt war, verdammt.

Ich öffnete den Kühlschrank, holte einen Block Käse heraus und nahm einen großen Bissen.

„Kein Teller?", sagte er amüsiert.

„Reiz mich nicht, Jackson, oder das Ergebnis wird dir nicht gefallen." Ich wusste nicht, woher dieses Gespräch mit einem Mal kam oder was er vorhatte, aber ich war nervös und sauer, und ich konnte für nichts garantieren, wenn er diesen Weg weiterverfolgte. Zwischen meiner Schwester und mir war ich der Hitzkopf, und Jack wusste das. Und doch ärgerte er mich gerade absichtlich.

„Hör mir doch mal zu", sagte er. „Ich habe einen Vorschlag."

„Ich überlebe immer noch den letzten", sagte ich trocken.

Mit Jack zusammenzuleben und nicht auf *diese* Art an ihn zu denken, war nicht einfach. Deshalb war ich fest entschlossen, so oft wie möglich auszugehen. Ich würde mich auf Sophias Couch einrollen und die Zeit totschlagen, wenn sie nicht so wahnsinnig in Max verliebt wäre und wenn die beiden nicht so ekelhaft flirten würden. Viel wichtiger war jedoch, dass ich nicht auf meine Schwester angewiesen sein wollte.

Und ich wollte auch nicht von Jack abhängig sein. Die Lebenssituation ließ sich nicht vermeiden, aber ich konnte mich fernhalten, wann immer es möglich war. Und hier stand er und schlug mir das Gegenteil vor.

„Du willst Gesellschaft und ich auch", sagte er. „Nur nicht mit meiner CEO. Warum fangen wir nicht an ..." Er zog die Augenbrauen in einer sehr anzüglichen sexy Art und Weise zusammen, von der ich nicht annahm, dass sie anzüglich gemeint war. Oder vielleicht doch?

Mein Herz flatterte. Ich atmete tief durch und versuchte, die Hormone im Zaum zu halten. „Jackson, das ist wieder eine deiner schrecklichen Ideen."

„Das letzte Mal war es gut, oder nicht?" Der athletische Körperbau und die Körperhaltung strahlten Selbstbewusstsein aus, aber in seinem Tonfall zeigte sich der kleinste Hauch von Unsicherheit.

Ich starrte ihn ungläubig an. „Ich dachte, hier ginge es nicht um Sex. Und jetzt gibst du endlich zu, dass dir diese Nacht gefallen hat?"

Er wandte den Blick ab. „Es kann alles sein, was wir daraus machen wollen. Und natürlich hat mir die Nacht gefallen, aber du bist mir davongelaufen. Was hätte ich denn sagen sollen?"

Sein Stolz war also verletzt worden. Aber es hatte ihm etwas bedeutet. Das war eine Neuigkeit. Eine große Neuigkeit. „Na gut. Was schlägst du vor?" Es konnte nicht schaden herauszufinden, was er dachte, da er endlich ehrlich war. Der Vorschlag klang gefährlich, wenn man unsere Vorgeschichte bedachte. Außerdem faszinierend …

„Es wäre nur für den Rest deines Aufenthalts hier", sagte er. „Noch zwei Wochen oder so."

„Glaubst du, dass du mich nach zwei Wochen wieder gehen lassen kannst?"

„Verdammt, ja, das werde ich", sagte er inbrünstig. Was ebenso beruhigend wie beleidigend war. „Das Letzte, was ich brauche, ist eine Beziehung. Und schon gar nicht mit dir", fügte er hinzu.

Autsch. Das mit der Ehrlichkeit war echt ein zweischneidiges Schwert. Und doch war ich immer noch fasziniert.

Er hatte gesagt, es ginge nicht um Sex, aber das war es, woran ich bei Jack dachte, und mein Körper wurde ganz warm bei dem Gedanken. Wie groß waren die Chancen, dass wir eine Beziehung führen konnten, ohne im Bett zu landen?

Jack war der beste Freund von Max. Die Hölle würde losbrechen, wenn wir die Dinge verkomplizieren würden, indem wir uns gegenseitig hassten, nachdem dieser sogenannte Vorschlag schlecht ausgegangen war. Was wir in dieser Nacht geteilt hatten, war nach meinen lockeren, flüchtigen Beziehungen sehr intensiv gewesen. Sophia war monatelang über meine neurotische Reaktion darauf frustriert gewesen. Sie würde mir nie verzeihen, wenn es so enden würde wie beim letzten Mal.

Andererseits war das, was Jack und ich hatten, keine Liebe. Wir konnten uns verabreden und uns gegenseitig Gesellschaft leisten – oder wir konnten uns im Schlafzimmer austoben. So oder so, keiner von uns wollte etwas Dauerhaftes, also waren wir uns in diesem Punkt einig.

Es sei denn, er hatte in dieser Nacht auch etwas anderes gefühlt …

Wenn wir das ernsthaft in Betracht ziehen wollten, war Ehrlichkeit der einzige Weg. Ich schluckte, meine Kehle wurde trocken bei dem, was ich gleich zugeben würde. „Jack, das letzte Mal hat mich fertig gemacht."

Sein Körper spannte sich an, und er musterte mich eine ganze Weile, bevor sich seine Miene beruhigte. „Das liegt daran, dass wir keine Regeln hatten. Wir machen Regeln, und niemand wird verletzt."

Jack war ein guter Kerl. Wenn er sagte, er würde mich nicht verletzen, meinte er es auch so. „Wenn wir das tun, endet es, wenn ich ausziehe. Ich habe Ziele, und ich bin nicht bereit für eine feste Beziehung."

Er verschränkte nachdenklich die Arme. „Einverstanden."

„Zweitens, du darfst es weder Max noch Sophia erzählen. Sie würden es nie verstehen, und Sophia wird mich die ganze Zeit damit nerven. Denkst du, du kannst deinen besten Freund anlügen?"

Das traf ins Schwarze. Er sah einen Moment lang weg. „Max weiß nicht alles."

Auch etwas, das mir langsam klar wurde. Ich war mir ziemlich sicher, dass Max nichts von Jacks Vater und seiner Krankheit wusste. „Weißt du, ich fange an zu verstehen, warum du so viel Pech mit Frauen hast, wenn du Beziehungen auf diese Weise aufbaust. Hat die letzte nicht deine Küche niedergebrannt, nachdem du mit ihr Schluss gemacht hast?"

„Deshalb habe ich beschlossen, dir eine Chance zu geben. Du bist so gehorsam."

Ich lachte – ein Lachen aus vollem Halse, weil er in einem solchen Moment scherzen konnte.

Mein Kichern verstummte, und meine Augen verengten

sich. Ich hatte noch eine weitere Bedingung, die nicht wirklich eine Bedingung war, aber ich wollte sehen, wie er reagieren würde. „Wenn ich zustimme … ist Sex vom Tisch."

„Er liegt immer auf dem Tisch. Aber …" Er unterbrach mich, als ich den Mund aufmachte, um zu widersprechen. „Es gibt keinen Druck. Mit anderen Worten, es ist keine Bedingung der Vereinbarung."

Ich verschränkte die Arme, ahmte seine Pose nach und tippte mit dem Finger an die Seite meines Gesichts. Unser erstes Mal musste ihm gefallen haben, sonst würde er nicht so sehr auf Sex drängen. Interessant …

Es gab genügend Gründe, dem nicht zuzustimmen, aber da war etwas zwischen uns. Ich war mir nicht sicher, wie ich es nennen sollte, aber es war da. Mein Unterbewusstsein hatte mich in jener schicksalhaften Nacht vor Monaten in sein Schlafzimmer geführt, aber nicht, um zu schlafen.

„Genug verhandelt", sagte er. „Bist du dabei oder nicht?"

Jack war sehr hübsch anzusehen, mit diesen vollen Lippen und den breiten, athletischen Schultern. Ich könnte es aushalten, ihm ein paar Wochen lang nahe zu kommen. Solange es nicht zu nahe war. Wahrscheinlich würde ich das später bereuen, aber …

„Ich bin dabei."

NACH UNSEREM GESPRÄCH ÜBERS „DATING" am Vorabend verhielten Jack und ich uns wieder wie zuvor und gingen einander aus dem Weg. Ich hörte keinen Pieps von ihm, als ich am Morgen zur Arbeit ging. Eine Beziehung sollte uns beide weniger verletzlich machen, und doch war ich jetzt in einer Kurz-Beziehung mit meinem Mitbewohner und machte mir bereits Stress.

Jack und ich waren Experten darin, unsere Partner auf

Abstand zu halten. Wie genau sollten zwei Bindungsängstliche zusammenkommen?

Ich kam von der Arbeit und ging an diesem Nachmittag direkt zu Sophias Laden. Eine ihrer neuen Koordinatorinnen hatte sie in letzter Minute im Stich gelassen, und sie brauchte Hilfe. Ich hatte keine Ahnung von Design und wusste so gut wie nichts über Pflanzen, aber ich konnte ans Telefon gehen und Sophia mit leckeren Kaffees versorgen, um sie für ein paar Stunden in Bestform zu halten. Mit anderen Worten: Ich war ihre Koffein-Lieferantin.

„Sophia, was weißt du über Jacks Vater?", fragte ich, während ich die Notizen zu den eingegangenen Anrufen abtippte. Ich versuchte, so viele Informationen wie möglich von den Anrufern zu bekommen, damit Sophia vorbereitet war, wenn sie sie zurückrief.

Mit gerunzelter Stirn studierte sie eine To-Do-Liste mit mindestens sechzig Aufzählungspunkten. „Jacks Vater? Ich habe ihn noch nie getroffen." Sie schürzte die Lippen. „Max hat in der Highschool viel Zeit bei Jack verbracht, aber das ist alles, was ich weiß. Warum?"

Sophia bestätigte meinen Verdacht, dass Jack Max nichts von den gesundheitlichen Problemen seines Vaters erzählt hatte.

Ich wusste nicht, warum mich das störte, aber es fühlte sich einfach falsch an. Man sollte sich auf seine Freunde und Familie verlassen können, wenn etwas Schlimmes passierte. Wenn Jack selbst seinem besten Freund nicht von seinem Vater erzählt hatte, auf wen konnte er sich dann in schweren Zeiten stützen?

„Ach, nichts", sagte ich. „Ich frage mich nur, woher Jack seine Vorliebe dafür hat, seine Gefühle in sich zu verschließen."

Sophia sah auf. „Tut er das? Er scheint immer locker und nett zu sein."

Ich gab einen Laut von mir, der in der Kehle hängen blieb. „Das ist eine List. Er ist sehr mürrisch."

Sophia verzog nachdenklich den Mund. „In meiner Gegenwart war er nie mürrisch, aber du scheinst es in ihm hervorzurufen."

„Ich bin etwas Besonderes", sagte ich düster.

Sie starrte mich einen langen Moment lang an, und ich wurde nervös. Hatte sie den Verdacht, dass zwischen mir und Jack etwas im Gange war? Ich hatte keine Ahnung, wann die Ausgeherei beginnen würde, aber Sophia durfte nichts von unserer Vereinbarung erfahren. Das würde eine verbale Tracht Prügel von meiner Schwester nach sich ziehen, die sich endlos hinziehen würde.

Ich fuhr mit der Zunge über meine Zähne. „Habe ich Spinat zwischen den Zähnen oder so? Was starrst du so?"

„Nein, ich habe mich nur gefragt, ob es zwischen dir und Jack gut läuft. Ihr streitet euch doch nicht, oder?"

Nun, wir sprachen darüber, miteinander zu schlafen. Oder vielmehr, ich redete davon, miteinander zu schlafen. Jack sprach von „abhängen" und „auf Dates gehen". Während ich nur darüber nachdenken konnte, ob wir Sex haben würden und ob das eine schlechte Idee wäre.

„Wir kommen gut miteinander aus", sagte ich. „Obwohl er gestern Abend mein Date rausgeschmissen hat."

„Wirklich? Warum tut er sowas?"

„Jack hat gesehen, wie der Typ mit einer unserer Nachbarinnen rumgemacht hat."

„Nein!"

„Doch."

„Na ja, wenigstens passt er auf dich auf." Sie überprüfte ihre Liste und strich ein paar Punkte ab. „Es beruhigt mich, dass ich dir erlaubt habe, bei ihm zu wohnen."

Ich schüttelte den Kopf. „Richtig, denn so ist es passiert."

Sie blickte verärgert auf. „Elise Marie …"

Ich verdrehte die Augen. Und schon ging es weiter mit der Schwesternbemutterung.

„Der einzige Grund, warum ich dich bei Jack wohnen lasse, ist, weil er ein guter Kerl ist. Denkst du, ich würde dir erlauben, bei einem Drecksack zu wohnen?"

„Ja", sagte ich, „weil du nichts zu sagen hast. Aber ich möchte die Drecksäcke auf ein Minimum beschränken."

Ihre Wangen zogen sich zusammen, und sie schien abzuwägen, wie sehr sie mir in dieser Sache widersprechen sollte. „Apropos Drecksäcke, wer war denn die Nachbarin, mit der sich dein Date getroffen hat? Jemand, den ich kenne?"

Wir sprachen über die heiße Frau von gegenüber und darüber, ob sie und ihr Mann sich getrennt hatten. Keiner von uns wusste es.

„Ich weiß, dass du auf dich selbst aufpassen kannst", sagte Sophia, „aber ich fühle mich besser, wenn ich weiß, dass Jack in der Nähe ist und ein Auge auf die Männer hat, mit denen du dich triffst."

Ich verschluckte mich fast an einem Schluck von meinem Chai Latte. „Ein bisschen zu viel. Er ist wie ein Testosteronbarometer."

„Gut", sagte Sophia. „Männer sind Wilde."

„Ist Max auch ein Wilder?"

„Nur im Schlafzimmer." Sie zwinkerte.

Ich tat so, als würde ich würgen. „Das ist ekelhaft."

Sophia dachte, sie könne Jack vertrauen. Sie wusste nicht, dass er der neue Mann in meinem Leben war.

KAPITEL
EINUNDZWANZIG

Jack

Ich war mir nicht sicher, warum ich es hasste, im Büro zu sein, aber es war das, was ich im Leben am meisten vermied. Als jemand, der drei Unternehmen besaß (die verkauften nicht mitgerechnet), war das nicht immer leicht gewesen.

Als Environ groß genug war, hatte ich Thalia eingestellt, damit sie anstelle von mir im Büro saß. Aber heute hatte ich meinen Arsch aus dem Haus geschleppt und an zwei Team-besprechungen teilgenommen. Das Wachstum unseres Unternehmens hätte mich eigentlich ablenken müssen, und das tat es auch. Für eine gewisse Zeit. Jetzt hatte ich zu viel Zeit, um über andere Dinge nachzudenken. So wanderten meine Gedanken natürlich zu Elise.

Ich hätte nie gedacht, dass ich mal mit jemandem ausgehen würde, nur um eine aggressive CEO abblitzen zu lassen. Das war das erste Mal.

Wem wollte ich etwas vormachen? Sicher, Thalia war aggressiver als andere Frauen, aber das war nicht der Grund, warum ich mit Elise zusammen sein wollte. Das war nur die Ausrede, die ich benutzt hatte. Mir gefiel der Gedanke nicht, dass Elise mit einem anderen zusammen war. Da wäre mein Kopf fast explodiert.

Ich rieb mir die Schläfe, schloss die Augen und lehnte mich in dem Ledersessel des Büros zurück, in dem ich gearbeitet hatte, seit ich heute früh hereingekommen war.

War es denn so schlimm, mit Sophias Schwester auszugehen? Elise brachte mich zum Lachen. Und sie war loyal. Das sah man nicht oft in den Kreisen, in denen Max und ich verkehrten. Sie war auch nett zu meinem Vater gewesen.

Meine Schultern verspannten sich. Genau das war das Problem.

Die meisten Menschen waren nicht nur gut oder schlecht, aber ich ging einfach nicht mit netten Frauen aus. Wenn ich mich mit Frauen traf, die ein paar Hintergedanken hatten, war es leicht, die Sache zu beenden. Aber die Auswirkungen dieser vergangenen Beziehungen waren zu belastend geworden, also hatte ich aufgehört, mich darauf einzulassen. Dann war ich einsam oder besitzergreifend geworden – ich versuchte immer noch, das herauszufinden – und hier war ich nun und fing mit einer weiteren Mitbewohnerin etwas an, obwohl ich mir geschworen hatte, das nicht zu tun.

Zwei Wochen waren keine Ewigkeit, und ich würde jemanden haben, den ich zu Arbeitsveranstaltungen mitnehmen konnte. So viele verdammte Events. Irgendwie machte der klare Zeitplan die ganze Sache besser.

Thalia blieb an meiner Bürotür stehen und klopfte leicht. „Störe ich?"

„Überhaupt nicht." Ich stützte die Ellbogen auf dem Schreibtisch ab und verschränkte die Hände. „Was kann ich für Sie tun?"

Sie schaute nach unten und fuhr mit ihren schlanken Fingern über den Rand eines gelben Ordners. Sie trat in das

Büro und näherte sich der Aussicht auf die Embarcadero, die vom Boden bis zur Decke reichte, statt meinem Schreibtisch. „Ich habe gerade über unser Engagement bei den Investoren aus Napa nachgedacht."

„Oh?" Ich stand auf, gesellte mich zu ihr und blickte auf das geschäftige Treiben unten. Von den Environ-Büros aus hatte man einen erstklassigen Blick auf die Bucht, und der Verkehr nahm um diese Tageszeit zu, da die Leute ihren Feierabend an der Uferpromenade verbrachten und sich sportlich betätigten. „Glauben Sie nicht, dass sie im Boot sind?"

Ihr Gesicht blieb ausdruckslos, aber ich sah, wie ihre Augen für den Bruchteil einer Sekunde zur Seite blickten. „Ich denke, das werden sie ... aber sie legen sehr viel Wert auf den äußeren Anschein."

Worauf wollte sie damit hinaus? „Unser Unternehmen und die anderen, die ich leite, haben einen tadellosen Ruf."

„Das tun sie." Sie sah zu mir herüber und begegnete meinem Blick. „Für den Moment."

Ich stieß einen amüsierten Atemzug aus. „Erwarten Sie, dass sich das ändert?"

Ihr Blick war wieder auf die Aussicht gerichtet. „Unternehmen, die Hunderte von Millionen in unsere Technologie investieren, wollen nicht, dass irgendetwas zwischen ihnen und ihrem Gewinn steht. Heutzutage kann es ein Fehler in der Technologie sein ... oder ein Skandal." Sie wischte einen unsichtbaren Fleck auf dem Glas vor ihr weg – und verursachte damit wahrscheinlich einen noch größeren Fleck.

„Haben Sie etwas gehört?" Ich drehte mich leicht zu ihr um. „Etwas, von dem ich wissen sollte?"

Sie seufzte und sah mich an. „Es geht nicht darum, was ich gehört habe. Es geht darum, was ich gesehen habe. Ich möchte nicht in etwas Persönliches eindringen ..."

Ich war mir da nicht so sicher.

„… aber Ihr Date bei der Dinnerparty neulich war unprofessionell."

Der Kragen um meinen Hals wurde eng, und ich machte den obersten Knopf auf. Ich mochte es nicht, wenn Thalia über Elise sprach. „Sie meinen meine Freundin. Und meine Freundin hat es nicht nötig, professionell zu sein."

Ihr Blick verengte sich unmerklich, aber ich registrierte es. Sie sah verärgert aus. Und auch scharfsinnig.

Mit Thalia war nicht zu spaßen. Erst jetzt konnte ich ehrlich sagen, dass Elise und ich zusammen waren.

Wenn ich zurückdachte, war mein Vorschlag nicht romantisch gewesen, und doch hatte Elise Ja gesagt. Sie hatte mir vertraut. Elise war ehrlich und offen, und es machte mich wütend, dass Thalia sie schlechtmachen wollte.

„Thalia, mischen Sie sich nicht in mein Privatleben ein." Mein Ton war leise, eine Warnung.

„Ich will damit nur sagen, Jack", fuhr sie fort und ignorierte die versteckte Drohung, „dass Sie und Ihre Mitbewohnerin unterschiedlich sind. Sie sind einer der erfolgreichsten Geschäftsleute in San Francisco, und sie ist – was, eine Studentin?"

Meine Brust brannte. Ich hasste die Unterstellung, Elise sei minderwertig. „Sie hat einen Master-Abschluss und ist Krankenschwester und Epidemiologin bei der Stadt. Sie ist einer der zahllosen Menschen, die Dienst an der Allgemeinheit tun, die für die Sicherheit von Menschen wie uns sorgen."

„Genau." Sie schenkte mir ein kleines, trauriges Lächeln. „Sie verstehen, worauf ich hinauswill, nicht wahr?"

Unglaublich. „Nicht wirklich."

„Sie passt nicht – nun, ich will ganz offen sein – sie passt nicht zu Ihrem persönlichen und beruflichen Werdegang."

Elise kaufte bei Target ein und begrabschte meinen Hintern vor einem Raum voller Leute, die zu San Franciscos High Society gehörten. Sie legte gerne ihre hübschen Füße auf meinem Couchtisch hoch und aß Mais-Chips wie ein Baseballspieler mit einer Tüte Sonnenblumenkerne. Sie war temperamentvoll, konnte aber auch unglaublich liebenswürdig sein, wenn sie zum Beispiel meinen Vater unterhielt, bis ich nach Hause kam. Und aus mir unbekannten Gründen ging sie mir unter die Haut. Ein Lächeln umspielte meine Mundwinkel.

„Jack?" Thalias Tonfall war von Irritation geprägt. Wahrscheinlich dachte sie, ich würde ihr nicht zuhören, und ein Teil von mir tat es auch nicht.

Es dämmerte – der Blick auf das Ferry Building und seinen Uhrenturm zeigte die Stunde an – und die beigefarbenen Gebäude zeigten sich in den Pastelltönen des Sonnenuntergangs. „Sie wissen ja, was man über Gegensätze sagt." Ich drehte mich um und ging auf die Tür zu. Bevor ich das Büro verließ, blieb ich stehen und fing Thalias überraschten Blick auf. Ihr stand der Mund offen. „Sie ziehen sich an."

Ich verließ das Gebäude. Es wurde Zeit, dass ich zu meiner neuen Freundin nach Hause kam.

Jack: Wo bist du?

Hot Stuff: In Sophias Laden. Bin nach der Arbeit hergekommen, um zu helfen.

Jack: Hast du schon gegessen? Brauchst du was Leckeres?

Hot Stuff: Versuchst du, mich zu umwerben?

Ich grinste.

Jack: Ich komme nur meinen Pflichten als dein Freund nach.

Wie ich Elise kannte, hatte sie das Mittagessen ausgelassen und seit dem Frühstück nur Mais-Chips gegessen.

> Hot Stuff: Na dann, ja, bitte. Bring was zu essen mit. Sophia sagt, sie hat Lust auf Enchiladas mit extra viel Käse. Außerdem habe ich schon eine Weile nichts mehr gegessen, und wir werden hier langsam hangry.

Aus irgendeinem Grund machte mich das glücklich. Denn sie brauchte mich, und ich wollte mich um sie kümmern, wenn auch nur für eine kurze Zeit. Vielleicht für zwei Wochen.

> Jack: Verstanden. Bin bald da.

Als ich in Sophias Laden ankam, war auch Max da – und es herrschte ein bisschen Chaos.

„Sophia!" Elise griff nach dem Telefon, das Sophia von ihr weghielt. „Das ist mein Job."

Sophia stemmte die Hände in die Hüften und umklammerte den Hörer. „Du erschreckst die Kunden." Sie wandte sich an Max. „Kannst du ihr einen Cracker oder so etwas besorgen? Ihr Blutzucker ist niedrig."

Elises Gesicht war knallrot, und sie hatte einen irren Blick in den Augen. Sie blickte auf und sah mich.

Ich hob die große Tüte an, die ich mitgebracht hatte, und präsentierte die Ware.

Sophia folgte Elises Blick und stieß einen tiefen Seufzer aus. „Gott sei Dank."

Elise schnaubte ihre Schwester an und ging mit schnellen Schritten auf mich zu. „Du tust so, als hättest du keinen Monster-Hunger", sagte sie zu ihrer Schwester, ganz lässig, aber sie griff nach der Tüte wie ein Geier.

Ich hielt sie über meinen Kopf und drehte mich zur Seite, damit die Kronjuwelen weniger gefährdet waren, falls Elises Knie mich treffen sollte.

Sie starrte mich an. „Liebling, hast du Todessehnsucht?"

Mit diesem Spitznamen konnte ich umgehen, obwohl mir sogar Jackson ans Herz gewachsen war. Denn nur Elise nannte mich so. „Ich traue dir nicht mit dem Essen. Du willst nicht teilen."

Sie zeigte auf mein Gesicht. „Ich koche für dich! Ich teile fast täglich mein Essen mit dir."

„Du hortest, was im Kühlschrank ist, und wenn ich aus Versehen etwas von dir berühre, schnauzt du mich an."

„Das ist nur einmal passiert."

Sie hatte einen Bagel aufbewahrt, den sie am Vortag in einem Spezialitätengeschäft gekauft hatte. Ich wusste es besser, aber er hatte so lecker ausgesehen, dass ich vielleicht danach gegriffen hatte. „Einmal hat gereicht. Du hast mir mit deinem Ellbogenstoß fast eine Rippe gebrochen."

„Liebling?" sagte Sophia. Sie starrte Elise an. „Warum nennst du ihn Liebling?"

Max ging auf Sophia zu und starrte uns mit demselben verwirrten Blick an.

Scheiße.

„Scheiße", murmelte Elise und echote meinen Gedanken. „Nichts, Sophia. Es ist nichts." Sie grub ihre winzigen Finger in meine Seite, um mich dazu zu bringen, meinen Griff um die Tüte mit dem Essen zu lösen. Es klappte nicht. „Wir tun immer noch so, als ob wir zusammen wären", sagte Elise. „Es ist einfacher, wenn wir es die ganze Zeit vorspielen."

„Wie kann das einfacher sein?" Sophias Blick war zweifelnd.

Ich schlüpfte um Elises grapschende Hände herum und stellte das Essen auf den unaufgeräumten Schreibtisch. Ich hatte nicht damit gerechnet, dass Max hier sein würde, obwohl ich das hätte tun sollen. Auf jeden Fall hatte ich extra Tacos für Elise besorgt, also würde sie einfach teilen müssen.

Innerhalb von Sekunden scharrten die Stühle auf dem Boden, als wir sie an den Tisch zogen, und alle Gespräche verstummten, während das Essen verzehrt wurde.

Aber Sophia und Max tauschten fragende Blicke aus und machten die nonverbale Kommunikation, die mich und Elise in den Wahnsinn trieb. Sie schienen sich der Situation nicht ganz sicher zu sein, aber alle waren zu hungrig und schaufelten sich erst einmal das Essen in den Mund.

„Mmm", sagte Elise mit einem Ausdruck der Ekstase. „Jackson, du bist ein Engel."

Ich biss in meinen Chicken Burrito mit allem Drum und Dran und ignorierte ihren lüsternen Blick, der mich an andere Dinge denken ließ. „Ich hätte wissen müssen, dass Essen der Weg zu deinem Herzen ist, da du so geizig damit bist."

Sie grinste. „Fang nicht schon wieder damit an. Aber ja, Essen ist wichtig. Sieht man das nicht daran, wie gut ich dich füttere?"

Ich würde nicht darauf hereinfallen und zugeben, dass die Qualität ihrer Kochkünste fragwürdig war. Ich war einfach froh, dass sie mich fütterte. Es war ätzend, für sich selbst zu kochen. Ich mochte Elises Tiefkühlgerichte viel lieber.

Sophia richtete einen Chip auf Elise. „Jetzt, wo du gegessen hast, geh nach Hause. Es ist schon spät. Ich übernehme das."

Elise runzelte die Stirn. „Das sagst du nur, weil ich vorhin schlecht gelaunt war."

Sophia lachte. „Das warst du, aber keine Sorge, ich mache auch gleich Feierabend und gehe nach Hause."

„Ich bleibe bei Sophia", sagte Max und schob sich den letzten Bissen seines Tacos in den Mund.

Elise und ich sahen uns an, zuckten die Achseln und begannen, leere Schachteln und Servietten wegzuräumen. Wir machten uns auf den Weg zum vorderen Teil des Ladens. „Bist du sicher?" fragte Elise ihre Schwester noch einmal und schaute sich um, als hätte sie Angst, Sophia mit der ganzen Arbeit allein zu lassen.

Sophia gähnte. „Der Rest kann bis morgen warten. Max und ich folgen euch gleich."

Mit dieser Gewissheit liefen Elise und ich auf der Polk Street nach Süden und bogen dann in unser Viertel ein. Sie trug einen ausgestellten marineblauen Rock mit einem gestreiften Oberteil und ein Paar weiße Adidas-Turnschuhe. Der Rock und das Oberteil waren Basics, die ich von der Beute, die ich ihr geschenkt hatte, wiedererkannte, aber die Turnschuhe waren ganz Elise und machten das Outfit aus. Sie war professionell, modisch und hübsch, und ich hatte das Bedürfnis, ihr näher zu kommen. Das war ein seltsames Gefühl, aber ich ließ es zu.

„Lass uns Händchen halten", sagte ich. Sie schaute auf, komisch entsetzt. Ich hob meine Augenbraue. „Gewöhn dich daran. Wir sind zusammen."

Es war dunkel, aber ich könnte schwören, dass ihre Wangen gerötet waren.

„Ich hab dich gar nicht für einen Händchenhalter gehalten." Sie nahm meine Hand, und ich zitterte fast wie eine unschuldige Jungfrau vor Freude über ihre Berührung. Und auch, weil ihre Handfläche verdammt eiskalt war.

„Bin ich auch nicht, aber es schien eine gute Idee zu sein. Was zum Teufel ist mit deinen Händen los? Sie sind wie Eisblöcke."

Sie versuchte, ihre Handfläche wegzuziehen, aber ich hielt sie nur noch fester. „Sie sind immer kalt. Nimm nicht meine Hand, wenn du sie nicht magst."

„Ich mag deine kalten Hände."

Sie seufzte und hörte auf zu ziehen. Nach ein paar weiteren Augenblicken schob sie ihren Arm durch meinen und brachte ihren Körper näher heran. „Du magst kalte Hände ... Was hältst du von kalten Füßen?"

Ich blickte nach unten. „Hm?"

„Meine Füße sind auch kalt", sagte sie und grinste. „Hey!" Ihr Gesichtsausdruck verriet plötzlich Aufregung. „Jetzt, wo du mein Freund bist, heißt das, dass ich neben dem Händchenhalten auch Fußmassagen bekomme?"

Ich stöhnte auf, aber nur halbherzig, denn ich mochte die Vorstellung, solche Sachen für Elise zu machen. Aber das würde ich für mich behalten. „Ich wusste, du würdest versuchen, das auszunutzen."

Ihr Blick war ganz unschuldig. „Du nennst Fußmassagen Ausnutzen, aber mir Kleider zu kaufen, ist akzeptabel?"

Ich schaute nach vorne. „Dir Sachen zu kaufen, ist einfach. Ich wünschte, du würdest mich das öfter machen lassen."

„Nein."

Ich blickte auf ihr markantes Kinn. „Stur bist du."

Sie blickte auf, ein Megawattlächeln auf dem Gesicht. „Zurück zu den Fußmassagen. Meine Fußballen bringen mich um. Wenn ich einen echten Freund hätte, wären Fußmassagen Pflicht."

Ich blieb in der Mitte des Bürgersteigs mit ihr stehen und drehte sie zu mir hin. Ich strich ihr eine Haarsträhne hinters Ohr und fuhr ihr mit dem Handrücken über die Wange. „Ich bin dein echter Freund."

Ihre Augen weiteten sich.

Nachricht erhalten.

Sexuelle Spannung umgab uns wie der Nebel von San Francisco, der über die Hügel zog, und Elise räusperte sich leise. „Wollen wir fernsehen, wenn wir zu Hause sind?", fragte sie und wechselte das Thema.

Es war spät und morgen ein Arbeitstag, aber ich war eine Nachteule, obwohl ich nicht glaubte, dass Elise eine war. „Klar, wenn du Lust hast." Wir gingen wieder los, und ich griff nach ihrer Hand – und diesmal sagte sie nichts.

Ein paar Minuten später kehrten wir in die Wohnung zurück und zogen uns als Erstes bequemere Kleidung an, bevor wir uns im Wohnzimmer trafen.

Elise trug meine Boxershorts und mein T-Shirt, und ich trug eine Jogginghose und ein löchriges T-Shirt. Also unsere üblichen Uniformen.

Sie beäugte mein Shirt aus ihrer bequemen Position auf

der Couch. „Meinst du nicht, du solltest das Ding mal ausrangieren?"

Ich schaute nach unten und zupfte an dem Stoff. Das Original-Emblem war verblasst und an einigen Stellen rissig. „Nö. Das ist mein Lieblingsteil."

Sie schüttelte den Kopf. „Das sehe ich."

Ich setzte mich neben sie. Vielleicht ein bisschen zu nah, denn mein Gewicht ließ sie gegen mich kippen. Okay, das hatte ich vielleicht geplant. Und es schien sie nicht zu stören.

Elise kuschelte sich an mich. „Du bist wie eine Heizdecke."

„Du kannst mich gerne um dich wickeln."

Sie warf mir einen Seitenblick zu. „Das ist unanständig, Jackson. Ich bin mir nicht sicher, wie mir ein unanständiger Freund gefällt."

Ich lehnte mich näher heran, meinen Blick auf ihren Mund gerichtet. „Unanständig? Du hast ja keine Ahnung, Elise."

Ihr Körper zuckte leicht, und ich sah, wie sich eine Gänsehaut auf ihren Armen bildete.

Sie griff nach der Fernbedienung. „Was sollen wir uns ansehen?" Sie konzentrierte sich auf den Fernseher, aber die Spannung hielt an.

Wir surften auf Netflix und entschieden uns für ein Polit-Drama, das gerade neu erschienen war.

Elise gähnte und legte sich auf die Seite, wobei sie einen ihrer Eisblockfüße heimlich unter meinen Oberschenkel schob.

Sie hatte nicht gelogen: Die Dinger waren so kalt wie ihre Hände. Waren sie in der Nacht, als wir miteinander schliefen, auch so kalt gewesen? Ich konnte mich nicht an kalte Füße erinnern, aber ich war ja auch mit anderen Dingen beschäftigt gewesen …

Ihr kleiner Körper, der sich gegen meinen presste und mich aufweckte. Dann spannte sie sich an, als sie merkte, wo sie war.

Ich drehte mich mit dem Gesicht zu ihr, und sie sah einen

Moment lang verwirrt aus, bevor sie sich nach vorne beugte und mich küsste, wobei sie sich anscheinend selbst genauso überraschte wie mich.

Elise war nie nur Sophias Schwester gewesen. Sie war immer faszinierend und auf eine Weise stark gewesen, die ich bewunderte. Und wie jeder Mann, der kein Eisblock war, hatte ich ihren Kuss zehnfach erwidert … Aber jetzt war nicht der richtige Zeitpunkt, um an heißen Sex zu denken. Nicht, wenn sie neben mir lag und allzu verlockend war.

Ich griff nach ihrem Fuß und begann, die Wölbung zu kneten, um mich abzulenken. Ihre Füße waren knochig und der hellrosa Nagellack auf ihren Zehennägeln abgeplatzt. Ich lächelte. Sie waren süß, genau wie sie.

Sie schaute überrascht zu mir hoch. „Wo hast du das gelernt?"

Ich beugte mich vor und drehte die Lautstärke auf der Fernbedienung ein paar Stufen höher. „Ich habe Fähigkeiten."

Elise stöhnte, und die Muskeln in meinen Armen spannten sich an. Ihr Stöhnen half mir absolut nicht, den Sex zu vergessen. „Das fühlt sich so gut an", sagte sie und vergrub sich tiefer in der Couch.

Auch das war nicht hilfreich.

Wir sahen uns die Sendung eine Weile an, und irgendwann wechselte ich zu ihrem anderen Fuß. Als ich schließlich nach unten sah, war sie eingeschlafen.

Ihre Hände lagen unter ihrem Kopf, und ihre Lippen waren leicht geschürzt. Sie sah unglaublich schön aus.

Ich suchte das Zimmer nach einer Decke ab. Die ich anscheinend nicht besaß. Irgendwie hatte Max mich in Sachen Decken im Stich gelassen. Mein bester Freund, der doch ansonsten alles so schön eingerichtet hatte, würde etwas zu hören bekommen.

Ich befand mich auf unbekanntem Terrain: Ich kümmerte mich um einen anderen Menschen, der nicht zur Familie gehörte. Aber weckte ich Elise und flüsterte ihr zu, sie solle ins Bett gehen, wo es warm war?

Nein, das tat ich nicht. Ich rückte noch näher und sah mir die Sendung weiter an, schloss für einen Moment die Augen …

KAPITEL
ZWEIUNDZWANZIG

Elise

Ich konnte mich nicht bewegen, mich nicht umdrehen und meine Beine nicht ausstrecken. Ich war zu müde, um richtig aufzuwachen, also döste ich vor mich hin, bis ich mich endlich unwohl genug fühlte, um meine Augen zu öffnen. Ich versuchte, mich aufzusetzen, aber ein sehr schwerer Arm lag um meine Taille.

Ich kannte diesen muskulösen Arm. Ich kannte den männlichen Geruch.

Jack.

Wir hatten ferngesehen, und dann hatte Jackson mir eine unglaubliche Fußmassage verpasst. Aber was war danach passiert?

Ich versuchte, mich umzudrehen und ihn anzusehen, und obwohl die Couch so weich wie ein Bett war, war sie eigentlich kein Bett. Da wir beide hintereinander lagen, konnte ich mich nicht wirklich bewegen.

Also versuchte ich, mich von der Couch auf den Boden abzurollen, aber ich war in der mannsgroßen Wölbung gefangen, die sein größerer Körper auf der Couch erzeugte.

Es half auch nicht, dass er warm und kuschelig war, und ich war verdammt müde.

Ich schloss die Augen und genoss den Moment, in dem Jack nicht auf der Hut war und sein Körper sich an meinen schmiegte. Das leise Geräusch seines Atems. Ich könnte so liegenbleiben. Die ganze Nacht hier draußen schlafen. Aber das würde bedeuten, in seinen Armen aufzuwachen, und so verlockend das auch klang, ich hatte mich immer noch nicht an den Gedanken gewöhnt, dass wir zusammen waren.

Ich rollte nach vorne, wobei ich mein ganzes Gewicht in die Waagschale warf und auf den Boden zwischen Sofa und Couchtisch purzelte.

Als ich aufblickte, starrte Jack mich an, eine Locke seines dichten, gewellten Haares verdeckte eines seiner Augen, sein Blick war verwirrt.

Er blinzelte und sah sich um, dann gähnte er. „Wie viel Uhr ist es?"

Ich streckte die Hand aus und schaltete den Fernseher aus. Nur war der Raum jetzt völlig dunkel. So ein Mist. „Ich weiß es nicht."

Er setzte sich auf, griff nach seinem Telefon auf dem Couchtisch und tippte auf das Display, um es zum Leuchten zu bringen. „Drei."

Verdammt! Die halbe Nacht war vergangen? Ich sprang auf und stolperte und fiel dabei halb auf Jack.

Seine Hände lagen auf meinen Hüften, um mich zu beruhigen, und sandten heiße Stromstöße in meinen Bauch.

„Tut mir leid", sagte ich und richtete mich auf. „Wir sollten ins Bett gehen."

Er stand auf, gähnte erneut und gab ein zustimmendes Geräusch von sich. Aber anstatt in sein Schlafzimmer zu gehen, trat er zurück, damit ich vorgehen konnte.

Ich blieb vor ihm stehen. „Gute Nacht." Sein Haar war verstrubbelt und bezaubernd, aber sein Blick lag auf meinem Mund, und der Moment wurde in der stillen

Wohnung erneut so intim, wie er es früher in der Nacht gewesen war.

Ich verkrampfte mich, drehte mich um und eilte in mein Zimmer. Auf dem Weg dorthin hörte ich, wie er leise in die Küche ging und das Licht am Herd ausschaltete, das wir immer anließen, wenn wir nicht zu Hause waren.

Er machte das Apartment bereit für die Nacht, und das war so häuslich. Irgendwie machte dieses blöde Licht das ganze Arrangement weniger lässig. Er kümmerte sich um mich, und das tat sonst niemand außer Sophia.

ICH BRAUCHTE EWIG, um wieder einzuschlafen, und es kam mir vor, als wären nur Minuten vergangen, als mein nerviger Wecker klingelte. Ich wankte schlaftrunken durch meine morgendliche Routine und schnappte mir eine meiner Lieblingsblusen aus dem Einkauf von Jack, zusammen mit einer dunklen Hose. Nach ein paar weiteren Minuten, in denen ich mich mit zusammengekniffenen Augen schminkte und mein Haar entwirrte, griff ich nach meiner Arbeitstasche und ging in die Küche.

Würde Jack wach sein, oder würde er ausschlafen? Er schien an den meisten Morgen früh aufzustehen, anstatt den vampirischen Zeitplan einzuhalten, von dem meine Schwester sprach. Das könnte an seiner neuen Firma liegen und an den dauernden Meetings, an denen er in letzter Zeit teilgenommen hatte.

Wenn das städtische Gesundheitsamt nicht so bürokratisch wäre, hätte ich auch ausgeschlafen, aber sie wollten, dass wir stets genau zur selben Zeit ein- und ausstempelten. Keine Überstunden (die sie mehr kosteten) und kein Zuspätkommen! Die Ermahnung war leise, aber ich spürte sie in meiner Seele, wann immer ich meinen Chef sah, der lässig an den Bürokabinen seiner fleißigen Bienchen vorbeischlenderte, wenn ich es am wenigsten erwartete.

Heute Morgen hatte Jack nicht ausgeschlafen. Er stand in Anzug und Krawatte in der Küche, sein Haar war noch leicht feucht von der Dusche, und er hielt sein Handy ans Ohr.

„Sind Sie sicher, dass Sie es nicht schaffen?" Es gab eine Pause, in der Jack nicht die gewünschte Antwort zu bekommen schien. Er legte den Kopf schief und runzelte die Stirn. „Ich verstehe. Nein, nein, mir wird schon etwas einfallen."

Ich stellte meine Arbeitstasche auf dem Tresen ab und ging zur Speisekammer. Ich hatte keine Zeit zu essen, also nahm ich mir eine Packung Instant-Haferflocken für später und ein hartgekochtes Ei, das ich vor ein paar Tagen gemacht hatte. Ich warf einen Blick über meine Schulter und sah, dass er eine SMS schrieb. „Alles in Ordnung?" Ich drehte den Wasserhahn auf und füllte meine Wasserflasche.

Er sah auf. „Äh, ja. Wird schon."

„Was ist denn los?"

Er schüttelte den Kopf. „Nur etwas mit meinem Vater."

Ich drehte den Wasserhahn zu und stand mit verschränkten Armen vor ihm. „Jackson, bist du mein Freund oder nicht?"

Er schaute liebenswert perplex hinüber. „Ja?"

„Solltest du angesichts dieser Tatsache nicht mit mir teilen, was los ist?" Ich warf ihm einen spitzen Blick zu, und das Lustige daran war, dass ich noch nie einen Freund gehabt hatte. Keinen richtigen jedenfalls. Ich hatte eine Bindungsphobie, nachdem ich gesehen hatte, wie meine Schwester sich für Freunde und Freundinnen einsetzte und immer wieder zurückgewiesen wurde. Ich hatte gelernt, nicht in dieselben Fußstapfen zu treten. Ich traf mich mit Leuten für ein paar Wochen hier und da, aber nichts Ernstes. Und jetzt war ich hier und unterrichtete Jack darüber, wie man ein guter Freund war.

Es war schon besser, dass dies nur von kurzer Dauer war, sonst hätten wir ganz sicher Probleme bekommen, sobald wir ernsthaft erwachsene Dinge tun mussten.

Er stieß einen Seufzer aus. „Die Betreuerin meines Vaters ist krank. Normalerweise wäre das kein Problem, aber es ist schon ein paar Tage her, dass sie das letzte Mal da war, und keiner von uns hat nach ihm gesehen. Sie kocht das Abendessen und macht Besorgungen, wie Rezepte abholen. Ich bin den ganzen Tag in Besprechungen und kann erst spät kommen." Er schaute noch einmal auf die Uhr und rieb sich dann über das Kinn. „Ich nehme an, ich könnte mir das Essen liefern lassen und später am Abend gehen. Aber die Rezepte …"

„Ich arbeite doch in seiner Nähe. Ich gehe nach Feierabend hin und bin spätestens um fünf Uhr fünfzehn da. Wie heißt die Apotheke?"

Er blinzelte einige Male. „Das kann ich nicht von dir verlangen, Elise."

„Du hast mich nicht gebeten. Ich will es machen. Ich mag deinen Vater."

Er sah unsicher aus.

Ich verdrehte die Augen und schob mein Essen für später in meine Tasche. „Schick mir eine SMS mit den genauen Adressen deines Vaters und der Apotheke." Auf dem Weg zur Tür ging ich an ihm vorbei und gab ihm einen Klaps auf den Hintern, nur um ihn aus seiner Benommenheit zu reißen.

Er runzelte die Stirn, und ich lächelte.

Der Arschklatscher könnte auch daran gelegen haben, dass er in seinem Businessanzug verdammt sexy aussah. Ich mochte den lässig gekleideten Jackson, aber auch das Schicke passte zu ihm.

Sein Blick war immer noch skeptisch, als ich die Haustür

schloss. Für diesen Klaps würde ich später bestimmt bezahlen.

Ich war schon fast aus dem Haus hinaus, als ich eine SMS von Jack mit der Adresse seines Vaters und anderen Informationen erhielt.

Ich hatte den Mann zermürbt, und das machte mich ungemein glücklich.

KAPITEL
DREIUNDZWANZIG

Jack

Es war unglaublich seltsam, jemanden um Hilfe zu bitten, der nicht von mir bezahlt wurde. Als Elise anbot, meinen Vater zu besuchen, hatte ich automatisch abgelehnt, aber dann erinnerte sie mich daran, dass sie meine Freundin war.

Meine Freundin. Ich hatte schon vorher welche gehabt, aber diese Beziehungen waren anders. Max würde sagen, ich hätte mir die falschen Frauen ausgesucht. In Wahrheit hatte ich mir die richtigen Frauen ausgesucht: Menschen, die oberflächlich waren und mir erlaubten, die Dinge auf der Oberfläche zu halten.

Elise war ganz anders als die Frauen, mit denen ich in der Vergangenheit ausgegangen war, und sie erinnerte mich heute Morgen daran, als sie darauf bestand, meinen Vater zu besuchen, obwohl keine meiner Ex-Frauen seinen Namen kannte. Mein Vater mochte Elise, und sie war nett zu ihm gewesen. Sie gehen zu lassen, ergab Sinn.

Ich schüttelte den Kopf und machte mich auf den Weg zu meinem nächsten Meeting. So entstand eine Bindung –

mit kleinen Aufmerksamkeiten und dem Aufbau von Vertrauen –, aber ich konnte Elise anscheinend nicht wegstoßen.

Max war schon mein Kumpel, als meine Mutter starb, also war er sowas wie Familie, aber alle anderen? Über ein Jahrzehnt lang hatte ich es geschafft, die Leute außen vor zu halten. Doch bei Elise konnte ich es nicht. Vor allem, weil sie mich nicht ließ, aber auch, weil ich sie nicht fernhalten wollte. Was ich wollte, war, sie nahe bei mir zu haben. Was zum Teufel war mit mir los?

„Jack?"

Ich blickte auf, und Thalia stand im Besprechungsraum und starrte mich an, während ich ins Leere starrte. „Ja?"

„Unsere neuen Kunden sind eingetroffen. Geht es Ihnen gut?"

Ich setzte mich an den Tisch und legte meinen Laptop hin. „Ja, bitten Sie sie herein."

Ich hatte technische Unterstützung und Ingenieure, die sich mit den technischen Aspekten dieses Projekts befassen konnten, aber wenn ich es in die Hand nahm, wusste ich, dass es richtig gemacht werden würde. Mein Bedürfnis, diesen Aspekt der Arbeit zu kontrollieren, machte Thalia verrückt. Sie sagte, es sähe nicht gut aus, wenn der Eigentümer niedere Aufgaben erledige.

Das war mir egal.

Die Kunden kamen herein, und das Meeting verlief gut. Wir sammelten mehr Investoren ein als erwartet und hatten das Gehör von Regierungsbehörden und einigen ausländischen Einrichtungen, die wissen wollten, wo und wie sich Klimagefahren auf ihre Gemeinden und ihren Gewinn auswirken würden. Environ wuchs schneller, als unser fünfzehnköpfiges Team bewältigen konnte, und Thalia verließ das Meeting mit der Anweisung, Experten aus anderen Bereichen einzustellen, um das Programm zu verstärken.

Das waren alles gute Nachrichten, aber jetzt war es zehn

Uhr abends, und ich hatte immer noch nicht nach meinem Vater gesehen.

Die Ärzte waren zuversichtlich, dass sie meinen Vater vom Krebs befreien würden, aber ich traute den Ärzten nicht und ich traute dem Krebs nicht. Das medizinische Personal hatte auch meiner Mutter gesagt, sie sei in Remission, und dann kam der Krebs ein Jahr später zurück und tötete sie nach wenigen Wochen. Die Natur kann dich innerhalb eines Herzschlags fertigmachen und dir alles nehmen.

Ich fuhr auf den Parkplatz, für den ich ein Vermögen bezahlt hatte, um ihn in der Nähe der Wohnung meines Vaters zu reservieren, und eilte die Treppe zu seiner Wohnung hinauf, wobei ich auf die Uhrzeit achtete. Es war näher an elf, als mir lieb war.

Elise war bei ihm gewesen, das wusste ich, weil sie mir eine SMS geschickt hatte, als sie auf dem Weg war, die Rezepte abzuliefern, also hatte zumindest eine Person mit ihm Kontakt aufgenommen. Trotzdem hatte mein Vater in den letzten Stunden weder angerufen noch auf meine SMS geantwortet, und ich würde mich besser fühlen, wenn ich wusste, dass es ihm gut ging.

Ich betrat die Wohnung in der Erwartung, dass alles ruhig und das Licht gedämpft sein würde, aber das war nicht der Fall.

„Ja!", rief es aus der Männerhöhle meines Vaters, gefolgt von weiblichem Gelächter.

Elise konnte doch unmöglich immer noch hier sein …

Aber anscheinend war sie es, denn eine Sekunde später stürmte sie aus meinem alten Kinderzimmer, die Haare zu einem niedrigen Pferdeschwanz gebunden, der sich auf eine Seite neigte und zerzaust war. Sie trug ein Sweatshirt von mir, das sie wohl in einem der Schränke gefunden hatte.

Ihre Augen weiteten sich. „Jackson! Komm schnell rein. Der Höhepunkt beginnt gleich." Sie hetzte an mir vorbei und in die Küche. „Ich mach noch mehr Popcorn."

Höhepunkt? Die Richtung, die mein Gehirn einschlug, war offensichtlich nicht das, worauf sie sich bezog. Sie musste von einer Fernsehsendung sprechen.

Sie schüttete Maiskörner in eine uralte Popcornmaschine, von der ich gar nicht wusste, dass wir sie noch hatten, dann nahm sie eine halbe Stange Butter und stellte sie in die Mikrowelle. Sie schaute hinüber, die Stirn frustriert zusammengekniffen. „Es geht gleich los – worauf wartest du noch?"

Das war seltsam. Mein Vater war offenbar nicht in Not, meine neue Freundin war in meinem Elternhaus, und sie hingen zusammen ab?

Ich folgte der Anweisung und ging in den Fernsehraum.

Auf dem Bildschirm lief dieselbe Sendung, die ich mit meinem Vater gesehen hatte: Paare, die ihre Eltern beim ersten Date vorstellen. In dieser Folge war eine Familie mormonisch und eine muslimisch.

Mein Vater sah auf, aber nur kurz – seine Augen klebten an der Mattscheibe. „Wo ist Elise? Sie wird es noch verpassen. Elise!" Er fummelte an der Fernbedienung herum und pausierte die Sendung, während ich auf die Couch sank.

Elise kam wie ein Orkan herein und setzte sich halb auf meinen Schoß – was mir nichts ausmachte –, um den „Höhepunkt" mitzubekommen, und verschüttete Popcorn über den Rand der Schüssel, als sie es meinem Vater reichte.

Mein Vater fuhr fort, ihr eine kurze Zusammenfassung zu geben. „Die muslimische Schwiegermutter machte große Augen, als die mormonische Familie Schuhe in ihrem Haus trug, aber sie kamen schnell darüber hinweg. Die beiden Familien sind sich einig, dass sie keinen Sex vor der Ehe haben wollen. Sie haben vielleicht mehr gemeinsam, als sie denken."

Seltsamerweise war die Sendung sehr unterhaltsam, vor allem, wenn man den Kommentaren meines Vaters und Elises zuhörte.

„Nein!", rief Elise.

Mein Vater hielt sich die Augen zu. „Ich kann nicht hinsehen."

Elise griff nach der Hand meines Vaters. „Tom, wir machen das zusammen oder gar nicht."

„Da hast du recht", sagte mein Vater.

War das der Untergang der Titanic oder eine Reality-Show? Ich griff nach dem Popcorn und amüsierte mich über die beiden.

Mein Vater hatte heute Abend anständig Farbe, obwohl er eine Decke über den Beinen trug, die Elise zurechtrückte, als sie zu verrutschen begann. Sie hatte ihm auch ein Glas Wasser gebracht, als er die Sendung unterbrach und aufstand, um auf die Toilette zu gehen. Sie verhielten sich, als würden sie sich schon seit Jahren kennen.

Ich reckte Elise mein Kinn entgegen, während mein Vater im Bad war. „Du hast dich entschieden zu bleiben?"

„Tom hat mich in diese Serie hineingezogen. Ich habe jetzt vier Episoden am Stück gesehen. Ich könnte einen Schlaganfall bekommen von all der Peinlichkeit und dem Drama aus zweiter Hand."

„Ist das der Grund für den wahnsinnigen Ausdruck in deinen Augen?"

Sie tätschelte sich das Gesicht, dann schien sie wieder zur Vernunft zu kommen. „Jackson, diese Show macht süchtig. Wie kann man sie nicht mögen?"

„Oh, ich mag sie ja auch. Mein Vater hat mich beim letzten Mal, als ich hier war, dafür begeistert." Ich erwähnte nicht, dass ich vorgehabt hatte, ihr von der Sendung zu erzählen. „Ich bin nur neugierig, wie es dazu gekommen ist, dass ihr beide mehrere Stunden zusammen abgehangen habt."

„Nun", begann sie, „ich hatte Hunger, also habe ich etwas für uns beide mitgenommen. Ich dachte, wir könnten zusammen essen, und dann würde ich nach Hause gehen. Aber dann hat mir dein Vater dein altes Zimmer und die Fotos gezeigt ..."

„Fotos?" Meine Stimme nahm eine ungewöhnlich hohe Tonlage an. „Was für Fotos?"

Sie lächelte teuflisch. „Du als nacktes Baby … ein anderes, nachdem du dich selbst für den Kindergarten angezogen hattest. Dann eines, auf dem du ein Mädchen zu einem Tanzabend in der achten Klasse begleitest. Was war mit dem Flaum auf deiner Lippe? Hattest du nicht daran gedacht, dich zu rasieren, wenn denn schon etwas wuchs? Und war das Mädchen 1,80 m groß? Du warst ungefähr einen halben Meter kleiner."

Ich schloss kurz die Augen. „Mein Gott, er hat dir wirklich alles gezeigt."

„Das hat er. Tom und ich sind jetzt beste Freunde." Sie sah auf und verzog das Gesicht. „Ich sollte ihn meiner Mutter vorstellen. Nicht im Sinne einer Verabredung, sondern im Sinne von Eltern, die zusammen abhängen könnten. Ich glaube, sie würden sich gut verstehen."

„Wunderbar", sagte ich trocken. „Wir könnten Kitty und Karl mitbringen und eine Elternparty daraus machen."

„Ausgezeichnete Idee!"

„Das war ein Scherz."

Sie runzelte die Stirn. „Hat dein Vater die Eltern von Max denn nicht längst einmal getroffen?"

Ich dachte zurück. „Max' Familie hatte einen Fahrer, der Max überall hinbrachte, bis wir selbst fahren konnten. Und mein Vater hat viel gearbeitet – also nein, ich glaube nicht, dass sich ihre Wege jemals gekreuzt haben. Max' Eltern waren viel beschäftigter, bevor sie den Großteil ihres Vermögens verloren haben."

Sie stützte ihr Kinn auf ihre Hand. „Richtig, der ganze Rummel um das Familienvermögen von Max, das durch Fehlinvestitionen verschleudert wurde."

Sophia musste Elise über das Familiendrama von Max informiert haben.

Ich zuckte die Achseln. „Sie haben nicht auf Max gehört, als er ihnen sagte, sie sollten nicht investieren."

„Merkwürdig."

„Dass seine Eltern nicht auf ihn hören?"

„Nein, der Teil, dass ihr beste Freunde seid und eure Eltern sich nie getroffen haben."

Mein Vater kam herein, schaltete die pausierte Sendung wieder ein und ließ sich in seinen Sessel sinken. Der Mann war so aufgeregt, dass er die Fernbedienung mit ins Badezimmer genommen hatte.

Ich war zwar nicht so pingelig wie Max, was die Sauberkeit anging, aber da rümpfte ich doch die Nase. „Dad, vielleicht sollten wir die Fernbedienung abwischen."

Er winkte ab. „Ich habe sie auf dem Bord liegenlassen und nicht angerührt, bis meine Hände sauber waren."

Er hatte zwar ein paar neue Redewendungen aufgeschnappt, aber durch das Reality-TV wenigstens nicht seine Würde verloren.

Wir beendeten den Rest der Folge in relativer Stille, abgesehen von den duellierenden Kommentaren meines Vaters und Elises.

„Das hat er jetzt nicht wirklich gesagt", staunte Elise.

Mein Vater schüttelte den Kopf. „Der Junge sollte heute in der Hundehütte draußen schlafen, ehrlich."

Ich fand ihre Kameradschaft unterhaltsamer als die Show und musste mich anstrengen, auf den Fernseher und nicht auf die beiden zu schauen.

Als die Episode endlich vorbei war, stand ich auf. „Wir sollten jetzt gehen, Elise."

Sie warf einen Blick auf ihr Telefon und seufzte. „Ja, wahrscheinlich eine gute Idee." Sie beugte sich vor und umarmte meinen Vater. „Nächste Woche um die gleiche Zeit?"

„Das kannst du glauben." Mein Vater grinste und freute sich über seine neue Freundin. Man hätte meinen können, er hätte im Lotto gewonnen, so breit war sein Strahlen.

Nachdem ich die Wohnung abgeschlossen hatte, brachte ich Elise zu meinem Auto und öffnete die Tür. Sie gähnte und ließ sich auf den Beifahrersitz sinken.

Auf dem Weg zurück in die Wohnung schaute ich zu ihr hinüber. „Danke, dass du dich um meinen Vater gekümmert hast."

Sie lehnte ihren Kopf gegen die Kopfstütze des Beifahrersitzes, und ein weiteres Gähnen entwich ihr. „Es war kein Problem. Jederzeit wieder."

Als wir wieder in unserer Wohnung waren, schaltete Elise auf Autopilot. Sie zog ihre Schuhe im Eingangsbereich aus, legte ihre Handtasche auf den Tresen und ging mit halbgeschlossenen Augen in ihr Schlafzimmer. „Gute Nacht, Jackson."

Sie war süß, wenn sie übermüdet war. Ich grinste und schloss die Haustür ab, dann nahm ich mir ein Glas Wasser, bevor ich ins Bett ging. Ich hatte gerade den Wecker meines Handys gecheckt und die Augen geschlossen, als ich spürte, wie die Matratze sich senkte.

Eine Sekunde später drückte sich ein kleiner, warmer Körper an meinen.

Träume ich?

Ich drehte mich vorsichtig um und fand Elise auf der Seite liegend, die Hände unter die Wange geklemmt, fest schlafend. Sie war schlafwandelnd in mein Schlafzimmer gekommen.

Das erste Mal, als Elise dies getan hatte, endete es in einem One-Night-Stand, nach dem sie mich über die Feuerleiter aus Sophias damaligem Schlafzimmer auf der anderen Seite des Flurs verließ. Später erfuhr ich, dass Elise eine notorische Schlafwandlerin war. Aber auch wenn sie schlafend in mein Zimmer gewandert war, war es nicht dabei geblieben: Sie war aufgewacht, hatte gemerkt, wo sie war, und mich dann geküsst. Zu diesem Zeitpunkt war ich schon seit Monaten scharf auf Elise gewesen. Ihr Kuss war die einzige Ermutigung, die ich brauchte, um ihn zu erwidern.

Ich strich ihr eine Haarsträhne aus dem Auge und fragte mich, ob sie so aufwachen würde wie in jener Nacht und wie ich darauf reagieren würde. Wahrscheinlich genauso eifrig.

Aber diesmal schlief sie weiter. Und war kuschelig. Bei meiner Berührung rutschte sie näher heran.

Das sollte mir eigentlich unangenehm sein, aber das war es nicht. Es war wunderbar.

Ich starrte an die Decke und seufzte. Wie sollte ich meinen Teil der Abmachung einhalten und Elise in einer Woche gehen lassen? Ich war dabei, mich in sie zu verlieben, und ich wollte nicht, dass sie ging.

Bei diesem Gedanken zog ich sie näher an mich heran und atmete ihren Duft ein, sog ihn ein, solange ich konnte, und hoffte, dass es nicht das letzte Mal sein würde.

ALS MEIN WECKER um sieben Uhr klingelte, wachte ich mit einem Déjà-vu der Nacht auf, in der Elise und ich vor Monaten miteinander geschlafen hatten. Denn sie war weg.

Hatte ich geträumt, sie wäre letzte Nacht in mein Bett gekommen? Die Beule in meiner Hose sagte mir, dass sie hier gewesen war.

Ich hob das Kissen hoch, auf das sie ihren Kopf gelegt hatte, und roch daran: Buttercreme und Erdbeeren und etwas Blumiges. Der Duft half überhaupt nicht, meine Erektion zu beruhigen. Elise war definitiv hier gewesen.

Meine Brust zog sich zusammen. War sie gegangen, ohne sich zu verabschieden?

Ich griff nach meinem Handy und sah eine Notiz, die auf die Rückseite eines Kassenzettels gekritzelt war.

Tut mir leid wegen des Schlafwandelns! Oje! Mein Unterbewusstsein mag dein Bett. Ich mache es heute Abend mit dem Abendessen wieder gut. Sieh zu, dass du hungrig nach Hause kommst.
Elise

Elises Handschrift war ordentlich und elegant. Ich wusste nicht, was ich erwartet hatte, aber nicht so etwas Schönes.

Abendessen? Wieder Tiefkühlkost? Fast Food? Spielte keine Rolle, ich freute mich darauf.

Ich beeilte mich mit meiner Morgenroutine und war um acht Uhr an meinem Schreibtisch im Schlafzimmer, um zu telefonieren und meiner Assistentin eine E-Mail zu schicken, damit sie für mich und Thalia in einer Woche einen Hubschrauberflug nach Napa zu einem Investorenessen buchen konnte. Als ich irgendwann auf die Uhr schaute, war es erst drei Uhr nachmittags. Verdammt, dieser Tag zog sich hin.

Elise sollte gegen sechs Uhr zu Hause sein, was bedeutete, dass ich mehrere Stunden Zeit hatte, bis ich sie sehen würde. Ich beschloss, mich mit Max zu treffen.

Jack: Hast du was von Lizzie gehört? Sie hat mich zwei Monate lang per SMS belästigt, aber ich habe seit ein paar Wochen nichts mehr von ihr gehört.

Max: Ich habe vor etwa einem Monat mit ihr zu Mittag gegessen. Sie ist beruflich an die Ostküste gereist, aber jetzt ist sie zurück.

Ich hatte Lizzie zur gleichen Zeit wie Max kennengelernt, wahrscheinlich weil sie zuerst mit Max befreundet war. Lizzie stammte ebenso aus der High Society wie Max, aber genau wie er war sie nicht wie die anderen Menschen in deren Welt.

Lizzie war offen, integrativ und warmherzig, und es machte einfach Spaß, mit ihr zusammen zu sein.

Ich hatte viel Zeit mit Max' Eltern und ihren Freunden verbracht, aber erst als ich im reifen Alter von neunzehn Jahren mein erstes Unternehmen für ein Vermögen verkaufte, schenkte mir die High Society einen zweiten Blick. Plötzlich war ich etwas wert. Plötzlich wollten sie mit mir Geschäfte machen. Plötzlich wollten sie mich mit dieser oder jener Person bekannt machen, um im Gegenzug einen frühen Einstieg in mein nächstes Projekt zu erhalten. Max' Eltern waren im Grunde anständige Leute, aber die anderen ... Die meisten waren Arschlöcher.

Ich schrieb Lizzie eine SMS.

> Jack: Wo bist du? Wo ist meine tägliche Dosis an Spott?

Fast sofort erhielt ich eine Antwort.

> Lizzie: Beruhig dich. Ich muss mich um ein Kundendrama kümmern. Ich habe keine Zeit, dich mit lustigen Reels zuzuballern.

Lizzies Lebenszeichen kamen meist in Form von lustigen Tierfilmen, die sie täglich schickte. Eine davon zeigte ein Huhn, das einen Hund jagt, oder einen Hund, der auf einem Schwein herumtrampelt, um es zum Spielen zu motivieren. Wenn ich jetzt darüber nachdachte, war das wahrscheinlich ihre Art zu sagen: „Komm und häng ab."

> Jack: Was ist aus Freunde vor Arbeit geworden?

> Lizzie: War das jemals ein Ding?

> Jack: Ich habe gerade beschlossen, dass es ein Ding ist.

Lizzie: (Augenroll-Emoji) Sagt der Typ, der mehrere Unternehmen leitet und in Jogginghosen zum Mittagessen erscheint – wenn er sich überhaupt die Mühe macht zu erscheinen.

Jack: Ich habe mich weiterentwickelt. Ich trage jetzt Jeans.

Lizzie: Stecken du und Max unter einer Decke? Er hat mir gerade eine SMS geschickt. Ich höre wochenlang nichts von euch Schwachköpfen, und plötzlich will jeder was von mir.

Ich kicherte in mich hinein. Immer noch dieselbe alte Lizzie.

Jack: Bierabend?

Lizzie: Sicher, könnte ich gebrauchen.

Wir gingen zu einem Gruppenchat mit Max über und besprachen, wann wir alle Zeit hätten, und stritten dann natürlich darüber, wie beschäftigt doch alle waren, denn wenn Max und ich Zeit hatten, hatte Lizzie keine, und sie wies nur zu gern darauf hin, wie schwierig wir waren. Schließlich einigten wir uns auf eine Uhrzeit und einen Tag, und der Text-Thread wurde still.

Als ich wieder auf die Uhr schaute, war es erst halb vier. Ich stöhnte, unfähig, mich zu konzentrieren.

Anstatt im Haus herumzuhängen und so zu tun, als ob ich arbeiten würde, und auf Elise zu warten, zog ich meine Laufschuhe an. Ich hatte eine Menge aufgestauter Energie, die sich seit dem Aufwachen heute Morgen nur noch gesteigert hatte. Ein paar Dutzend Mal den Russian Hill hinauf und hinunterzulaufen, sollte helfen, meine hellwache Libido abzukühlen.

KAPITEL
VIERUNDZWANZIG

Elise

Ich legte ein lächerlich teures Stück Fleisch in die Pfanne, während ich mit Sophia telefonierte, und es begann zu brutzeln.

War die Temperatur zu heiß?

Ich überprüfte die Herdplatte, aber laut der Anleitung für Filet Mignon auf YouTube (unerschöpflicher Quell der Beispiele aus der Gourmetküche) machte ich es genau richtig.

Sophia quäkte durch meine Ohrstöpsel. „Du kochst? Ich dachte, du machst Witze, als du sagtest, du kochst für Jack. Weißt du überhaupt, wie das geht?"

„Ich kann einen Ofen bedienen, Sophia. Und ich bin Meisterin der Mikrowelle." Ich dachte zurück. „Außerdem mache ich mörderisch gutes frisches Popcorn."

„Seit wann?"

Das Popcorn war eine Neuentwicklung, und Jacks Vater musste mir vielleicht vom Fernsehzimmer aus Hinweise zurufen, aber es war fantastisch geworden. „Seit dieser Woche. Außerdem, warum zickst du rum? Du bist doch selbst keine Köchin. Du hast Glück, dass du einen Milliardär erwischt hast, der dir gerne Essen macht. Außerdem, ist es eine Überraschung, dass keine von uns kochen kann? Das war das Einzige, was Mom gut konnte."

Mom war sehr gut im Zubereiten von Essen. Sie spülte sogar das Geschirr und räumte es weg. Es war die verrückte Ansammlung von wahllosem Zeug, das Horten, was das Hauptproblem ihrer Störung darstellte. Bis sie vor einigen Monaten einen Schlaganfall erlitt und endlich eine Therapie für ein fünfzehn Jahre altes Trauma bekam. Unserer Mutter ging es jetzt viel besser – nicht perfekt, aber besser. Sophia und ich sahen gelegentlich, wie sie mit dem Wunsch kämpfte, etwas festzuhalten und aufzubewahren, aber ihr Haus war nicht länger eine Gefahrenzone. Und sie klang glücklich, wenn ich sie in diesen Tagen anrief, was wiederum mich glücklich machte.

„Genau", sagte Sophia, „warum gehst du dann so weit, wenn du und Jack nur eine ‚Scheinehe' habt?" Sie klang misstrauisch.

Wenn ich ihr die Wahrheit sagen würde, dass Jack und ich wirklich zusammen waren, wenn auch nur für die nächste Woche oder so, hätte ich noch größere Probleme. Ich mochte Jack, und in seinen Armen aufzuwachen, war unglaublich gewesen, wenn auch zufällig. Ich wollte etwas Nettes für ihn tun. Aber den wahren Grund für die Essenszubereitung reduzierte ich auf etwas, bei dem Sophia nicht ausflippen würde. Nun, jedenfalls nicht so sehr. „Ich bin letzte Nacht vielleicht … in Jacks Bett eingeschlafen."

„Was?" Raschelnde und kratzende Geräusche drangen durch die Ohrstöpsel, als ob sie ihr Telefon fallen gelassen hätte, dann: „Elise Marie!"

„Hör zu, Sophia, die Katze ist aus dem Sack. Jack und ich haben doch bereits miteinander geschlafen. Im wörtlichen und übertragenen Sinne. Ist es so eine große Sache, wenn wir uns ein Bett teilen?" Das war alles nur großes Gerede von mir, denn in Jacks Armen aufzuwachen, war erschreckend gewesen. Und gleichzeitig auch die natürlichste Sache der Welt. Aber darüber würde ich mir später Gedanken machen. „Ich schlafwandle, was ist daran neu? Dein alter Mitbewohner hat sich schon daran gewöhnt."

„Nur weil du beim letzten Mal auch auf seinem Penis gelandet bist und ihn gebumst hast! Ich kann dich echt nirgendwo hinbringen!"

„Gebumst? Wirklich, Sophia? Zeig etwas mehr Klasse."

Wir hatten so was von gebumst. Ich hatte den Mann gebumst, ja, das ließ sich nicht leugnen. Und ich hatte heute Morgen daran gedacht, es wieder zu tun, als ich seine entblößte, muskulöse Brust betrachtete. Es hatte mich enorm viel Selbstbeherrschung gekostet, meinen müden Hintern aus Jacks Armen zu ziehen.

„Auf jeden Fall", sagte ich, „koche ich, um das Schlafwandeln und die nächtliche Störung auszugleichen. Es ist alles gut. Jackson liebt meine Kochkünste."

„Jack würde Krokodilfleisch essen, wenn man es ihm vorsetzt."

Igitt. „Soll das nicht nach Fisch schmecken?"

„Ich weiß es nicht. Aber du verstehst, was ich meine. Er ist nicht wählerisch."

„Das ist gut für mich, denn ich habe womöglich gerade dieses astronomisch teure Steak anbrennen lassen. Ich muss los!"

„Wag es nicht, jetzt aufzulegen …"

Ich legte auf. Ich hatte schließlich nicht gescherzt. Das Fleisch sah schon knusprig aus. Ich drehte es um und schaltete den Herd aus, dann hörte ich, wie er die Wohnung betrat.

Er kam in die Küche, sein T-Shirt war durchgeschwitzt, er trug Laufshorts und Schuhe.

„Was ist das für ein Geruch?", fragte er und stellte eine Tüte mit Lebensmitteln einen Meter entfernt auf dem Tresen ab.

Ich stemmte die Fäuste in die Hüften. „Begrüßt du so

deine Köchin, die sich stundenlang abgemüht hat, um dir ein hausgemachtes Essen zuzubereiten?"

Er warf mir einen ungläubigen Blick zu. „Hier wurde echt was gekocht? Deine Art der Essenszubereitung ist das Aufwärmen von Tiefkühlkost in der Mikrowelle." Er kam herüber, und ich bemerkte, dass sein feuchtes T-Shirt an den Brustmuskeln klebte, die ich heute Morgen gründlich studiert hatte. Dann beugte er sich über meine Schulter und zog den Deckel der Pfanne ab. „Hey, das sieht nicht aus, als käme es aus der Tiefkühlabteilung. Und es riecht gut."

Jack musste vor seiner Heimkehr hart trainiert haben, um so viel zu schwitzen, und doch konnte ich nur einen Hauch von Duschgel, Waschmittel und den Duft eines heißen Kerls riechen, der mir ungehörige Gedanken in den Kopf setzte. Nackte, verschwitzte Gedanken.

Ich stieß ihn mit meiner Hüfte an. „Zurück, Kumpel – Hot Stuff ist in der Küche und zaubert."

Er kicherte und kehrte zur Theke und den mitgebrachten Lebensmitteln zurück und begann, die Sachen aus einer wiederverwendbaren Einkaufstasche mit dem Firmenlogo von Max zu nehmen. Jack war ein unfassbar sparsamer Mensch. „Meine Freundin Lizzie kommt diese Woche zu Besuch. Ich habe Bier, ein paar Snacks und Mais-Chips mitgebracht. Mir ist aufgefallen, dass du keine mehr auf Vorrat hast."

Meine Hände erstarrten mitten in der Zubereitung eines aromatischen Ketchups, und ich schaute ihn an. „Du hast mir Mais-Chips gekauft? Warum?"

Niemand kaufte mir mein Lieblingsessen, nicht einmal Sophia. Sie war immer zu sehr damit beschäftigt, sich darüber zu beschweren, dass die Dinger nicht in der Lebensmittelgruppenpyramide enthalten waren.

Er zuckte die Achseln. „Weil du die magst."

So ein Mist. Erst das häusliche Klar-Schiff-Machen in der

Wohnung am Abend, damit ich zuerst ins Bett gehen konnte, und jetzt das?

Ich presste die Lippen aufeinander und prüfte die selbstgemachten Pommes frites, die ich zubereitet hatte, um mich abzulenken. Er hatte mir etwas gekauft, ohne dass ich darum gebeten hatte. Ohne dass ich überhaupt darauf hingewiesen hätte, dass mir die Dinger schmeckten. Er hatte einfach bemerkt, dass ich sie mochte, und mir mehr besorgt.

Von hier an glitten wir immer weiter ins kuschelige Zusammenleben, und es war doch alles längst zu spät, weil ich mich bereits halb in ihn verliebt hatte.

„Wann ist das Essen fertig?", fragte er und fuhr sich mit der Hand durch die feuchten, gewellten Locken.

„Bald", sagte ich mit zittriger Stimme. Ich war plötzlich unheimlich nervös. Wann hatte ich angefangen, mich in Jack zu verlieben?

„Ich gehe duschen." Er ging in Richtung des Flurs. Sein zerschlissenes T-Shirt war durch das häufige Waschen dünn und gewährte mir einen unanständigen Blick auf seine Rückenmuskeln. Jetzt sah ich seinen Körper also durch das T-Shirt hindurch und wusste, dass er sich in einer Minute ausziehen würde. Ganz zu schweigen von der Verliebtheit. Ich war noch nie verliebt gewesen; warum musste es ausgerechnet in Jack sein?

Ein paar Minuten später kehrte er ins Wohnzimmer zurück, geduscht, rasiert und mit einem neueren T-Shirt, das die Muskeln nicht ganz so stark betonte wie das löchrige. Ich hatte mich gestern Abend darüber beschwert, dass sein T-Shirt weggeschmissen werden musste, weil es zu alt war. Jetzt sah ich den Vorteil der dünnen T-Shirts.

Ich beugte mich über den Esstisch und stellte eine rosa Pfingstrose in ein Glas, das ich mit Wasser gefüllt hatte.

Er warf einen Blick auf das Gedeck mit den blauen Stoffservietten, die ich in einer Küchenschublade vergraben gefunden hatte. Ich würde Geld darauf wetten, dass Jack die noch nie in seinem Leben benutzt hatte. „Blumen?", sagte er. „Wem verdanke ich diese Mühe?"

„Das war ich dir schuldig." Ich glättete nervös eine Serviette. „Für letzte Nacht."

Er kramte in einem der oberen Küchenschränke. „Du bist mir nichts schuldig." Dann blickte er augenzwinkernd zu mir herüber. „Ich habe dich gern in meinem Bett gehabt. Du bist ein Kuscheltyp."

Ich bedeckte mein Gesicht, das sich auf tausend Grad erhitzt hatte. „Wie peinlich."

„Wie ich schon sagte, ich habe es genossen." Sein lüsterner Blick wandelte sich in einen ärgerlichen. „Bis du gegangen bist, ohne dich zu verabschieden."

Mein Mund öffnete sich. „Aber ich habe einen Zettel hinterlassen. Hast du ihn nicht gesehen?"

„Ich habe ihn gesehen." Er stellte eine Flasche Rotwein auf den Tisch, die sehr teuer aussah, kramte dann in einer Schublade herum und holte einen Korkenzieher heraus. Auch nicht der billige Typ. Dieser hier war mattschwarz und hatte einen polierten Holzgriff, der wie eine Kurbel funktionierte.

Er setzte den Korkenzieher auf die Flasche, drückte nach unten, zog dann nach oben, und mit einer sanften Bewegung war der Korken heraus.

Die billigen Korkenzieher, die ich benutzte, hätten Korkschwimmer hinterlassen, aber der Wein, den er in ein Glas goss, war frei von Schwimmern und sah köstlich aus.

„Zettel hin oder her", sagte er, „ich hätte es vorgezogen, dich neben mir zu finden."

Ich blickte zu ihm auf und sah, wie er mich anstarrte, auf eine Art, die mein Unterleib sofort verstand, auch wenn mein Gehirn langsamer war.

Mein Nervensystem knallte wie entkorkter Champagner, und ich stellte eine Schüssel mit gebratenem Rosenkohl und Speck auf den Tisch und versuchte, meine Hände ruhig zu halten. „Aber das ist ja eine platonische Beziehung." Ich war zwar dabei, mich zu verlieben, aber das bedeutete nicht, dass eine langfristige Beziehung mit Jack gefährlich werden konnte. Er war allen anderen, mit denen ich bisher zusammen gewesen war, haushoch überlegen, und er war Max' bester Freund. Es gäbe kein Entrinnen vor ihm, wenn die Dinge schiefgingen.

Er gluckste, der Klang war tief und rumpelig. „Daran ist nichts platonisch." Er machte sich auf den Weg zum Tisch und stellte das Glas Wein ab.

Der Wein, seine Worte … Versuchte er, mich zu verführen?

Ich war bereits von seinem verschwitzten Körper und seinen löchrigen T-Shirts verführt worden. Was würde passieren, wenn dieser Mann es tatsächlich versuchen würde?

Widerstand wäre zwecklos.

„Jackson, du hast gesagt, diese Beziehung wäre nicht sexuell." Mir schwammen die Felle davon.

Er ließ sich auf einen der vier Stühle am Tisch sinken. „Ist sie nicht. Aber wenn wir beschließen, das Vergnügen mit dem Geschäftlichen zu verbinden, umso besser."

„Es ging also immer nur um Sex?" Ich war mir ziemlich sicher, dass dem nicht so war, aber ich musste ihn irgendwie auf Abstand halten. Es war ja nicht so, dass ich nicht auch schon über seinen nackten Körper fantasiert hätte.

Er lehnte sich nach vorne, die Arme auf dem Tisch verschränkt, ein Hauch von untypischer Wut flammte in seinen Augen auf. „Du weißt genau, dass es zwischen uns nicht nur um Sex geht."

Er hatte recht. Wir hatten uns aus praktischen Gründen zusammengetan, aber ich hatte zugestimmt, um zu sehen, ob die anfängliche Anziehung vergehen würde. Nur war der Funke nicht erloschen. Absolut nicht.

Ich mochte Jack sehr. Und die Dinge waren im Begriff, heiß zu werden. Denn ich fing an zu glauben, dass Jack mich genauso begehren könnte wie ich ihn.

KAPITEL
FÜNFUNDZWANZIG

Jack

Elise stellte die Teller mit Steak und einer Gemüse-Speck-Beilage hin, die kein Vegetarier mit Selbstachtung gutheißen würde. „Das sieht unglaublich aus."

Sie begutachtete ihr Werk. „Kann sein, dass man davon einen Herzinfarkt bekommt, aber es sollte gut schmecken."

Elise setzte sich mir gegenüber, und ich hob mein Glas. „Auf Mitbewohner mit Vorzügen."

Sie warf mir einen finsteren Blick zu, der aber nur halbherzig war. „Jackson", sagte sie warnend.

Ich machte mich über das Steak her, schnitt ein Stück ab und nahm einen Bissen, angenehm überrascht über den Geschmack. „Warum bereitest du Tiefkühlkost zu, wenn du so gut kochen kannst?"

„Weil ich es nicht mag, wenn man mir sagt, was ich tun soll."

„Glaub mir", sagte ich todernst, „das habe ich inzwischen begriffen."

Sie blickte nachdenklich zu mir herüber, und mir gefiel der berechnende Blick in ihren Augen nicht. Er machte mich nervös. „Was passiert, wenn ich wieder in dein Bett schlaf-wandle? Das wollte ich gestern Abend wirklich nicht, aber anscheinend ist mir dein Bett lieber als meins."

Mein Herz schlug schneller. „Warum überspringst du nicht das Schlafwandeln und legst dich einfach gleich zu mir?"

„Warum? Weil wir ‚zusammen sind'?" Sie setzte die letzten Worte mit einer Geste in Anführungszeichen.

„Ganz genau. Paare schlafen miteinander."

Wir wussten beide, dass dieses Arrangement nicht normal war, aber ich war neugierig, wie sie darauf reagieren würde.

Ihr hübscher, rosiger Mund verzog sich, und ihr Blick bohrte sich in meinen. „Du hast wirklich schöne Laken."

„Das ist nicht mein Verdienst. Max renoviert nur mit dem Besten."

Sie nahm eine Pommes in die Hand und tauchte sie in den würzigen Ketchup, den sie zubereitet hatte, als ich herein-kam. „Hat er alles in dieser Wohnung ausgesucht?"

Ich blickte mich um. „Nicht den Fernseher oder andere elektronische Geräte."

„Aber alles andere?"

Ich zuckte die Achseln.

„Das erklärt die Stoffservietten", sagte sie zu sich selbst.

Ich hielt die blaue Leinenserviette hoch, die auf meinem Schoß lag. „Die hast du hier gefunden?"

Sie schüttelte nur den Kopf, als könne sie mich nicht begreifen.

„Mein bester Freund ist gründlicher, als ich dachte." Ich zuckte erneut die Achseln und aß weiter.

Sie legte ihre Gabel ab und stützte ihr Kinn auf ihre Hand. „Weißt du, du und Max, ihr habt eine ähnliche Beziehung wie ich und Sophia. Sophia versucht immer, sich um mich zu kümmern. Bist du sicher, dass du dir deine eigene Wohnung leisten kannst? Warum sollte Max dich sonst unterbringen und so umsorgen, wie er es tut?"

Ich steckte mir eine Pommes in den Mund und kaute. „Weil ich charmant bin?"

„Nein", sagte sie, ohne auch nur eine Sekunde darüber nachzudenken. „Das ist es nicht."

Ich lachte. Ich *war* charmant – meine Liste berechnender Ex-Freundinnen sagte das. Aber ich fand es komisch, dass Elise nie auf meinen Charme ansprang. „Warum glaubst du denn, dass er es tut?"

„Ich denke, Max und Sophia müssen sich um die Menschen kümmern. Sie sind Leute, die sich einmischen müssen."

Da war etwas Wahres dran. „Max weiß, dass ich keinen Geschmack, keinen Sinn für Dekoration habe. Er mag schöne Dinge, also stopft er meine Wohnung mit ihnen voll, damit sie da sind, wenn er mich besucht."

„Findest du das nicht zu anmaßend?"

Ich schnaubte. „Warum sollte ich? Ich hasse einkaufen."

„Trotzdem bist du mit mir einkaufen gegangen …"

„Weil du nicht gut darin bist, schöne Sachen zu tragen. Dein Geschmack in Sachen Kleidung lässt meinen gut aussehen."

„Ich werde versuchen, dir das nicht übel zu nehmen." In Anbetracht der Tatsache, dass sie das Essen in sich hineinschaufelte, während sie sprach, nahm ich an, dass sie überhaupt nicht beleidigt war.

„Nimm es mir nicht übel. Es ist eine Tatsache."

„Frech." Ihr Mund war verzogen, aber ihre Augen lächelten.

Ich goss mehr Wein in ihr leeres Glas. „Jetzt, wo wir zusammen schlafen …"

Sie richtete ihre Gabel auf meinen Kopf. „Im selben Bett! Niemand hat etwas von Bumsen gesagt."

Ich unterdrückte ein Lachen. „Bumsen? So nennst du das also?"

„So hat Sophia es genannt."

„Ich habe kein Interesse daran zu bumsen. Du bist lediglich ein kuscheliges Kissen." Ich deutete auf ihre Brust. „Schön und weich."

Sie schüttelte langsam den Kopf. „Ich kann dir nicht glauben, Jackson. Wann hast du meine Brüste als Kopfkissen benutzt?"

„Mal sehen …" Ich sah auf und tat so, als würde ich darüber nachdenken. „Bei jeder sich mir bietenden Gelegenheit?"

„Und was habe ich währenddessen gemacht?"

Ich verschlang den letzten Bissen Steak, denn es war köstlich. „Du hast mir über die Haare gestrichen, als ich noch halb wach war."

Sie blinzelte ein paar Mal, als hätte sie nicht bemerkt, dass sie das getan hatte. „Du hast schöne Haare", sagte sie widerwillig.

„Du kannst jederzeit mit deinen Fingern hindurch fahren, wenn du willst. Oder du kannst sie benutzen, um mir zu zeigen, wo du mich haben willst."

Ihr Gesicht errötete. „Ich sagte, kein Bumsen."

„Wer hat etwas von Sex gesagt? Was du für schmutzige Gedanken hast, Hot Stuff." Sie beäugte mich misstrauisch. „Aber da du es erwähnt hast, sollten wir uns vielleicht küssen. Du weißt schon, um es aus dem Weg zu räumen, falls du dich nicht zurückhalten kannst und deine Lippen heute Abend auf meinen landen."

„Hah! Als ob das passieren würde. Eher andersherum."

Ich nahm einen Schluck Wein und schenkte nach. Der Alkohol hatte meine Zunge bereits gelockert. „Ich bin mir ziemlich sicher, dass deine Lippen damals die ersten waren, die die entmilitarisierte Zone durchquert haben."

„Ich habe keine Ahnung, was das ist, aber wenn du meinst, dass ich dich in dieser Nacht zuerst geküsst habe – nun, vielleicht. Aber glaub mir, diese Lippen sind fest verschlossen. Ich habe sie gut unter Kontrolle."

„Und doch bist du gestern Abend in mein Schlafzimmer marschiert, als wäre es dein eigenes."

Ihre Augen wurden zu flüssigem Feuer. „Willst du dein Brustkissen zurück oder nicht?"

Ich hielt meine Hände hoch. „Will ich. Auf jeden Fall." Ich musterte sie einen Moment. „Sagen wir mal, dass sich unsere Lippen mitten in der Nacht berühren würden. Wäre das eine Grenzüberschreitung?"

„Kommt drauf an. Wessen Lippen haben die Kontrolle?"

„Deine. Meine stehen dir zur Verfügung, aber sie werden die Grenze nicht ohne Erlaubnis überschreiten."

Sie schnaubte. „Du glaubst, du kannst dich zurückhalten?"

Ich lachte. „Nicht, wenn du es nicht tust. Das wäre das Signal, dass die Grenzen gefallen sind. Aber ich denke, wir sollten den Kuss noch einmal wiederholen. Ich kann mich kaum daran erinnern, dass wir uns in der Nacht, in der du mich verführt hast, geküsst haben." Eine Lüge. Ich erinnerte mich an jedes Detail. „Wir wollen ja nicht, dass es peinlich wird." Noch eine Lüge. Mit Elise zusammen zu sein, war das Gegenteil von unangenehm. Es fühlte sich komisch an, sie mir nicht in meinem Bett vorzustellen. Deshalb hatte ich vorgeschlagen, dass wir das beibehalten sollten. „Wie wär's mit einem Kuss, um das aus dem Weg zu räumen? Auf diese Weise ist niemand überrascht oder entsetzt, wenn es passiert."

„Entsetzt! Und was meinst du damit, dass du dich nicht daran erinnern kannst, mich geküsst zu haben?"

Ich kratzte mich am Kinn. „Es war dunkel. Vielleicht war es nicht so einprägsam … Es ist besser, mein Gedächtnis aufzufrischen, damit ich weiß, was auf mich zukommt."

Sie trank ihren Wein aus, und ich grinste, wobei ich mir nicht die Mühe machte, meine Freude darüber zu verbergen, dass sie offenbar angebissen hatte. „Du hast gerade einen Krieg begonnen, Mitbewohner. Was bekomme ich,

wenn ich es schaffe, dass du deine Zehen anziehst?",
fragte sie.

Mein Atem ging schneller, und ich ballte meine Handfläche zu einer Faust. „Die Zehen. Du meinst, dass sie sich einrollen? Mh, bist du dir da sicher?"

Sie stand auf und kam zu meiner Seite des Tisches hinüber, um zwischen meine Knie zu treten. Mehr als meine Faust begann sich zu versteifen.

Ich lehnte mich zurück und bewunderte, wie verdammt schön sie war. Sie trug immer noch ihre Hot Stuff-Schürze – sie musste vergessen haben, sie auszuziehen –, und ihre dichten, dunklen Haare fielen ihr in lockeren Wellen über die Schultern.

Sie lehnte sich an mich, und ich umfasste ihre Hüften. „Was bekomme ich?", drängte sie.

Mein ganzer Körper erglühte. Ich liebte es, wenn eine Frau ehrgeizig war und den Wettkampf suchte. „Alles, was du willst."

Ihre Lippen stürzten sich auf meinen Mund wie ein marodierender Pirat, ohne Vorwarnung und leicht aggressiv. Sie biss mir sanft in die Unterlippe, was ich sehr genoss.

Ich war mir nicht sicher, ob meine Zehen sich einrollten, aber mein Schwanz war bereit für Action.

Sie lehnte sich zurück, ihr Gesicht war gerötet, die Augen glasig. „Spürst du etwas?"

„Es rührt sich etwas." Lügen. Ich hatte mich nach Elise in meinen Armen gesehnt, seit dem Morgen, an dem sie wie ein Dieb in der Nacht aus meinem Bett geschlüpft war. Sie hatte mir in dieser Nacht etwas gestohlen, und ich wollte es zurück.

Doch je mehr Zeit ich mit Elise verbrachte, desto mehr wurde mir auch klar, dass ich nicht meine Würde, sondern etwas anderes verloren hatte. Vielleicht das Herz, das ich mein ganzes Erwachsenenleben lang in einem Käfig unter Verschluss gehalten hatte.

Das Adrenalin schoss durch meinen Körper – der Drang zur Eroberung pulsierte in mir.

Ich packte ihren Hintern mit einer Hand und schlang meinen Arm um ihren Rücken, um sie fest an mich zu ziehen. Sie hatte die Tür geöffnet, und ich müsste blöd sein, wenn zuließe, dass sie sich wieder schloss.

KAPITEL
SECHSUNDZWANZIG

Elise

Jack packte meinen Hinterkopf und übernahm die Kontrolle über den Kuss, vertiefte ihn. Seine Finger in meinem Haar, die mich festhielten, seine Lippen weich, aber fordernd ... Erinnerungen an diese spezielle Nacht wurden wach.

Ein Zittern ergriff meinen Körper, als er mit dem Daumen über meinen Wangenknochen strich, und das absolut erotischste Brummen kam aus seiner Kehle, während seine Lippen meinen Hals hinunter zu meinem Schlüsselbein wanderten.

Und ich erinnerte mich an die Panik, die ich am nächsten Morgen verspürt hatte, weil ich befürchtete, dass das, was wir miteinander geteilt hatten, zu nah, zu persönlich war. Und ich Angst vor dem hatte, was es bedeuten könnte.

Aber das war jetzt alles egal. Alles, woran ich denken konnte, waren Jack und sein warmer Körper, der sich an meinen presste, und wie wir uns noch näherkommen konnten.

Seine Hand lag auf meinem Hintern, und dann hob er

mich hoch, ließ mich irgendwie geschickt nach hinten gleiten, sodass wir sanft auf dem weichen Teppich landeten.

Seine Hand glitt zu meiner Brust.

Ich blickte nach unten. „Du hast nichts über Brüste gesagt."

„Sie passt da gut hin. Soll ich sie wegnehmen?"

„Nein. Wenn sie schonmal da ist, kann sie auch bleiben." Ich packte sein Kinn und küsste ihn, wobei ich das Gefühl seiner geschickten Lippen genoss. Diese Küsse zogen mich in ihren Bann und ließen mich all die Gründe vergessen, warum wir in dieser Beziehung etwas Abstand halten sollten.

Die Hand immer noch auf meiner Brust, drückte er sanft meinen Nippel, dann ließ er seine Handfläche über die empfindliche Spitze gleiten, sodass ich zusammenzuckte. Er hörte abrupt auf und betrachtete stirnrunzelnd mein Outfit. „Diese Schürze ist ganz schön im Weg."

Ich blickte nach unten. „Huch. Ich hatte vergessen, dass ich sie noch anhabe. Sie ist so gemütlich."

„Hot Stuff", sagte er und blickte abwägend auf die Schürze. Ich hatte ihn schon vorhin dabei erwischt, wie er sich den Spruch darauf zu eigen machte. „Macht es dir was aus, wenn ich das mal eben hinten aufbinde?"

Ich drehte mich auf die Seite, um ihm einen besseren Zugang zu ermöglichen. Eine Sekunde später spürte ich, wie er die Schürze aufknotete, und hörte im nächsten Moment das Geräusch des Zugangs-Keypads für unser Apartment.

Was zum …?

Jacks Hand erstarrte, und wir sahen beide zur Tür. Dann krabbelte ich unter ihm hervor.

Er lehnte sich zurück und starrte verwirrt ins Leere.

„Tu irgendwas!" flüsterte ich.

Er richtete sich auf, aber wir standen beide nur da, unfähig, die Trance der aufgewühlten Hormone zu durchbrechen.

Weibliches Kichern kam von der anderen Seite. Für einen Sekundenbruchteil fragte ich mich, ob es Thalia war. Hätte

Jack ihr Zutritt zu seiner Wohnung gewährt? Der Gedanke brachte mein Blut in Wallung.

Dann ertönte der dunkle Klang einer männlichen Stimme, gefolgt von einem lauten Klopfen an der Tür. „Jack, mach auf."

„Max?" sagte Jack.

Er musterte mich und richtete meine Bluse, die aus meiner Schürze herausschaute.

Ich streifte die Schürze ab und glättete mein Haar, bevor ich mich umsah. „Ist es offensichtlich, was wir da gerade getan haben?"

Sein Blick blieb an meinem Mund haften. „Du siehst gut aus …"

Meine Augen funkelten. „Hör auf mit den dummen Gedanken und mach die Tür auf."

Max und Sophia wussten nicht, dass zwischen uns wirklich etwas lief. Alles, was Sophia wusste, war, dass ich aus Versehen in Jacks Bett geschlafen hatte, was ich schon vorher getan hatte, das war also nichts Neues. Und dass ich ihm heute Abend etwas zu essen gemacht hatte. Sie würde nicht annehmen, dass wir miteinander schliefen. Obwohl wir das auch schon getan hatten …

Jack rieb sich den Nacken, ging hinüber und öffnete die Tür.

Sophia, Max und eine Frau mit rötlich-blondem Haar, die ein hübsches, kurzärmeliges schwarzes Jackett und eine cremefarbene Business-Hose trug, standen auf der anderen Seite.

Sophia schaute an Jack vorbei zu mir, und ihre Augen verengten sich. „Wo wart ihr denn? Wir warten schon ewig."

Auf meinem Rücken brach mir der Schweiß aus. „Wir haben gerade zu Ende gegessen." War meine Stimme zittrig?

Sophia stürmte an Jack vorbei und stellte eine Weinflasche auf den Tresen. „Hat ja lange genug gedauert, bis du aufgemacht hast. Warum hast du den Code geändert?"

Jack schnappte sich eine Tüte mit etwas, das wie Lebensmittel aussah, aus den Armen der anderen Frau. „Elise, das ist unsere Freundin Lizzie."

Lizzie streckte ihre Hand aus. „Du musst Jacks neue Mitbewohnerin und Sophias Schwester sein. Freut mich, dich kennenzulernen. Elizabeth Crocker, aber nenn mich Lizzie. Das machen die Jungs auch."

Das war also die Freundin, von der Jack sagte, sie würde diese Woche vorbeikommen. Aber sollte das nicht erst später passieren? „Freut mich auch, dich kennenzulernen."

Lizzie sah sich um und wandte sich an Jack. „Das ist eine enorme Verbesserung gegenüber dem Look, bevor deine Ex das Apartment in Brand gesteckt hat."

Ein leises Knurren kam aus Jacks Kehle. Normalerweise reservierte er seine Frustration für mich. Wahrscheinlich hatte es etwas damit zu tun, dass Freunde unsere … Aktivitäten unterbrachen. „Muss ich jeden Monat daran erinnert werden?"

„Ja", sagten Lizzie und Max gleichzeitig.

Lizzie drehte sich zu Max um. Ihre Haut war hell mit nur wenigen der für Rothaarige so typischen Sommersprossen gesprenkelt. „Dieses Apartment trägt deine Handschrift. Hast du es dekoriert?"

„Meine Designerin hat die Gestaltung übernommen, aber ich habe ihr meine Amex Black Card gegeben. Vielleicht habe ich ihr auch ein paar Anregungen gegeben."

Das hieß, Max hatte mindestens die Hälfte der gediegenen Gemütlichkeit zu verantworten.

Ich schaute zwischen Lizzie, Jack und Max hin und her. Sie redeten wie Geschwister. „Wie lange kennt ihr euch schon?"

Lizzie sah auf, als würde sie nachrechnen. „Seit Max angefangen hat, mir Süßigkeiten aus der Vordertasche meines Rucksacks zu klauen. Also, was, fünfzehn, zwanzig Jahre?"

„So ähnlich", sagte Max. „Aber du hast die Süßigkeiten

doch für mich gebunkert, also war es nicht wirklich Diebstahl."

Lizzie schüttelte den Kopf und drehte sich zu mir um. „Siehst du, was ich ertragen musste?"

Ich lachte. „Das kann ich mir vorstellen."

„Damals", sagte Lizzie, „waren Max' Ohren größer als sein Kopf, und Jack war keine eins sechzig groß. In der zehnten Klasse." Sie warf mir einen bedeutungsschweren Blick zu, woraufhin Jack seinen Kopf senkte und stöhnte.

„Warte", sagte ich. „Eins sechzig? Wirklich?" Ich sah den fraglichen Mann an. „Er ist jetzt gute eins achtzig groß."

„Oh ja", sagte sie, „jetzt ist er es. Der arme Junge ist im nächsten Jahr fast zwanzig Zentimeter gewachsen. Keine seiner Klamotten passte ihm mehr, er hatte ein Babygesicht und lange, schlaksige Gliedmaßen."

Sophia kicherte, lehnte sich über den Tresen und lächelte. „Lizzie ist meine neue beste Freundin. Sie hat unglaubliche Geschichten über die Jungs."

„Ich dachte, ich wäre deine beste Freundin." Ich machte ein gespielt enttäuschtes Gesicht.

„Wir haben unseren Beste-Freundinnen-Status durch Geburt erlangt. Lizzie ist meine nicht blutsverwandte beste Freundin."

Damit konnte ich leben.

Ich wandte mich an Jack. „Du warst also ziemlich klein in der zehnten Klasse, was?"

Er verschränkte die Arme. „Ich war ein Spätzünder. Es hat ein paar Jahre länger gedauert, bis ich so prächtig geworden bin."

Diesmal stöhnten sowohl Lizzie als auch Max.

„Es war nicht alles prächtig", sagte Lizzie trocken.

Jack räusperte sich. „So sehr mir auch gefällt, wohin dieses Gespräch führt, was ist daraus geworden, dass wir uns später in der Woche treffen?"

Max zog seine Anzugsjacke aus und drapierte sie über

einen der Barhocker am Küchentisch. „Lizzie ist auf dem Heimweg von der Arbeit vorbeigekommen, und wir haben beschlossen, die Party schon heute zu starten."

„Und sie hier zu feiern?", fragte Jack. „Wo der Platz begrenzt ist? Nicht bei dir oben?"

Max hob eine Augenbraue. „Spüre ich da etwa ein Problem?"

Lizzie warf einen Blick auf das Essen und die Weingläser, die auf dem Tisch standen. „Haben wir gestört?" Sie schaute zwischen mir und Jack hin und her.

„Nein!" Ich beeilte mich, das Geschirr abzuräumen. „Ihr stört überhaupt nicht. Ich war Jack etwas schuldig, also habe ich ihm ein gutes Abendessen gemacht."

Auf dem Weg zum Spülbecken warf ich Jack einen Blick zu, und sein Blick glitt an meinem Körper hinunter, was überhaupt nicht half, das Feuer herunterzukühlen, das er vor unserer Unterbrechung entfacht hatte.

Was hatten wir uns nur dabei gedacht? Das Ganze war schnell eskaliert.

„Na, wenn das so ist", sagte Lizzie und griff nach dem Korkenzieher, den Jack auf dem Tresen vergessen hatte, „dann kann die Party ja beginnen. Mein erster Termin ist nicht vor zehn Uhr morgens."

KAPITEL
SIEBENUNDZWANZIG

Elise

Max und Lizzie hatten Wein und Nachtisch mitgebracht. Die feine Schokolade war natürlich Sophias Beitrag, und ausnahmsweise war ich heute Abend nicht die Betrunkene.

„Es ist nicht meine Schuld, dass ihr zu wenig ... erzogen wurdet", lallte Lizzie und hatte Mühe, das letzte Wort herauszubringen.

„Wovon redet sie?" flüsterte ich Jack zu.

„Frauenkram." Er schüttelte den Kopf.

Lizzie zeigte auf Max und rollte zu Sophia hinüber, die ebenso betrunken aussah, blinzelte und versuchte, eine weitere Flasche Rotwein zu öffnen. „Diese Typen hatten keine Schwestern. Sie wussten nichts über Frauen." Lizzie schnaubte. „Verstehst du, sie hatten keine Ahnung? Jack ..." Sie schnaubte und lachte.

„Lizzie", sagte Jack und griff nach ihrem Weinglas. „Du bekommst jetzt erstmal nichts mehr."

Sie schmollte, stopfte sich dann eine Handvoll Käsecracker in den Mund und grinste die Jungs an, während sie ihren

Kopf auf Sophias Schulter legte.

Sophia lehnte sich ebenfalls an Lizzie, so dass sie wie ein aufgebautes Zelt aussahen und sich gegenseitig stützten.

Max stand mit dem Rücken zur Couch, ein Knie aufgestützt. „Wir haben viel von Lizzie gelernt", sagte er nachdenklich. „Alles über Hygieneprodukte, und dass man nichts Falsches sagt, wenn sie ihre …" Er wedelte mit der Hand.

„Periode hat?", vollendete ich den Satz.

„Genau das", sagte Max.

Ich lächelte. „Lizzie, du hast der Damenwelt einen Dienst erwiesen, indem du den beiden solche essenziellen Dinge beigebracht hast."

Sie nickte, immer noch grinsend. „Es war nicht leicht." Ihr Mund verzog sich, als ob sie nachdenken würde. „Sie haben mir auch einiges beigebracht. Zum Beispiel, dass Männer am gefährlichsten sind, wenn sie still sind." Sie wedelte mit dem Finger. „Hüte dich vor den stillen Wassern."

Je mehr Essen Lizzie sich in den Mund schob, desto klarer wurde ihre Sprache, was gut war, denn ich bekam quasi einen Crashkurs in Sachen Jack. „Was passiert denn, wenn sie still sind?"

„Sie schmieden einen Plan." Ihr Gesicht verzog sich. „Oder sie sind wütend – kann beides sein. Man muss sie dann ein bisschen herumschubsen." Sie stieß gegen Max' Knie, um es zu demonstrieren. „Damit sie wieder zu sich kommen."

„Funktioniert das?" fragte ich.

„Ermutige sie nicht", mahnte Jack, aber ich war mir nicht sicher, ob er das zu mir über Lizzie oder zu Lizzie über mich sagte.

„Zum größten Teil." Sie seufzte. „Sie müssen zum Reden ermutigt werden. Sie haben Gefühle. Tief vergraben in ihren testosterongeschwängerten Männerhirnen, aber sie sind da drin."

Ich legte den Kopf schief. „Lizzie, warum hast du dich nie mit einem von ihnen verabredet?" Sowohl Jack als auch Max waren auf dem Dating-Markt in San Francisco ganz vorne mit dabei, mit ihrem Aussehen und ihrem Charme. Wenn man den Reichtum mit einbezog, warfen die Frauen ihnen wahrscheinlich schon von weitem ihre Höschen zu.

Nein, nicht wahrscheinlich: Die Frauen warfen sich Max und Jack ständig an den Hals. Thalia, zum Beispiel. Sie war der Grund, warum Jack unsere Pseudo-Beziehung ins Leben gerufen hatte, aus der dann eine echte Geschichte geworden war … aber nur noch für eine Woche oder so …

Ich warf einen Blick auf den Mann, um den es ging. Ich wollte Jack nicht verlassen, wenn ich ehrlich war. Aber ich konnte nicht ewig an ihm festhalten. Er war bindungsscheu, genau wie ich. Außerdem musste ich mir ein Leben aufbauen, und das konnte ich nicht, wenn ich bei einem Freund schnorrte. Hier zu wohnen, widersprach meinem Bedürfnis, mich zu beweisen.

Lizzies Gesicht verzerrte sich komischerweise vor Entsetzen. „Du könntest mich genauso gut fragen, warum ich nicht mit meinem Bruder ausgehe.“

„Hast du einen Bruder?“

„Nein“, sagte sie. „Aber das liegt daran, dass unsere reichen Eltern wohl der Typ sind, der denkt, oh je, eins reicht.“

Jack warf sich Mais-Chips aus der Schüssel in den Mund, die er näher zu sich gezogen hatte, als ich nicht hinsah.

„Ist das wahr?“, fragte ich und stellte die Schüssel mit den Leckereien wieder vor mich hin.

„Ich war ja nicht in der High Society.“ Er schaute stirnrunzelnd auf die Stelle, an der ich die Schale abgestellt hatte. „Nur die beiden waren reich. Aber ich schätze, aus ihrer Perspektive ist das wahr. Sie sind mit Butlern, Kindermädchen und Chauffeuren aufgewachsen.“ Er schnippte mit den Fingern. „Was war da noch? Die Angestellte, über die ich dich immer aufgezogen habe?“

„Die Frau, die für die Wäsche zuständig war?", schlug Lizzie vor.

„Nein, das ist extravagant, aber praktisch. Die andere."

„Die Weihnachtsbaumstylistin", rief Max.

Jack zeigte auf ihn. „Bingo, genau! Ich kenne es nicht anders als den Weihnachtsbaum selbst zu schmücken, wie jeder normale Amerikaner. Manchmal waren die Lichter symmetrisch angeordnet, aber meistens eher nicht. Und die Kugeln waren immer wahllos verteilt. Als Max das erste Mal zu Weihnachten zu mir kam, um mir beim Schmücken des Baumes zu helfen, war er ganz verwirrt." Jack fing an zu lachen, und auch Max lächelte.

Lizzie griff nach dem Weinglas, das Jack von ihr weggeschoben hatte, und Max drückte ihr stattdessen eine Wasserflasche in die Hand. Sie zuckte die Achseln und trank das Wasser.

„Der hässlichste Baum, den ich je gesehen habe", sagte Max. „Man musste sich durch die zerbrochenen Kugeln und Hänger wühlen, um an die halbwegs anständigen zu kommen, die zwanzig Jahre alt aussahen."

Jack lachte laut auf. „Weil sie zwanzig Jahre alt waren."

Ich lächelte, als die drei über alte Geschichten lachten. Ich mochte Lizzie bereits furchtbar gern. Man musste eine Frau lieben, die diese beiden verwöhnten Junggesellen in ihre Schranken wies. Obwohl Max nicht mehr wirklich ein Junggeselle war, da meine Schwester bei ihm lebte.

„Das kann ich mir gut vorstellen", sagte Sophia und lächelte. „Hast du Max jemals beim Einräumen der Spülmaschine gesehen? Er ist so pingelig, wenn es darum geht, die Teller und Schüsseln in die entsprechenden Reihen zu stellen." Sie rückte näher an ihn heran und sah schmachtend zu ihm auf. „Hattest du auch jemanden, der das für dich getan hat, als du aufgewachsen bist?"

Er legte seinen Arm um ihre Schultern. „Was denkst du?"

„Einen Spülmaschineneinräumer!"

Er schien gegen seinen Willen grinsen zu müssen. „Wir hatten einen Koch, und der hatte ein Team von Helfern. Natürlich gab es auch eine Person, die das Geschirr abwusch."

„Und hat sie oder er die Spülmaschine perfekt eingeräumt?", fragte Sophia.

„Ich weiß es nicht", sagte Max. „Ich habe als Kind nie Geschirr gespült."

Sophia sah ihren Freund mitleidig an. „Erstaunlich. Es ist, als wärst du in einem fremden Land aufgewachsen, obwohl du nur zwei Meilen von dort entfernt warst, wo ich und Elise lebten."

„So ist das Stadtleben", sagte Lizzie und fiel in Zeitlupe rückwärts auf eines der Sofakissen, die wir auf den Boden geworfen hatten, nachdem sie angekommen waren. Wir hatten beschlossen, die Party im Wohnzimmer zu feiern, aber unsere Wohnung war so klein, dass wir die Couch zugunsten des Fußbodens aufgegeben und den Couchtisch zur Seite geschoben hatten. „Gott bewahre mich vor meinen Eltern", fügte sie hinzu. „Sie werden mir noch den Kopf zum Platzen bringen, wenn ich nicht bald eine eigene Wohnung finde."

„Du wohnst bei ihnen?", fragte Max.

„Leider", bestätigte Lizzie schläfrig. „Es sollte eigentlich nur vorübergehend sein, aber die Anwaltskanzlei hat mich zu einem Projekt nach dem anderen außerhalb der Stadt geschickt. Außerdem hat meine Mutter eine ausgezeichnete Köchin, die hervorragend kocht und meine Probleme mit Milchprodukten immer mitbedenkt."

„Warum mietest du nicht mein Studio?", schlug Max vor.

Lizzie hob den Kopf. „Mach keine Witze, Max. Du weißt, dass ich dein Gebäude liebe. Ist das Studio wirklich frei?"

„Mein Mieter ist schon vor Wochen ausgezogen, und ich bin noch nicht dazu gekommen, die Wohnung zu streichen. Ich sollte meinem Assistenten sagen, dass er sich darum kümmern soll", sagte er zu sich selbst. „Auf jeden Fall hatte ich vor, es bald zu vermieten."

„Gekauft!", sagte Lizzie mit Nachdruck. „Es gehört mir. Vermiete es nicht an jemand anderen."

„Es ist klein. Bist du sicher?"

„Klein passt doch. Sind Katzen erlaubt?"

Max gluckste. „Es sind deine Möbel, die Archibald ruinieren wird, nicht meine."

„Arch ist ein Gentleman-Kater. Er würde niemals Möbel ruinieren. Er zerfetzt nur meine Lieblingshausschuhe – eine Angewohnheit, die jeder anständige Perser gutheißen würde, denn meine Hausschuhe sind sehr cool und offensichtlich ein unwiderstehliches Spielzeug."

Lizzie drehte sich auf die Seite und sah mich an. Ihr Haar wurde von einem Tüten-Clip zurückgehalten, den sie von Jacks Käsekräckern gestohlen hatte. Jack war besessen davon, diese Kräcker stets frisch zu halten, also wartete ich darauf, dass er sich den Clip zurückholte. „Apropos Eltern und Auszug aus dem Elternhaus, wie war das bei euch? Hast du früher den Weihnachtsbaum geschmückt, so wie Jack?"

Ich nahm an, dass Dinge wie das persönliche Schmücken von Weihnachtsbäumen für die Superreichen eine Anomalie waren.

„Wir hatten keinen Baum", antwortete Sophia für mich.

Lizzie setzte sich halb auf und sah meine Schwester an. „Jüdisch?"

„Nö. Einfach kein Platz für einen Baum."

„Zu unserer Verteidigung", sagte ich, „wir hatten Weihnachtsbäume, als wir jünger waren, nur nicht nach dem Tod unseres Vaters."

Lizzie stützte ihren Kopf auf ihre Hand, ihr Gesichtsausdruck war ernst. „Das tut mir leid. Es muss schwer gewesen sein, euren Vater zu verlieren. Und ich habe gehört, dass eure Mutter kürzlich krank war? Ich habe mit Jack gesprochen, nachdem sie wegen des Schlaganfalls im Krankenhaus war, und es klang erschreckend. Geht es ihr jetzt besser?"

Ich lächelte, denn das war ein Thema, über das ich gerne reden wollte. „Er geht ihr großartig. Und sie hat sich in letzter Zeit sehr eng mit Max' Mutter angefreundet. Kannst du dir das vorstellen? Wir kommen aus einer einkommensschwachen Familie, und Max' Eltern sind, nun ja, das Gegenteil davon. Es ist verrückt."

Lizzie überlegte einen Moment. „Kitty ist warmherzig, wenn man sie erst einmal kennengelernt hat. Und sie ist noch warmherziger geworden, seit sie einen großen Batzen Geld verloren haben, der sie auf das Niveau ,normaler' reicher Leute zurückgeworfen hat. Was denkst du, Max, sehe ich das richtig?"

Max nickte. „Meine Eltern wurden von einigen ihrer langjährigen Freunde fallengelassen und dafür von Leuten unterstützt, die sie kaum kannten. Das hat ihnen die Augen geöffnet. Währenddessen lernte meine Mutter Sophias Mutter Brenda nochmal neu kennen; sie war mit ihr zur Grundschule gegangen. Der Skandal hat meine Eltern schwer getroffen, und Brendas Situation rückte die Dinge auch irgendwie ins rechte Licht. Gesundheit ist eben das Wichtigste, und was sie durchmachten, war im Vergleich dazu unbedeutend. Außerdem hat meine Mutter den gleichen Hang zum Hamstern wie Brenda, nur auf die Art einer reichen Frau. Ich glaube, sie sprechen zwar vom ,Sammeln', aber es geht weit darüber hinaus."

Sophia lehnte ihren Kopf an Max' Schulter. „Meine Mutter hat wirklich tolle Fortschritte gemacht, ist zur Therapie gegangen und nicht in alte Gewohnheiten zurückgefallen. Ich glaube, es hat ihr geholfen, dass Max' Mutter in ihrem Leben aufgetaucht ist, weil sie jetzt eine gute Freundin hat. Sie war so lange isoliert, und aus irgendeinem Grund hat Kitty das durchbrochen, und jetzt stehen sie sich unheimlich nahe."

Max zuckte nervös. „Ich hasse es, wenn sie sich gegenseitig zuflüstern. Das macht mich nervös."

„Wem sagst du das." Sophia erschauerte. „Man weiß nie, was sie vorhaben."

„Ich freue mich schon darauf, sie zusammen zu sehen", sagte Lizzie fröhlich.

„Das ist ein besonderer Anblick", sagte ich. „Mit meiner Mutter in ihrem zwanzig Jahre alten Kaftan und Kitty in ihren Designerkleidern. Sie lieben ihre ‚Dates' über alles. Ich habe Jack gesagt, wir sollten ihnen seinen Vater vorstellen und alle Eltern zusammenbringen."

Jacks Augen wurden groß. „Wage es ja nicht, sie meinem unschuldigen Vater vorzustellen. Er ist immer noch dabei, seine Krankheit zu überwinden."

„Welche Krankheit?" sagte Max.

Ich war gespannt auf Jacks Reaktion, denn soweit ich wusste, hatte er niemandem von der Diagnose seines Vaters erzählt.

Jack wirkte einen Moment lang verschlossen, bevor er sich räusperte und sagte: „Er erholt sich vom Krebs."

KAPITEL
ACHTUNDZWANZIG

Jack

Max beugte sich vor, sein Blick war schockiert. „Krebs? Du hast nie etwas davon gesagt, dass dein Vater krank ist."

Ich warf einen Blick auf Elise. Dass sie hier war und mich daran erinnerte, dass mein Vater noch lebte und über Reality-TV lachte, machte es mir leichter, das anzusprechen, was ich weggesperrt hatte. „Ich hätte etwas sagen sollen. Ein Teil von mir hat es geleugnet. Das ist auch einer der Gründe, warum ich mich im letzten Jahr wie ein Einsiedler verhalten habe."

Max ließ den Kopf in die Hand sinken.

„Aber ich dachte, du wärst ein Einsiedler wegen deiner Ex?" sagte Lizzie. „Warum hattest du denn Angst, uns von deinem Vater zu erzählen?"

„Es ist *Krebs*", sagte Max, hob seinen Kopf und sah Lizzie an.

„Oh-*ohhh*", sagte Lizzie. „Jack, du hättest zu uns kommen sollen. Warum hast du uns weggestoßen?"

„Ich habe euch nicht weggestoßen", sagte ich. „Ich habe

nur nicht darüber geredet. Ich war zu sehr damit beschäftigt auszuflippen, weil ich ihn vielleicht verlieren könnte."

„Ich hätte längst mal nach Tom sehen müssen." Max klang, als wäre er sauer auf sich selbst.

„Du hast es nicht gewusst", sagte ich und merkte erst jetzt, wie dumm es war, dass ich das für mich behalten hatte.

„Es ist zu lange her", sagte Max. „Ich habe deinen Vater seit Monaten nicht mehr gesehen oder gesprochen, und dabei ist er wie ein Vater für mich. Ich hätte wissen müssen, dass etwas nicht stimmt."

Max hatte als Kind mehr Zeit bei mir verbracht als bei sich zu Hause. Ich schämte mich, dass ich es ihm nicht gesagt hatte. Hätte ich es getan, hätte mein Vater mehr emotionale Unterstützung gehabt. „Es gibt keine Entschuldigung dafür, dass ich es dir nicht gesagt habe, außer dass Krebs ein echter Trigger ist. Ich mache mir immer noch Sorgen deswegen, aber …" Ich schaute Elise an, realisierte, was ich tat, und sah dann zu Boden. „Es war in letzter Zeit leichter, mich zu öffnen."

Die Stimmung hatte sich verändert, war düster geworden, obwohl wir seit Ewigkeiten zum ersten Mal wieder zusammen waren und es eigentlich ein Anlass zum Feiern sein sollte.

„Ich sage dir Bescheid, wenn ich das nächste Mal hingehe, um zu sehen, ob du Zeit hast mitzukommen."

Max funkelte mich halbherzig an. „Das machst du besser wirklich, Arschloch. Ich liebe deinen Vater doch auch."

„Ich komme auch mit", sagte Lizzie. „Du kannst mich nicht außen vor lassen."

Ich lächelte. „Ich packe euch in einen Gruppenchat, und ihr könnt euch über die Einzelheiten der Wiedervereinigung streiten."

„Ja, mach das bitte wirklich", sagte Lizzie und klang wieder fast nüchtern, obwohl der Clip, den sie als Haarspange verwendete, zur Seite rutschte und ihre Professionalität in Frage stellte.

„Geh bloß nicht, ohne mir den Clip zurückzugeben", befahl ich. „Ich hasse abgestandene Kräcker."

Sie verdrehte die Augen.

Danach löste sich die Party bald auf, und Max und Sophia verabschiedeten sich und machten sich auf den Weg zur Tür.

Sophia umarmte mich. „Sag uns Bescheid, wenn wir etwas für deinen Vater tun können. Essen vorbeibringen, seine Wohnung putzen – irgendetwas."

„Das habe ich im Griff, aber er würde dich gerne sehen. Deine Schwester hat ihn um den Finger gewickelt, und er möchte dich auch unbedingt kennenlernen."

„Elise hat ihn schon getroffen?"

Ich rieb mir über den Nacken. „Sie hat mir an einem Tag geholfen, als die Frau, die ich für die Betreuung meines Vaters angeheuert habe, es zeitlich nicht geschafft hat."

Sophia lächelte sanft. „Ich würde ihn gerne kennenlernen und hoffentlich bald." Sie stupste mich mit einem Blick in die Seite, der sagte, dass sie es ernst meinte. „Vergiss nicht, uns von nun an auf dem Laufenden zu halten."

Max nickte mit dem Kinn in Richtung Wohnzimmer. „Ist alles in Ordnung mit Lizzie?"

Lizzie hatte sich wie eine Katze zusammengerollt, als die Party zu Ende ging, und war auf dem Boden eingeschlafen. „Ich werde sie auf die Couch legen. Mir wäre es lieber, wenn sie hierbliebe. Ich will nicht, dass sie so spät nach Hause geht."

„Weißt du", sagte Max, „wenn alles klappt, wird sie unsere Nachbarin werden. Da Elise jetzt auch hier ist, werden wir allesamt keinen Grund mehr haben, das Gebäude zu verlassen, um uns zu treffen."

Ich nickte. „Das macht es einfacher, ja. Keine Massen-SMS mehr. Ich bin mir allerdings nicht sicher, ob es jemals Privatsphäre geben wird, wenn wir uns alle in die Angelegenheiten der anderen einmischen."

„Gab es jemals Privatsphäre?"

„Nein. Aber Elise wird nicht ewig hier sein ...“ Ihr Monat war fast um, und ich hasste es, daran zu denken.

Max' Stirn legte sich in Falten. „Ich dachte, sie ist deine neue Mitbewohnerin?“

„Es ist nur vorübergehend, aber vielleicht ... Ich weiß es nicht.“ Ich blickte hinter mich, aber Elise war in ihr Schlafzimmer gegangen. „Sie ist dickköpfig, weißt du?“

Max gluckste. „Das liegt in der Familie.“ Er klopfte mir auf den Rücken. „Viel Glück dabei.“

Ich zog mich um und machte mich bettfertig. Ich hatte Elise nicht mehr gesehen, seit Max und Sophia sich zum Abschied bereitgemacht hatten. Sie musste müde sein. Ich sollte ihr Freiraum geben.

Ich wollte ihr keinen Freiraum geben. Ich war gerade dabei, mich daran zu gewöhnen, mit ihr in einem Bett zu schlafen, nachdem wir das nur zwei Nächte hintereinander hatten. Ach, immer diese Entscheidungen ...

Vielleicht würde es ihr nichts ausmachen, wenn ich in *ihr* Bett käme? Wenn Lizzie mich erwischen würde, wäre die Sache gelaufen, aber diese Frau lag ohnmächtig auf der Couch und rührte sich kaum, als ich sie mit einer Decke zudeckte.

Ich saß ganze zehn Minuten lang auf der Bettkante und überlegte, was ich tun sollte. Eines war sicher: Auf keinen Fall würden wir die letzten Nächte, die wir zusammen verbrachten, in getrennten Betten schlafen.

Ich verließ leise mein Schlafzimmer, wobei ich darauf achtete, die Tür zu schließen, damit es so aussah, als wäre ich da drin, falls Lizzie aufwachen sollte, und ging dann durch den Flur zu Elises Schlafzimmer. Ich klopfte leise.

Kein Laut.

Ich öffnete die Tür einen Spalt. „Elise?"

Immer noch nichts.

Wenn sie wollte, dass ich ging, konnte sie es mir sagen, und ich würde es tun. Bis dahin würde ich annehmen, dass sie mich bei sich haben wollte.

Ich kroch in ihr Bett und kuschelte mich an ihren kleinen Körper. Sie hatte ihre Hände wieder unter ihr Kinn gelegt und sah so süß aus wie immer. Ich vergrub mein Gesicht in ihrem dichten Haar und atmete den Duft von Buttercreme und Erdbeeren ein.

Sie gab einen kleinen Laut von sich, eine Mischung aus Stöhnen und Quietschen. „Jack?"

„Ich bin's."

„Was machst du hier?"

Ich drückte sie enger an mich. „Bin kurz vorm Einschlafen."

„In meinem Bett? Was ist mit Lizzie?"

Es machte ihr also nichts aus, dass ich hier war, nur dass Lizzie es herausfinden könnte? „Ich werde vor Sonnenaufgang gehen, versprochen. Lizzie schläft tief und fest. Sie wird nichts mitbekommen."

„Mmm, okay." Sie wackelte mit dem Hintern und rückte näher.

Ich legte meinen Arm um ihre Taille und war irgendwie glücklicher, als ich jemals zuvor gewesen war.

KAPITEL
NEUNUNDZWANZIG

Elise

Ich unterhielt mich gerade mit meiner Freundin und Epidemiologen-Kollegin Lakshmi über unsere anstehenden Aufgaben, etwa, diese Woche Proben von einer Reihe müffelnder Footballspieler an einer örtlichen High School zu nehmen, um einen Staphylokokken-Ausbruch nachzuverfolgen, als Jack eine SMS schrieb.

Jackson: Mittagessen? Ich hole dich ab.

Mit Jack zu Mittag zu essen, klang viel besser, als zu dem Starbucks um die Ecke zu gehen. Wem wollte ich etwas vormachen? Es war erst ein paar Stunden her, dass er mein Bett verlassen hatte, und ich vermisste ihn bereits.

Jack war letzte Nacht in mein Bett geschlichen, ganz heimlich, nachdem alle gegangen waren. Der Mann roch gut, und ich hatte in seiner Umarmung tief geschlafen. Schade, dass er gegangen war, bevor ich ihn am Morgen ohne sein Hemd betrachten konnte.

Elise: Sicher. Um wie viel Uhr?

Er gab mir ein Zeitfenster von dreißig Minuten, was bedeutete, dass ich meinen Arsch in Bewegung setzen und eine E-Mail für das Team über die Staphylokokken-Situation fertigstellen musste, bevor Jack eintraf.

Ich trug einen wunderschönen, leichten beigen Pullover, den er mir gekauft hatte, und eine dunkelgraue Hose, die ich mir selbst gekauft hatte. In diesem Outfit fühlte ich mich ziemlich schick und zu allem bereit, als er vor dem Gesundheitsamt vorfuhr.

Ich stürzte hinaus und sprang ins Auto, bevor er aussteigen und mir die Tür öffnen konnte.

Er blickte hinüber, ein Lächeln lag auf seinen Lippen. „So begierig, mich zu sehen?"

Die Wahrheit würde ihm nur zu Kopf steigen. „Begierig nach Essen." Aber ich war begierig auf seine Gesellschaft, was zugegebenermaßen beängstigend war.

Er musterte mich beinahe schon besorgt. „Sag mir bitte, dass der Hunger noch nicht so groß ist, dass wir einen Geschwindigkeitsrekord brechen müssen."

Ich hielt Daumen und Zeigefinger hoch, um eine kleine Menge anzudeuten, und er gab Gas und bog gekonnt, wenn auch gefährlich, in den Verkehr ein.

Ich stützte mich mit den Armen gegen Tür und Sitz. „Es ist nicht schlimm, beruhige dich!"

„Auf keinen Fall. Hast du eine Ahnung, wie gruselig du bist, wenn du richtig Hunger hast?"

Sein Gesichtsausdruck war so ernst, dass ich lachen musste. „So schlimm kann es nicht sein. Ich bin viel kleiner als du. Du könntest es mit mir aufnehmen."

Er zog eine Grimasse. „Ich würde dich den Kampf gewinnen lassen, weil ich ein Liebhaber und kein Kämpfer bin, und dabei würde ich dennoch ein paar Gliedmaßen verlieren."

Ich grinste. „Solange du weißt, wer hier das Sagen hat."

„Das ist kristallklar", sagte er mit einem Zittern in der Stimme, um seine gespielte Angst zu unterstreichen.

Einen Moment lang fühlte sich Jack wie mein richtiger Freund an. Ein wirklich süßer und lustiger Freund, mit dem ich gerne Zeit verbrachte. Es war aufregend und gleichzeitig erschreckend. Damit hatte ich nicht gerechnet.

Ich räusperte mich und starrte vor mich hin. „Warum also die plötzliche Verabredung zum Mittagessen?"

„Arbeitsessen."

Ich sah zu ihm hinüber und bemerkte seinen gestressten Gesichtsausdruck, und mir wurde flau im Magen. Ich hatte gehofft, dass er mich so sehen wollte, wie ich ihn sehen wollte, aber Thalia schien der einzige Grund zu sein, warum Jack außerhalb der vier Wände seiner Wohnung Zeit mit mir verbrachte. „Thalia macht dir immer noch das Leben schwer? Was ist nur los mit dieser Frau?"

Er runzelte die Stirn und setzte den Blinker, bevor er vor einem hübschen Restaurant parkte. „Ich weiß es nicht, aber ich darf sie nicht verlieren. Sie hat diese Woche einen Großkunden an Land gezogen, der das Unternehmen in Schwung bringen wird. Von Environ werden zig Millionen profitieren, und ich brauche das, damit die Sache anläuft." Er stieg aus dem Auto aus, kam zu meiner Seite herum und öffnete mir die Tür, während ein Parkwächter herbeieilte und ihm die Schlüssel abnahm.

Jack drückte seine Hand auf meinen Rücken und führte mich zum Eingang. Bevor er die Tür öffnete, sagte er: „Traurigerweise ist Thalia die Beste in dem, was sie tut. Ich kann es nicht verantworten, sie zu verlieren."

Ich hasste es, dass er sich auf diese Weise in der Zwickmühle fühlte. „Sie ist sicherlich die Beste, wenn es darum geht, dich sexuell zu belästigen. Bist du sicher, dass du nicht jemand anderen einstellen kannst?"

Er zuckte die Achseln. „Ich habe ein halbes Jahr

gebraucht, um sie zu finden. Außerdem kann ich mit ihr umgehen."

„Das sehe ich", sagte ich trocken. „Du wirst mit ihr fertig, indem du deine falsche Freundin mitbringst."

Seine Miene wurde ernst. „Echte Freundin. Du gehörst mir für den Rest der Woche."

Ein Schauer durchlief meinen Körper, und eine Gänsehaut lief mir über den Rücken und die Arme. Jackson war heiß, wenn er besitzergreifend wurde. „Genau", sagte ich und tat so, als hätte mich seine Bemerkung nicht berührt. „Deshalb gehen wir heute aufs Ganze. Wir müssen dafür sorgen, dass diese Frau weiß, dass wir zusammen sind."

„Bist du dir da sicher? Denn ich werde mich nicht zurückhalten." Er warf mir einen sexy Blick zu, bei dem ich mich fragte, ob ich zu hoch gepokert hatte.

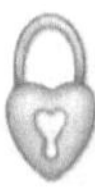

Von dem Moment an, als wir das Restaurant betraten, ließ Jack seine Hände nicht von mir, und ich machte mir im Stillen Vorwürfe, weil ich allzu selbstbewusst gesagt hatte, wir sollten ganz deutlich machen, dass wir ein Paar waren. Er war nicht auf perverse Art handgreiflich, sondern schlicht extrem aufmerksam. Seine Finger verweilten leicht auf meiner Taille, als wir auf dem Weg zum Tisch an samtbezogenen Stühlen und Tausenden von Weinflaschen entlang der Wand vorbeikamen. Später strich er mir eine Haarsträhne über die Schulter, als er sich zu mir beugte, um mit seiner tiefen, butterweichen Stimme etwas zu sagen. Einmal berührte er mein Knie unter dem Tisch, während er mit seinem Nebensitzer sprach. Um mich zu beruhigen? Um sich selbst zu beruhigen? Niemand konnte sehen, wie er es tat, also war ich mir nicht sicher, für wen das war, aber es hatte Teile meines Körpers aufgeweckt, die für den Rest des Mittagessens Ruhe geben sollten, damit ich mich konzentrieren konnte. Auf ein Mittagessen, bei dem ich mit allen Mitteln versuchte klarzumachen, dass Jack vergeben war. Denn Thalia hatte sich mit ihrem kleinen Hintern direkt gegenüber von uns hingesetzt und beobachtete Jack wie ein Puma, der bereit war, sich auf ihn zu stürzen.

Wir waren gerade mit dem Essen fertig, und das Geschirr wurde abgeräumt, als Jack auf sein Handy blickte. „Ich muss diesen Anruf entgegennehmen. Kommst du zurecht?"

Der gesamte Tisch mit etwa zwölf Personen, darunter auch Thalia, unterhielt sich untereinander. Alle waren ohne Lebensgefährten; ich war die einzige Freundin im Schlepptau. Ich schenkte ihm ein unterstützendes Freundinnen-Lächeln. Das war schließlich mein Job, das hatte er mit seiner Einladung heute deutlich gemacht. „Natürlich."

Er beugte sich vor, und einen Moment lang dachte ich, er würde mich küssen.

Und dann tat er es. Langsam und sanft. Kein Knutschen, aber etwas Ähnliches, nur auf eine ultra-sexy Art und Weise, die mein Herz zum Hämmern brachte und dafür sorgte, dass meine Atemzüge danach hastig und schnell kamen.

Heilige Scheiße. Was zum Teufel war das denn gewesen?

Ehe ich mich versah, schritt Jack mit dem Selbstvertrauen eines superheißen reichen Mannes davon, und der ganze Raum starrte ihm hinterher, denn diese Art von Macht und Selbstsicherheit forderte Aufmerksamkeit ein.

Ich schluckte und stand mit wackeligen Beinen auf. Die Leute am Tisch waren sofort wieder in ihre Gespräche vertieft. Sie würden mich nicht vermissen, und ich könnte einen Moment gebrauchen.

Ich machte mich auf den Weg zur Damentoilette, doch kaum hatte sich die Tür des Waschraums dieses Nobelrestaurants geschlossen, drängte sich Thalia hinein.

Sie nahm meine auf den Tresen gestützten Hände in die

Hand. „Alles in Ordnung?" Ihr Gesichtsausdruck verriet, dass es ihr natürlich völlig egal war, ob es mir gut ging.

„Ja, hier ist alles in Ordnung." Ich begann, meine Hände zu waschen.

Sie ging zum Waschbecken neben mir und holte einen roten Lippenstift heraus. „Mein Ausflug mit Jack dieses Wochenende sollte erfolgreich sein."

Ich blinzelte und sah sie im Spiegel an. Vielleicht lag es an dem verführerischen Kuss, den Jack mir eben gegeben hatte, aber ich fühlte mich plötzlich besitzergreifend. Ich hasste die Vorstellung, dass Thalia allein mit Jack verreiste. Und ihr Tonfall gefiel mir überhaupt nicht. „Sie meinen, für einen Kunden? Ich wusste nicht, dass eine Geschäftsreise geplant war, aber es klingt, als liefe es gut mit der Firma und den Investoren." Bleib freundlich, solange du kannst, das war mein Motto.

„Es läuft sehr gut", sagte sie und machte ihren Lippenstift wieder zu. „Wir sind erfolgreich bei den Investoren, und es läuft auch sehr gut zwischen mir und Jack. Wir geben ein tolles Paar ab."

Okay, es war an der Zeit, das Motto mit der Freundlichkeit über Bord zu werfen. Ihre letzte Bemerkung konnte ich so nicht stehenlassen. „Thalia, kommen Sie doch bitte nicht auf dumme Gedanken. Jack ist vergeben."

Sie lächelte mit geschlossenem Mund. Es war das Unheimlichste, was ich je gesehen hatte. „Man kann nie wissen."

Sie wandte sich zur Tür, und ich ergriff ihren Arm. „Ich werde das nur einmal sagen", warnte ich in einem übertrieben süßen Ton. „Lassen Sie meinen Mann in Ruhe. Ich kämpfe mit harten Bandagen."

Thalia schien erschrocken über die Worte, vielleicht auch über den Tonfall. Sie war es wohl nicht gewohnt, dass man sie herausforderte. Sie blickte auf meine Hand. „Macht es Ihnen etwas aus?"

„Es macht mir etwas aus. Sexuelle Belästigung geht in beide Richtungen. Jack hat deutlich gemacht, dass er vergeben ist, und jetzt habe ich es auch deutlich gemacht. Er ist nicht interessiert. Treiben Sie es nicht zu weit."

Sie warf mir einen letzten wütenden Blick zu, riss ihren Arm los und verließ das Badezimmer.

Ich atmete tief ein und langsam wieder aus. Die sexuelle Erregung, die Jack geweckt hatte, war verschwunden. Jetzt war ich nur noch wütend. Ich war mir nicht sicher, ob Thalia meine Warnung ernst nehmen würde, und es machte mich wütend, dass jemand versuchte, eine Person zu manipulieren, die mir wichtig war.

Als ich zum Tisch zurückkehrte, sah ich, dass Jack wieder da war.

Er schaute auf, als ich Platz nahm, und sein Gesichtsausdruck war fröhlich. Und dann verblasste sein Lächeln. „Ist etwas passiert?"

Ich sah ihm in die Augen. „Nur Thalia, die es nicht lassen kann." Ich lächelte einen der Angestellten an, mit dem ich vorhin geplaudert hatte, der Pflanzen liebte und davon sprach, in Sophias Laden vorbeizuschauen. „Mir gefällt das nicht, Jack. Ich traue ihr nicht über den Weg. Und jetzt fährst du dieses Wochenende mit ihr auf Geschäftsreise?"

Er blickte wie verwirrt zur Seite, dann wieder zu mir, und sein Gesichtsausdruck wurde weicher. „Darüber habe ich gar nicht nachgedacht. Ich hätte es dir sagen sollen. Ich bin es nicht gewohnt, jemandem gegenüber Rechenschaft abzulegen. Es tut mir leid."

„Du bist mir keine Rechenschaft schuldig. Ich hätte es nur gerne von dir gehört und nicht von ihr." Als Puffer für Thalia hierher zu kommen und dann die Dinge zu hören, die sie gesagt hatte – das alles stresste mich dann doch ziemlich.

„Hey", sagte er und stieß mich spielerisch an. „Sag bloß, du bist eifersüchtig?"

Ich kniff ihn in den Arm.

Er zuckte zurück und kicherte. „Das hat wehgetan. Erinnere mich daran, deine Hände abzuwehren, wenn du wütend bist."

Ich schaute ihn irritiert an. „Es sollte ja auch wehtun."

Jack warf einen Blick auf die anderen, die alle in ihre Gespräche vertieft waren. Mit Ausnahme von Thalia. Sie schaute alle paar Sekunden zu uns rüber und beobachtete uns.

Er zog den Holzstuhl, auf dem ich saß, näher an seine Seite. „Mach dir keine Sorgen um sie. Sie wird mich nicht von dir wegholen."

„Du meinst für die nächsten Tage?" Mein Tonfall war zynisch. „Ich bin sicher, dass ich dich so lange festhalten kann."

Er runzelte die Stirn. „Ist Thalia wirklich das, was dich stört?"

Ich seufzte. „Ja. Nein, ich weiß es nicht."

Thalias Verhalten hatte mich verärgert. Aber ich war auch gereizt über meine und Jacks Beziehung und den Grund, warum er mich heute hierhergebracht hatte. Ich wollte so gern glauben, dass es darum ging, Zeit miteinander zu verbringen, aber jetzt war ich mir da nicht mehr so sicher. Unsere Beziehung würde in ein paar Tagen enden. Und um meines eigenen Seelenfriedens willen musste ich in eine eigene Wohnung ziehen, um zu beweisen, dass ich für mich selbst sorgen konnte. Aber ich war mir nicht sicher, was das für mich und Jack bedeutete.

„Wenn es darum geht auszuziehen ...", begann er, und wie in stillem Einvernehmen standen alle am Tisch genau in diesem Moment auf, scharrten lautstark mit den Stühlen auf dem Holzboden und unterbrachen ihn damit.

Jack verabschiedete sich von den anderen, und dann machten wir uns auf den Weg zum Parkservice, sein Auto stand schon vor dem Lokal.

„Wegen vorhin …", versuchte er es erneut, nachdem wir ins Auto gestiegen waren.

Ich war nicht daran interessiert, über meine Gefühle zu sprechen oder darüber, warum Jack mich nur mitnahm, wenn er Thalia abblocken musste. „Können wir später reden? Mir brummt der Schädel."

Ich versicherte ihm dreimal, dass es mir gut ginge, und schließlich ließ er es gut sein.

Wenige Minuten später hielt Jack erneut vor dem Gebäude, in dem ich arbeitete. „Was machst du heute Abend?" Er sah entschlossen aus.

„Nach Hause gehen?"

„Gut", sagte er. „Komm nicht zu spät nach Hause. Dein Freund hat Pläne mit dir."

Und schon kehrten die Schmetterlinge in meinem Bauch zurück.

KAPITEL
DREISSIG

Jack

Ich lebte seit fast einem Monat mit Elise zusammen, und in dieser Zeit hatte sich meine gesamte Einstellung geändert. Ich war von einem Junggesellen, der vor Beziehungen davonlief, zu einem Mann geworden, der sich an diese Frau klammerte, solange sie mich haben wollte.

Als Elise sagte, sie sei zuversichtlich, dass sie mich noch ein paar Tage lang halten könne, hatte sie mir Feuer unterm Hintern gemacht. Ich wollte nicht nur ein paar Tage mehr. Und ich wollte nicht, dass sie glaubte, sie sei mir nicht wichtig.

Elise war meine Freundin. Keine falsche Freundin oder eine, mit der man sich nur verabredete, um jemanden um sich zu haben, sondern eine echte. Sie war die erste Person, mit der ich etwas angefangen hatte, mit der ich auch eine Zukunft sah. Wenn ich darüber nachdachte, erschien mir eine Zukunft ohne Elise auch nicht richtig. Ich konnte sie nicht gehen lassen und sie nicht in dem Glauben lassen, dass ich zulassen würde, dass Thalia oder eine andere Frau sich zwischen uns stellte. Und wenn ein Mann versuchen würde, sie mir wegzunehmen, würde ich um sie kämpfen.

Ich war nicht im Geringsten gewalttätig, aber ich sah rot, wenn umhervögelnde Lieferanten und reiche Society-Snobs ihr nachstellten. Ich würde gegen alles und jeden kämpfen, um sie an meiner Seite zu haben.

Das bedeutete, dass ich meine sehr sture, freche Freundin erst einmal überzeugen musste, bei mir zu bleiben. Also hatte ich heute Abend alle Register gezogen.

Ich verließ die Arbeit früher und holte auf dem Heimweg den besten Wein der Stadt. Technisch gesehen war es meine Assistentin, die ich während des Berufsverkehrs quer durch die Stadt geschickt hatte, um den Wein zu holen, aber das Ergebnis war dasselbe. Für Teil B des Plans hatte ich persönlich ein paar Gefallen bei den besten Restaurants der Stadt eingefordert.

Als ich die Küche durchstöberte, stellte ich fest, dass die blauen Stoffservietten, die Elise gefunden hatte, tatsächlich mir gehörten, zusammen mit anderen dekorativen Dingen, von deren Existenz ich nichts wusste. Was machte Max an seinen freien Tagen? Wohnzeitschriften durchblättern? Wer hatte schon Zeit für passende Salz- und Pfefferstreuer?

Ich deckte den Tisch, und die „Lieferungen" trafen ein. Ich hatte Elise vor einer halben Stunde eine SMS geschickt, also wusste ich, dass sie jeden Moment nach Hause kommen würde.

Nachdem ich mich schnell unter die Dusche gestellt hatte, kehrte ich in die Küche zurück und zündete dicke, kleine Kerzen in teuren Gläsern an, die ich gefunden hatte – verdammt, Max. Ich würde mich später bei ihm bedanken müssen. Die Kerzen waren romantisch und sorgten für die richtige Stimmung.

Das Geräusch von jemandem, der den Türcode eingab, ertönte, und ich atmete tief durch.

Die Tür schwang auf, aber ich war zuerst da.

Elise sah überrascht auf. „Äh, hallo?" Sie lächelte etwas schüchtern. Dachte sie an den Kuss von heute Nachmittag? Fragte sie sich, was danach kam? Sie war dabei, es herauszufinden.

„Das Date beginnt jetzt." Ich schnappte mir ihre Handtasche, dann packte ich sie und hob sie mit einem Arm hinter ihrem Rücken und dem anderen unter ihren Knien hoch.

Elise quietschte. „Jackson, was zum Teufel!"

„Ein Date mit Rundum-Service heute Abend."

Ich trug sie in ihr Schlafzimmer, und sie lachte, als ich sie und die Handtasche auf die Matratze legte.

Dann sah sie verwirrt auf. „Hast du vor, mich die ganze Nacht herumzutragen?"

Ich zog ihr die Absatzschuhe aus, die sie trug – ein Paar Designerschuhe, die ich ihr geschenkt hatte, was mich mit Stolz erfüllte. „Nein, ich bringe dich nur in deinen gemütlichen Modus, um das Date zu optimieren." Ich deutete neben ihr auf die gefalteten Boxershorts und das langärmelige T-Shirt, die ich aus meinem Schrank geholt hatte.

Sie fuhr mit der Hand über das T-Shirt. „Das ist ja superweich." Sie beäugte mich kritisch. „Wolltest du es vor mir verstecken?"

„Du hast noch nicht alles gesehen, was ich zu bieten habe, Elise." Die Art und Weise, wie sich ihre Augen weiteten, zeigte, dass die Botschaft angekommen war. Ich deutete auf eine Schachtel neben den Kleidern. „Vergiss das da nicht. Du hast genau fünf Minuten Zeit, bis der Nachtisch kommt. Beeil dich und zieh dich um."

„Nachtisch? Ich habe Essen gerochen, als du mich durch die Wohnung getragen hast."

Ich schaute sie beleidigt an. „Wofür hältst du mich? Ich würde niemals das Dessert vergessen. Drei Desserts, um genau zu sein."

Sie bibberte sichtlich vor Aufregung und rannte ins Bad. „Ich komme gleich!"

Ich ging in die Küche, schaute auf mein Telefon und stellte fest, dass der letzte Zusteller einen Block entfernt war. Aus Elises Zimmer ertönte ein leichtes Rascheln und dann ein dumpfer Schlag, und ich grinste. Sie kannte keine Scham, wenn es um Essen ging, mähte alles und jeden nieder, um da ranzukommen. Ich respektierte das. Und es machte mich glücklich, sie glücklich zu machen.

Ein paar Minuten später kam Elise in der Boxershorts, dem langärmeligen T-Shirt und einem neuen Paar Hausschuhe, die ich ihr gekauft hatte, heraus.

Sie stellte sich in Pose, einen Fuß vor den anderen setzend. „Die hast du mir jetzt nicht wieder einfach so gekauft." Ihr Grinsen hätte einen ganzen Häuserblock erleuchten können.

Die Hausschuhe waren hellbraun und hatten riesige Eicheln an der Spitze, die beim Gehen hin und her bommelten. Es war nicht der übliche Maissnack, den sie normalerweise ständig verschlang, aber ich war an einem dieser lächerlichen Sockenläden vorbeigekommen, die auch maßgeschneiderte Hausschuhe anboten, und beschloss, dass diese nahe genug dran waren. „Gefallen sie dir?"

Ihr Lächeln war so schön, dass sich meine Brust zusammenzog. „Ich liebe sie, Jackson. Sie sind so süß, und sie sind auch weich und gemütlich." Sie demonstrierte, wie bequem sie waren, indem sie durch das Wohnzimmer lief und alle paar Sekunden nach unten schaute, um die Hausschuhe zu bewundern.

Wenn das alles war, was nötig war, um Elise glücklich zu machen, hatte ich bereits gewonnen. Denn ich hatte eine Million Ideen, die auf Elise zugeschnitten waren. Darüber nachzudenken, wie man ihr eine Freude machen könnte, war mein neues Lieblingshobby. „Ich bin froh, dass sie dir gefallen. Aber du sagtest doch, du hättest Hunger? Soll ich das Essen wieder loswerden?" Ich neckte sie, und es funktionierte.

Sie warf einen Blick auf den Esstisch, auf dem sich die

Gerichte stapelten, die ich in vier verschiedenen Restaurants bestellt hatte, und ließ sich schnell auf einen der Stühle fallen. „Wehe, du räumst das Essen weg!"

Als ob ich das wollte. Sie war nicht die einzige Person im Haus, die Appetit hatte. Aber die Drohung mit der Entsorgung von Lebensmitteln war ein todsicherer Weg, um sie dazu zu bewegen, sich auf das Wesentliche zu konzentrieren.

Sie hatte bereits die Stoffserviette auf ihren Schoß gelegt, als ich nach der Weinflasche griff. „Das Essen ist für dich. Und wenn du es erlaubst, nehme ich auch etwas."

Ihr Blick schweifte lüstern über den Tisch, und ich konnte nicht anders, als neidisch zu werden. „Ich bin kurz vorm Verhungern, aber vielleicht lasse ich dir etwas davon übrig. Sind das Empanadas?" Sie deutete über den Tisch hinweg auf einen Stapel halbmondförmiges Gebäck.

„Max behauptet, es seien die besten der Stadt." Ich hatte noch keinen probiert, aber ich vertraute auf Max' Geschmack.

„Und Sushi?" Sie sah zu mir auf. „Ich habe dich noch nie Sushi essen sehen."

„Das liegt daran, dass meine Köchin mir nur Tiefkühlgerichte vorsetzt." Mein Tonfall war ein trockener Vorwurf.

Sie grinste. „Ich bin in letzter Zeit besser geworden."

„Das ist wahr", stimmte ich zu. „Das Sushi kommt von einem meiner Lieblingsrestaurants in der Marina auf der Lombard Street."

Elise hielt zwei Bambus-Essstäbchen hoch. „Du bist sogar vorbereitet! Hast du die gekauft?"

Ich stieß ein Schnauben aus. „Die gehören auch zu Max' Beiträgen zu dieser Wohnung. Ich hätte ihn um eine Bestandsaufnahme bitten sollen, bevor ich nach dem Brand wieder eingezogen bin."

Elise nickte. „Wenn du heiratest, nimm Max mit für die Geschenkeliste. Er wird dafür sorgen, dass du bestens versorgt bist." Sie verzog das Gesicht. „Ich werde ihn ebenfalls buchen, wenn das machbar ist. Ich lasse den Verlobten stehen und nehme Max, damit er mich schön einrichtet."

Ich spürte einen Anflug von Eifersucht bei dem Gedanken, dass Elise mit einem anderen Mann verheiratet war. Es sei denn, der Mann wäre ich – dann wäre das in Ordnung. Ich schenkte ihr ein Glas des Rothschild Cabernet ein und eines für mich. „Hast du denn vor, bald zu heiraten?"

Ihr Gesichtsausdruck war entsetzt. „Auf keinen Fall. Das war eine hypothetische Aussage. Max ist der perfekte Butler Jeeves."

„Ich bin sicher, dass er sich geschmeichelt fühlen wird, dass du sein Händchen für Haushaltswaren über seinen milliardenschweren Geschäftssinn stellst."

„Verdammt richtig", sagte sie mit einem Zwinkern in den Augen. „Ich vergesse immer wieder, dass er so wohlhabend ist. Man sieht es ihm nicht an, wenn man bedenkt, wie viel Zeit seines Tages er damit verbringt, meiner Schwester nachzujagen."

„Es ist geradezu ekelhaft", sagte ich.

„Ja, oder?"

Ich griff nach einer der Empanadas und hielt sie ihr vor den Mund. „Sag aaah."

Gierig nahm sie einen Bissen. „Heiß, heiß!" Sie fächelte sich den Mund. „Wie kann es so heiß sein, nachdem es geliefert wurde?"

Richtig, das. „Ich habe für die schnelle Lieferung extra bezahlt."

„Ist das ein Service für reiche Leute, von dem wir Normalsterblichen nichts wissen?"

Ich zuckte die Achseln. „Meine Assistentin kümmert sich um diese Dinge. Ich sage ihr, was ich brauche, und sie kümmert sich darum, dass die Leute es auch umsetzen."

„Ich wusste nicht, dass du eine Assistentin hast. Arbeitet sie für eine deiner Firmen?"

„Nicht ganz. Sie arbeitet für mich, und wenn ich etwas

brauche, was mit den vorhandenen Mitarbeitern in den Unternehmen nicht zu schaffen ist, kümmert sie sich darum. Ich habe Charlotte durch Max gefunden, und Max hat hervorragende Verbindungen."

Sie schob sich einen weiteren Bissen der Empanada in den Mund. „Sich mit reichen Leuten aus der Gesellschaft zu umgeben, hat echt seine Vorteile." Sie brummte genüsslich, und ihre Zunge streckte sich, um einen Krümel von ihrer Lippe aufzufangen. „So gut." Sie bemerkte meinen Blick und sagte: „Du darfst dich auch setzen und essen."

Ich war hungrig, aber nicht auf Essen. Elise zu beobachten, brachte mich auf Ideen.

Ich setzte mich und versuchte, mich auf die bestellten Gerichte zu konzentrieren. Ich hatte bei der Menge ein bisschen übertrieben, aber ich war mir nicht sicher, was Elise mögen würde.

Sie griff über den Tisch und reichte mir eine Empanada, fütterte mich so, wie ich sie gefüttert hatte, und verdammt, sie betrachtete dabei meinen Mund. Das befeuerte nur die Ideen, die in meinem Kopf herumschwirrten.

Ich kaute. „Das ist gut."

„Nur gut? Es ist köstlich. Max ist ein Genie."

Ich runzelte die Stirn. „Was ist mit dem Genie, das die Sachen für dich besorgt hat ... Scheiße." Ich stieß mich vom Tisch ab. „Warte mal. Ich habe den Nachtisch vergessen."

Ich eilte zur Vordertür hinaus und fand drei Kartons auf der Veranda - genau dort, wo ich sie abgestellt hatte. Ich trug sie hinein und stellte sie auf den Tresen.

Elise schaute zögernd zu mir herüber, als sie einen Bissen der würzigen Thunfischrolle aus der Sushi-Box zu Ende kaute. „Ich schäme mich, es zu sagen, aber ich bin mir nicht sicher, ob ich alles aufessen kann. Vielleicht müssen wir mit dem Nachtisch noch ein paar Stunden warten. Aber mach dir keine Sorgen", sagte sie entschlossen, „den werde ich mir auch einverleiben."

„Ich würde nie an dir zweifeln", sagte ich und setzte mich wieder an den Tisch, um mir das Essen auf den Teller zu schaufeln. „Was immer du nicht isst, ich werde es essen."

Sie gab mir einen Klaps auf die Hand, als ich nach den frittierten Gemüsevariationen aus dem mediterranen Restaurant mit Michelin-Stern griff. „Nicht so schnell", sagte sie. „Ich habe gesehen, wie du schlemmst, und ich traue dir nicht zu, dass du nicht alles aufisst."

Ich schaufelte mehr Essen auf meinen Teller. „Dann los, schnapp dir, was du willst."

Elise murmelte etwas von einem menschlichen Müllschlucker, was wohl eine Anspielung auf mich war, und schaufelte sich dann wie ein Teenager das Essen in den Mund. Es war ein Wunder, wo das alles hinging.

Und so verschlangen Elise und ich etwa so viel Essen, dass auch eine fünfköpfige Familie davon satt geworden wäre.

Eine halbe Stunde später saßen wir auf der Couch und lehnten uns beide zurück, weil unsere Mägen zu aufgebläht waren, um aufrecht zu sitzen.

„Ich bin sowas von satt", sagte Elise.

„Zu satt für den Nachtisch?" Ich hob eine Augenbraue. Ich hatte ausnahmsweise null Interesse am Essen, aber ich könnte mich aufraffen, wenn sie es könnte.

Sie überlegte einen Moment. „Gib mir dreißig, vielleicht vierzig Minuten. Dann bin ich wieder fit."

Ich lachte. Wir hatten zwar nicht *alles* aufgegessen, aber definitiv viel zu viel. Das hielt Elise nicht davon ab, noch Platz für den Nachtisch zu lassen, was eine der Eigenschaften war, die ich an ihr bewunderte. Ich bezweifelte auch, dass sie dreißig Minuten warten würde, bevor sie sich an den süßen Sachen vergriff, aber ich war nur allzu bereit, sie bei Laune zu halten.

Ungefähr zwei Minuten später fragte sie: „Welchen Nachtisch hast du bestellt?"

Ich zählte es an den Fingern ab. „Apfelkuchen aus einer berühmten Konditorei, Milchshakes aus Moe's Diner, die auf Trockeneis gelagert werden …"

Sie setzte sich nach vorne. „Milkshakes?"

„Da ist noch mehr."

Elise lachte. „Gut, dass unsere Beziehung fast vorbei ist, sonst wäre ich nach einem weiteren Monat mit dir so dick wie ein Wal."

Ich zuckte zusammen, weil mir die Aussage nicht gefiel. Zeit, meine Bemühungen zu verdoppeln. „Du wärst ein süßer Wal."

„Hör auf, mich zu ärgern, und komm zum letzten Dessert."

„Limoncello-Himbeer-Torte. Volle Größe. Nicht die Minis, die wir bei der Dinnerparty an dem einen Abend hatten."

Sie lächelte sanft. „Du weißt noch, wie sehr ich die mochte?"

„Vielleicht." Ich hatte mir mehrere Notizen über Elises Vorlieben und Abneigungen gemacht.

Sie lehnte sich auf der Couch nach vorne und bedeckte ihren Kopf, dann stöhnte sie. „Ich habe Bauchschmerzen, aber ich kann mir Moe's und Limoncello-Himbeere nicht entgehen lassen." Sie ließ die Hände sinken und sah auf. „Du bist ein grausamer, grausamer Mann."

Ich stand auf, griff nach ihrer Hand und zog sie hoch. „Nimm einfach einen oder zwei Bissen."

Sie folgte mir in die Küche und lehnte sich gegen den Tresen, auf dem die Dessertschachteln standen. „Ich bin bereit, meinen Magen zu opfern, wenn du es tust."

Ich machte mir nicht die Mühe, noch einmal zu decken, sondern holte einfach frische Gabeln hervor, nahm einen riesigen Happen von dem Kuchen auf die eine und hielt sie ihr hin.

„Stilvoll, Jackson", murmelte sie, bevor ihr Mund den

riesigen Bissen verschlang und ihre Augen in den Hinterkopf rollten.

Nach dem Kuchen ließen wir unsere Mägen mit ein paar Episoden trashigen Dating-Reality-Shows verdauen. Etwa eine Stunde später brachte ich ihr den Moe's-Milchshake und setzte mich neben sie auf die Couch.

Ihre Augen weiteten sich, und sie starrte auf das Innere des Bechers. „Ist das Schoko-Minze?" Sie griff nach dem Löffel in meiner Hand und tauchte ihn in die Masse – der Shake war zu dick, um ihn zu trinken. „Ich liebe dich, Jackson, habe ich das schon gesagt?"

Sie scherzte, aber es war ein Anfang. „Nur mit deinen Augen."

Sie kicherte, dann nahm ihr Blick mein Gesicht in Augenschein. Ich war nicht verärgert, aber ich lachte auch nicht. Ich wartete. Ich konsumierte einen eiskalten Milchshake und wartete …

Elise beugte sich vor und gab mir einen Kuss auf die Wange. „Ich danke dir. Für alles. Das war das beste Nicht-Date, das ich je hatte."

„Ein echtes Date, Elise. Außerdem war der Kuss ein paar Zentimeter zu weit links. Du solltest es noch einmal versuchen."

Sie lächelte mit einem Glitzern in den Augen. „Habe ich falsch gezielt? Lass mich das in Ordnung bringen." Sie beugte sich vor und küsste mich leicht auf die Lippen.

Ich griff nach ihrer Taille und hielt sie fest. „Du hast da etwas Eis am Mund. Lass mich das für dich in Ordnung bringen."

Ich küsste ihre volle Unterlippe, saugte ein wenig daran und zog sie dicht an meine Brust. „Die nächste Phase unseres Dates beginnt jetzt." Ich hob sie in meine Arme und trug sie in mein Schlafzimmer.

KAPITEL
EINUNDDREISSIG

Jack

„**J**ackson! Du hast gesagt, dass Sex nicht Teil der Verabredung wäre."

Ich schaute auf sie herab, als ich sie in mein Schlafzimmer trug. „Was du immer gleich denkst, Hot Stuff. Ich bringe dich zu deinem Lieblingsplatz in der Wohnung."

Sie warf einen Blick in mein Zimmer und verdrehte die Augen. „Den Satz habe ich schon mal gehört."

„Bist du etwa nicht mitten in der Nacht in mein Bett gekrochen, nicht nur einmal, sondern zweimal?"

Sie seufzte. „Ja, aber ..."

„Und hast du nicht beide Male das Bett außerordentlich genossen?"

Sie schürzte die Lippen. „Das erste Mal ein bisschen zu viel."

Ich setzte sie auf die Kante der Matratze und nahm die Fernbedienung vom Nachttisch. „Keine Sorge, Elise, ich werde dich nicht anfassen. Es sei denn, du willst es?" Ich hob anzüglich eine Augenbraue.

Sie warf mir ein Kissen an den Kopf. „Such uns was Gutes im Fernsehen aus."

„Klar." Ich griff nach hinten, zog mein Hemd über den Kopf und warf es zur Seite. Auf ihren verblüfften Blick hin sagte ich: „Was? Ich mache es mir gerade bequem. Ich schlafe nicht im Hemd, und das hier ist mein Bett." Ich grinste über ihren verblüfften Gesichtsausdruck.

„Du verführst mich", sagte sie anklagend.

Ich lehnte mich aufs Kissen zurück und schlug die Beine übereinander, während ich durch das Programmmenü scrollte. „Meine Verführungstechniken sind subtiler als das hier. Du würdest gar nicht merken, dass ich längst damit angefangen habe."

„Das klingt beunruhigend. Bist du ein Spion oder ein Liebhaber?"

Ich drehte mich so, dass meine Brust ihr zugewandt war, und scrollte weiter. „Ich glaube einfach an Subtilität."

„Genau, zum Beispiel vier Abendessen und drei Desserts bestellen? Sehr subtil, Jackson."

Ich blickte hinüber. „Mach es dir ruhig bequem. Du brauchst dieses spießige T-Shirt nicht zu tragen. Du kannst es ausziehen. Ich verspreche, dass ich dich nicht anfassen werde."

„Im Gegensatz zu anderen Leuten", sie blickte auf meine Brust, „schlafe ich nicht ohne Oberteil. Hör auf, mich dazu zu bringen, schlechte Dinge zu tun."

„Das würde ich nie tun … Oh, hier ist ein guter Film." Ich hielt das Menü bei einer romantischen Komödie mit Altersangabe ab 18 Jahren an und sah sie unschuldig an. „Das ist perfekt für uns."

Sie knurrte und bedeckte ihren Kopf mit einem Kissen. „Das ist Erpressung", waren ihre gedämpften Worte.

„Es steht dir frei, jederzeit zu gehen." Ich wandte mich dem Fernseher zu und machte es mir bequemer. Was Elise nicht wusste, war, dass ich ewig auf sie warten würde.

Etwas traf mich an der Seite des Kopfes, bevor ich merkte, dass es das Kissen war, das ihr Gesicht bedeckt hatte, und dass Elise auf mir lag und mit ihren kleinen, aber kräftigen Händen die Seiten meines Kopfes festhielt. „Du hast gewonnen", sagte sie und verschlang meinen Mund mit ihren zarten, aber plündernden Lippen.

Ich warf die Fernbedienung weg und drehte sie auf den Rücken. „Das hat ja lange genug gedauert."

„Du hast das geplant!" Sie packte mein Gesicht und begann mich zu küssen – auf den Mund, auf die Wangen und dann wieder auf den Mund.

„Genug der Neckerei, Hot Stuff." Ich zog ihre Hände über den Kopf und küsste sie, wie ich es von Anfang an gewollt hatte, langsam und gleichmäßig und mit einer Menge aufgestauter sexueller Energie, die ich seit unserem Kennenlernen gespeichert hatte.

Nach einem Moment betäubender Küsse, die mir den Kopf vernebelten, lehnte ich mich ein Stück zurück. „Ist das okay?" Es war immer gut nachzuhaken. Wir scherzten, aber ich hatte es wirklich nicht eilig, auch wenn mein Schwanz das anders sehen würde.

„Nein", sagte sie und zerrte an der Shorts, die ich im Haus trug und gegen die jetzt mein Schwanz drückte. „Zieh sie sofort aus, Jackson."

Ich lehnte mich weiter zurück und bewunderte sie. „Ich liebe starke Frauen." Ich warf meine Beine über die Bettkante und streifte meine Shorts schneller ab, als sie sich mit den Fingern durch ihr zerzaustes Haar fahren konnte. „Erledigt. Was noch?"

Sie starrte auf meine Boxershorts. „Den Rest auch."

„Bevor du auch nur dein Shirt ausgezogen hast?"

„Ja."

Ich grinste und beobachtete sie, als ich meine Boxershorts auszog. Ich kannte da keine Scham, aber sie offenbar schon, wenn ich ihr Erröten richtig deutete. „Alles klar bei dir, Hot Stuff?"

Sie beugte sich vor und strich über meinen Schwanz, und in meinem Kopf zuckten die Blitze.

„Whoa." Ich rutschte aus ihrer Reichweite und rückte so heran, dass meine Taille zwischen ihren Schenkeln war. „Lass uns das noch einen Moment aufschieben." Ich schob meine Hände unter ihr Hemd und krempelte es unten auf, während ich sie betrachtete. „Du hast weiche Haut."

„Nein, hab ich nicht", sagte sie, ihre Worte leicht und luftig und zerstreut.

„Doch, hast du." Ich küsste ihren Bauch und dann eine Rippe nach der anderen, fuhr mit meinen Fingern über ihren Bauch zu ihrer Seite und dann wieder nach oben. „Sehr weich."

Ihr Kopf kippte nach hinten, und sie griff abwesend nach meinem Bizeps, als ich ihr Oberteil etwas höher zog, um kleine, feste Brüste zu enthüllen. Irgendwann hatte sie einen Sport-BH angezogen, den ich vorsichtig beiseiteschob.

„Aber diese hier sind am weichsten." Ich küsste ihre Brustwarze und fuhr mit meiner Zunge über ihren Warzenhof, dann schob ich ihre Brust nach oben und saugte sanft daran, leckte. „Und du schmeckst fantastisch."

„Wie kann ein Mensch gut schmecken?", fragte sie atemlos.

Ich sah auf, bis sie meinen Blick erwiderte. „Alles an dir ist nach meinem Geschmack, Elise."

Sie musterte mich einen Moment lang, und ich fragte mich, ob sie verstand, was ich meinte. „Du weißt schon, dass ich deinen Geruch mag", sagte sie. „Es gibt einen Grund, warum ich deine Kleider im Bett trage, und zwar nicht, weil ich keine habe. Ich könnte mir von Sophia etwas leihen, wenn ich müsste."

„Wirklich?" Ich hatte nie darüber nachgedacht, warum sie immer noch ständig meine Kleidung trug. Ich dachte, es sei eine Sache der Bequemlichkeit oder dass sie kein Geld ausgeben wollte. Und es machte mir nichts aus, weil es verdammt sexy war.

Sie nickte mit ernster Miene.

Diese Bestätigung ließ mein Herz höherschlagen. Ich rutschte weiter nach oben und küsste sie. Dann fuhr ich mit den Händen an ihren Seiten entlang und hob das Shirt über ihren Kopf, zusammen mit dem Sport-BH.

Eine Sekunde lang verhedderte sie sich in den Kleidern und kicherte über den BH, der sich an ihrem Arm verfangen hatte, dann war er verschwunden, und zwischen uns war nichts mehr. Ich verharrte und genoss das Gefühl ihrer Haut an meiner. Ich könnte in diesem Moment als glücklicher Mann sterben.

Und dann packte Elise meinen Schwanz.

Ich stöhnte. „Was habe ich dazu gesagt?"

Sie grinste. „Ich hab's vergessen."

Ich schob ihr die Boxershorts, die sie trug, die Beine hinunter – und die Frau trug nichts darunter. Ich sah sie mit einem erhitzten Blick an. „Du warst die ganze Zeit nackt?"

Sie blinzelte. „Nicht nackt; ich hatte deine Boxershorts an."

„Aber du trägst immer Unterwäsche darunter."

„Tue ich das?" Ihr Blick war spitzbübisch.

Mir blieb der Mund offenstehen. „Das eine Mal, als ich dich fragte, ob du etwas unter den Boxershorts trägst, sagtest du, ja."

Sie grinste. „Notlüge."

Ich atme langsam aus. *Beruhige dich, Townsend, oder du wirst dich vor der Frau, die du liebst, blamieren.*

Scheiße.

Ich liebte Elise. Und sie würde ausflippen, wenn ich es ihr sagen würde. Ich war nicht der einzige Bindungsscheue in diesem Duo.

Sie verteilte federleichte Küsse auf meiner Brust, was das

mit dem Blamieren beschleunigen würde, wenn ich sie nicht bald bremsen konnte.

Ich beugte mich nach unten, spreizte ihre Beine und küsste ihren Oberschenkel. „Ich bin dran." Bevor sie antworten konnte, war ich schon dabei, ihre Schönheit zu lecken. „Du schmeckst auch hier gut, Hot Stuff."

„Sprich nicht, während du das tust!", schnauzte sie, packte meinen Kopf und hielt mich fest.

Ich drückte meine Handfläche leicht auf ihre Brust, denn sie wurde schon wieder frech, und meine Finger spielten mit ihrer Brustwarze, während ich sie leckte und dabei eine empfindliche Stelle traf. Sie begann zu stöhnen und ihr Becken gegen meinen Mund zu heben.

Ich bewegte mich nicht.

Nicht einen Zentimeter.

Ich hatte eine gute Stelle gefunden, und ich war ja nicht blöd. Ich würde ewig dort bleiben und mit einem Krampf in der Zunge ohnmächtig werden, bevor ich mich rührte.

Ein oder zwei Minuten später rettete mich Elise vor einem Krankenhausaufenthalt, indem sie mich an den Haaren packte und ihre Erlösung herausschrie.

Ich bewegte mich nach oben und küsste sie dabei, während sich ihre Atmung wieder normalisierte.

Der benommene Blick in ihren Augen klärte sich. „Ich bin dran."

KAPITEL
ZWEIUNDDREISSIG

Elise

Die Nacht unseres One-Night-Stands war nie ganz klar in meiner Erinnerung gewesen, weil ich so lange versucht hatte, die Gefühle zu vergessen, die sie ausgelöst hatte. Außerdem war es dunkel gewesen und es ging mehr ums Spüren als um alles andere. Aber einige Dinge waren mir im Gedächtnis geblieben – wie der Orgasmus, den Jack mir verpasst hatte.

Der Höhepunkt heute Abend war sogar noch stärker. Hatte der Mann eine Zauberzunge? Beim letzten Mal hatte er die Zunge nicht benutzt, und mir wurde klar, wie viel ich verpasst hatte.

„Ich bin dran", sagte ich und drückte ihn auf den Rücken, bevor ich auf ihn kletterte, bis ich auf den Knien über seiner Hüfte war.

Jack griff nach der Schublade im Nachttisch, fluchte, als sie sich nicht öffnete, griff nach einem Kondom und zog es schnell über.

Er packte meinen Hintern, und ich ließ mich hinab, bis er fast in mich eindrang. Dann bewegte ich mich noch ein wenig weiter, und er tat es, zuerst langsam, sein Kopf war nach hinten geneigt, während seine Hände meine Hüften in einer Weise umfassten, die vermuten ließ, dass er sich zurückhielt. Aber ich wollte nicht, dass er sich zurückhielt.

Ich beugte mich vor und wippte mit den Hüften, wobei ich ein Tempo vorgab, das ihm den Schweiß auf die Stirn trieb. „Ist das zu viel, Jackson?"

„Verarsch mich nicht, Hot Stuff. Ich habe eine Menge aufgestauter sexueller Energie für dich." Er drehte uns um, sodass er oben war, und stieß in mich.

Ich quietschte überrascht auf, und er hielt inne.

„Alles okay? War ich zu grob?"

Ich verpasste ihm einen Klaps auf den Hintern. „Mach weiter."

Er grinste und stieß vor, küsste mich sanft und berührte mein Gesicht. Ich wollte die Kontrolle über seinen Höhepunkt haben, aber er hatte wieder übernommen und trieb mich auf einen weiteren Orgasmus zu.

Er griff zwischen uns berührte meinen empfindlichsten Punkt, während er zustieß und dabei zwei perfekte Stellen auf einmal traf.

Ich warf meinen Kopf zurück, als mich ein so starker Höhepunkt erfasste, dass ich das Gefühl hatte, mein Geist hätte meinen Körper verlassen. Als ich wieder zu mir kam, hielt Jack mich fest, seine Wange gegen meine Stirn gepresst, während er selbst erschauerte und kam.

Ein leises Stöhnen entrang sich seiner Brust, als er meine Stirn mit Küssen bedeckte, von denen ich nicht glaubte, dass er wusste, dass er sie austeilte. Dann wurden die Küsse weniger sporadisch und gezielter, bis sein Körper zur Ruhe kam und seine Lippen meinen Mund fanden.

Aber er war immer noch in mir. Und er war immer noch hart. „Wie ich sehe, brauchst du nicht mal eine Pause."

„Ich habe dir gesagt, dass ich eine Menge unterdrücktes

Verlangen habe, wenn es um dich geht. Ich wollte dich von dem Moment an, als du zur Tür hereinkamst."

Ich streckte mich versuchsweise unter ihm und vergewisserte mich, dass ich meine Glieder noch spüren konnte. „Am Tag, an dem ich eingezogen bin?"

„Nein. Als du deine Schwester besucht hast, nachdem sie in meine Wohnung gezogen war."

Moment, was? Ich versuchte, mich aufzusetzen, aber er war schwer. „Das war vor mehr als sechs Monaten."

Er strich mir eine Haarsträhne von der Wange. „Ganz genau. Ein halbes Jahr lang aufgestautes sexuelles Verlangen. Sag mir Bescheid, wenn du bereit für die zweite Runde bist." Sein Blick war ruhig, aber konzentriert.

Der Mann meinte es ernst.

Ich versuchte erneut, mich aufzusetzen, und dieses Mal rollte Jack zur Seite, aber er hielt seinen Arm besitzergreifend um meinen Oberkörper gelegt. „Du warst nicht wirklich enthaltsam, seit wir … seit dieser Nacht … oder?"

Er antwortete nicht. Er starrte mich nur an.

Mir fiel die Kinnlade runter.

„Es gab noch andere Gründe für meine Durststrecke als das sinnlose Verlangen nach dir", sagte er. „Meine Auswahl bei Frauen war immer zweifelhaft gewesen, wie Max und Lizzie mich gerne erinnern. Als ich dich traf, überdachte ich meine Entscheidungen und mein Liebesleben."

„Du hast also beschlossen, keinen Sex mehr zu haben … einfach gar nicht mehr?" Die letzten Worte kamen in einer hohen Tonlage heraus. „Du bist wahnsinnig heiß. Wie hast du es geschafft, dich auf nichts einzulassen?"

Wenn ich darüber nachdachte, hatte ich in dieser Zeit auch keinen Sex gehabt. Ich hatte mit ein paar Typen rumgemacht, aber entweder bekam ich kalte Füße, als es ernster wurde, oder ich fand etwas falsch an ihnen.

Er streichelte meinen Hintern. „Schön, dass du mich heiß

findest." Er starrte auf meine Brüste. „Wegen der zweiten Runde – ich bin bereit, wenn du es bist."

Ich legte meine Hand auf seine Brust und hielt ihn zurück. „Jack Townsend, was sagst du mir da eigentlich gerade?"

Er sank auf das Kissen, seufzte und fuhr sich mit der Hand durch die zerzausten Locken. „Ich mochte dich schon damals." Er sah zu ihr hinüber. „Und das tue ich immer noch."

„Deshalb haben wir der gegenseitigen Anziehung nachgegeben. Aber ..."

Er musste die Frage verstanden haben, die ich gar nicht gestellt habe, denn er sagte: „Ich mag dich sehr, Elise. Ich möchte etwas Dauerhaftes."

Er kann doch nicht meinen ... „Aber diese Beziehung endet in ein paar Tagen."

„Muss das denn so sein?"

Meine Augen weiteten sich. „Ja! Oder zumindest der Teil, dass ich hier wohne. Ich mag dich. Mehr, als gut ist. Du bist klug und süß und witzig, und einige Leute haben mich darauf hingewiesen, dass ich da nicht mithalten kann. Aber ich bin immer noch dabei, mich im Leben zurechtzufinden. Ich habe immer bei meiner Mutter gelebt oder war auf meine Schwester angewiesen. Es ist wichtig für mich zu beweisen, dass ich fähig bin, allein klarzukommen."

„Für andere oder für dich selbst?"

„Wahrscheinlich für mich selbst, aber das ändert nichts daran, wie ich mich fühle."

Er setzte sich auf, stützte sich auf seinen Ellenbogen, und sein Mund verzog sich, als er in die Ferne blickte. „Verdammte Thalia. Sie hat keine Ahnung von Qualität." Er sah wieder zu mir. „Vergleiche sind dumm, aber du bist besser als ich, und das mit Leichtigkeit. Du bist fürsorglich und stark, und ich verdiene dich nicht, aber ich will dich. Und dass du Zeit brauchst, um dir etwas zu beweisen, verstehe ich. Ich werde warten." Er berührte leicht meine nackte Hüfte, aber es lag Verlangen in dieser Berührung. „Ich bin ein geduldiger Mann.“

Das waren Worte, die jede Frau hören wollte. Es waren Worte, die auch ich hören wollte – aber ich würde den einzigen Mann, der mir wirklich etwas bedeutete, vertrösten, weil ich meinen Scheiß noch nicht im Griff hatte. „Du solltest nicht warten müssen.“

Er betrachtete mich so lange, dass ich nicht sicher war, ob er antworten würde. *Hatte er doch Zweifel?* „Lass das meine Sorge sein“, sagte er schließlich, beugte sich vor und küsste mich, dann zog er mich geschickt gegen seinen Körper.

„Jackson“, sagte ich warnend. „Wir können die Dinge nicht so stehen lassen.“

„Pst“, sagte er. „Genug geredet.“

KAPITEL
DREIUNDDREISSIG

Jack

Ich wachte auf und spürte weiche Kurven und roch Elises Duft nach Buttercreme und Früchten. Ich musste ihr Shampoo finden und meinen Körper damit einseifen, damit ich sie den ganzen Tag riechen konnte.

Ich streckte mich und rieb mir den Schlaf aus den Augen, dann blickte ich auf die warme Frau neben mir hinunter.

Nicht neben mir, sondern mit mir verflochten wie eine Brezel.

Elises Bein lag über meinen Oberschenkeln, ein Arm war unter meinen Rücken geklemmt, der andere lag auf meinem Bauch, und ihr Gesicht war an meine Brust gedrückt.

Wir mussten die ganze Nacht so geschlafen haben, denn mein Bauch war heiß an der Stelle, an der ihr Arm ruhte.

Ich blieb noch eine Weile so liegen und dachte über die letzte Nacht nach. Wahrscheinlich die beste Nacht meines Lebens. Ich wollte Elise bitten, weiterhin bei mir zu wohnen, aber es war klar, dass sie dazu nicht bereit war. Ich würde mich damit abfinden müssen, dass sie ausziehen und wir uns dann wie normale frischverliebte Paare treffen würden.

Von der Vorderseite der Wohnung drangen Geräusche zurück, so als ob jemand im Haus wäre. Mein Körper spannte sich an. *Was zum Teufel?*

Ein weibliches Lachen ertönte, und ich spürte, wie Elise neben mir erwachte.

Sie hob ihren Kopf. Eine Seite ihrer Wange war knallrot, weil sie an meiner Brust geklebt hatte. „Wer ist da?"

„Elise!", kam eine mir unbekannte Frauenstimme.

Elise sprang nackt aus dem Bett und fiel fast um. „Heilige Scheiße!"

Ich setzte mich auf und griff nach meiner Boxershorts. „Was ist hier los?"

Sie zog die Boxershorts an, die sie gestern Abend getragen hatte, und griff nach dem langärmeligen T-Shirt, das ich in meinem Überschwang quer durch den Raum geworfen hatte, um es auszuziehen. „Meine Mutter!"

Ich hatte noch nie die Mutter einer Freundin getroffen, und diese wollte ich nun beeindrucken, auch wenn ich sie bereits kannte. Meine Kehle wurde trocken. „Hast du gerade gesagt, dass deine Mutter hier ist?"

„Jackson, reiß dich zusammen. Sie kommt schon den Flur entlang!"

„Scheiße." Ich konnte mein Hemd nicht finden, also griff ich nach einem neuen Shirt aus dem Schrank, während Elise die Schlafzimmertür öffnete, wobei ihr die Haare in alle Richtungen abstanden. Aber es war zu spät.

Ich trat hinter Elise aus meinem Zimmer und sah mich zwei Damen mittleren Alters gegenüber, die uns anstarrten.

„Mom", sagte Elise. „Was machst du denn hier?"

DIE MÜTTER VON ELISE und Max gaben uns einen Moment Zeit, um uns die Zähne zu putzen, aber die Katze war aus dem Sack. Elise hatte ihr Haar gekämmt und zu einem Pferdeschwanz gebunden, aber ansonsten waren wir quasi auf frischer Tat ertappt worden und trugen, was wir im Bett getragen hatten.

Ich kochte Kaffee und schleppte zwei Esszimmerstühle ins Wohnzimmer, wo wir uns zu viert auf oder um die Couch herumsetzten.

Brenda, Elises Mutter, schaute zwischen uns hin und her. „Elise?"

Elise drückte meine Finger so fest, dass sie lila wurden. „Mom, du kennst doch Jack, Sophias ehemaligen Mitbewohner ... Er ist jetzt mein Freund."

„Freund? Und er war auch mal mein Mitbewohner", sagte ihre Mutter. „Hallo noch mal, Jack. Entschuldigung für den ungebetenen Besuch." Sie wandte sich an Elise. „Sophia hat mir den aktuellen Schlüsselcode gegeben und gesagt, dass es in Ordnung ist, wenn ich vorbeikomme, aber ich denke, das nächste Mal werde ich anklopfen."

Elise, die nach unserem ersten Stelldichein über die Feuerleiter abgehauen war, und jetzt eine leidenschaftliche Nacht, die von Müttern gestört wurde – wir machten offenbar nie etwas auf die normale Art.

Brenda hatte ganz kurz bei mir und Sophia gewohnt, während ihr Haus vor einigen Monaten renoviert wurde, aber dies war das erste Mal, dass ich sie sah, seit Elise und ich zusammen waren. Und ich war in meiner Boxershorts, nachdem ich ihre Tochter die ganze Nacht geschändet hatte. Mein Gott, das war der schlimmste Elternbesuch in der Geschichte. „Brenda, schön, dich wiederzusehen."

Elise lächelte Kitty nervös an. „Wir sind uns noch nie offiziell begegnet, Kitty, aber ich habe von meiner Schwester schon viel über Sie gehört."

Kitty begrüßte Elise, bot ihr das Du an und wandte sich dann an mich. „Jack." Sie grinste. „Wie ich sehe, geht es dir gut." Sie musterte mich von oben bis unten, als wüsste sie genau, was Elise und ich die ganze Nacht über gemacht hatten.

„Es ist schon eine Weile her", sagte ich. „Ich nehme an, Karl geht es gut?"

Der peinliche Smalltalk dauerte noch ein paar Minuten, bis Brenda schließlich aufstand. „Nun, wir gehen jetzt besser."

„Wir kommen zu spät zum Yoga", stellte Kitty klar und tippte auf ihre Cartier-Uhr. „Hopp, hopp", sagte sie zu Brenda.

Elise stand auf und betrachtete stirnrunzelnd das Outfit ihrer Mutter. „Mom, du kannst nicht in deinem alten Kaftan gehen."

Brenda zog den Saum ihres geblümten Kleides hoch und enthüllte die Leggins darunter. „Ich bin vorbereitet."

Elise kratzte sich am Kopf. „Ich dachte, du gehst nicht in konventionelle Läden." Offensichtlich bevorzugten Elises und Sophias ebenso wie Max's Mutter Secondhand, ob es sich nun um Kleidung in Brendas Fall oder um Kunst in Kittys Fall handelte.

Brenda stemmte ihre Hand in die Hüfte und hob ihr Kinn. „Ich habe sie mir gekauft."

„Ich bin beeindruckt." Elise wandte sich an Kitty und lächelte. „Danke, dass du sie in dieses Jahrzehnt gebracht hast."

Kitty lächelte. „Deine Mutter hat einen sehr guten Geschmack, aber manche Dinge müssen aktualisiert werden, und Sportkleidung ist eines davon."

Brenda legte ihren Arm um Kittys, und sie machten sich fröhlich auf den Weg zur Haustür. Aber nicht bevor Elises Mutter stehenblieb und noch einmal zurückblickte. „Ich nehme an, du wirst eine Weile mit Jack zusammenleben?" Ihre Stirn legte sich anzüglich in Falten, und ich zuckte innerlich zusammen.

Scherze über Sex von der Mutter der Partnerin. *Mein Gott, mach, dass es aufhört.*

„Eigentlich …", Elise schaute mich nervös an, „ziehe ich bald wieder aus. Ich schicke dir eine SMS mit der neuen Adresse."

Ich drehte meinen Kopf zu Elise. Das war eine Neuigkeit. Sie hatte nichts von der Wohnungssuche gesagt, und darüber wollte ich mit ihr reden.

Die Mütter schauten neugierig, hinterfragten es aber nicht. Und dann waren sie weg.

Elise fasste sich an den Kopf und stöhnte. „Das war furchtbar!"

„Absolut."

Dann richtete sich ihr Blick auf die Mikrowellenuhr, als würde sie erst jetzt etwas bemerken. „Verdammt! Ich bin spät dran."

Sie wollte gerade weglaufen, als ich ihre Hand ergriff. „Langsam, Hot Stuff. Wo willst du denn hin?"

„Ich bin mit Sophia im Laden verabredet, und sie ist wahrscheinlich schon auf dem Weg. Ich rufe dich später an." Sie reckte sich und küsste mich fest auf die Lippen, dann eilte sie den Flur hinunter.

„Bist du zurück, bevor es dunkel wird?", rief ich und folgte ihrem Rücken mit meinem Blick. „Ich möchte dir etwas zeigen."

Sie blieb vor ihrer Tür stehen, mit schüchternem Blick. „Das klingt geheimnisvoll."

„Es ist eine Überraschung."

KAPITEL
VIERUNDDREISSIG

Elise

Die letzten vierundzwanzig Stunden waren die erstaunlichsten und verwirrendsten meines Lebens gewesen. Ich war mir ziemlich sicher, dass ich in Jack verliebt war, meine Mutter hatte uns nach dem Koitus erwischt, und jetzt zog ich aus seiner Wohnung aus. Ich hatte heute Nachmittag einen Mietvertrag unterschrieben, nachdem ich Sophia im Laden geholfen hatte. Nach fast vierwöchiger Suche nach einem erschwinglichen Studio hatte ich vor drei Tagen endlich eines gefunden, und das keinen Augenblick zu früh.

Ich würde mein Versprechen an Jack halten und nach einem Monat ausziehen. Das war die Abmachung, und es war mir wichtig, mich daran zu halten. Ich wollte nicht die Freundin sein, die ihren reichen Freund für Vergünstigungen wie freie Miete ausnutzte. Ich hatte hart gearbeitet, um meine Ausbildung zu machen und mich zu beweisen, und jetzt war meine Chance, genau das zu tun. Wenn wir unseren holprigen Start überlebt hatten, konnten Jack und ich auch ein wenig Abstand überleben. Vorausgesetzt, er hatte seine

Meinung nicht geändert und war bereit, sich auch nach meinem Umzug weiter mit mir zu verabreden.

Wir hatten alles rückwärts gemacht: den One-Night-Stand, dann das Zusammenziehen, bevor wir zusammen waren. Ich wollte einen Neuanfang machen und die Dinge einmal richtig angehen, aber ich war mir nicht sicher, was er davon hielt, obwohl seine Worte gestern Abend vielversprechend waren.

Jackson: Triff mich um 16 Uhr bei deiner
alten Wohnung.

Elise: Warum dort?

Jackson: Das wirst du dann herausfinden.

So geheimnisvoll. Vermisste er etwa die Kakerlake, die seinen Namen trug?

Wenn ich jetzt zurückdachte, hatte ich schon damals an den Ex-Mitbewohner meiner Schwester gedacht und eine Kakerlake nach ihm benannt. Das war witzig und ein Beweis dafür, wie sehr mich unsere gemeinsame Nacht verfolgt hatte.

Ich packte meine Sachen und verabschiedete mich von Sophia, bevor ich einen Bus nahm, der mich zu einer Haltestelle ein paar Blocks von meiner alten Wohnung entfernt brachte. Aber irgendetwas stimmte nicht.

Ich schaute auf mein Handy, um mich zu vergewissern, dass ich den richtigen Block hochgelaufen war und das richtige Gebäude erwischt hatte.

Eine Sekunde später tauchte Jack aus einem modernen Treppenhaus auf.

„Was ist hier los?", fragte ich, schaute auf mein Handy und ging auf ihn zu. „Das ist der richtige Ort, aber das Gebäude ist nicht dasselbe. Mein alter Vermieter hat sich einen Dreck um das Gebäude gekümmert und nie etwas repariert. Aber das hier sieht brandneu aus."

Er kam mir entgegen und stellte sich dann neben mich, mit Blick auf das Gebäude. „Es ist renoviert worden. Gefällt es dir?"

Die Außenfassade hatte einen hellen, taubengrauen Anstrich erhalten – nein, mehr als das. Sie war neu verputzt worden, mit einer glatten Oberfläche, wo früher Risse waren. Und das alte schmiedeeiserne Geländer im Treppenhaus war durch ein modernes schwarzes Geländer ersetzt worden. Jemand hatte auch den Beton vor dem Haus herausgerissen und kräftige mediterrane Bäume gepflanzt, die ich von meiner Arbeit mit Sophia kannte. An einer Seite wurde noch gebaut, aber ansonsten sah das Gebäude fast nagelneu aus. „Ich kann nicht glauben, dass dies derselbe Ort ist. Es ist jetzt wirklich hübsch und modern."

„Keine Kakerlaken mehr", stimmte Jack zu. „Willst du mal reinschauen?"

Wir stiegen die schicke neue Treppe hinauf und kamen an einer Familie vorbei, die auf dem Weg nach unten war. Hier wohnten also Leute, aber die Wohnung, die ich damals gemietet hatte, war laut Jack leer.

„Woher weißt du, dass sie leer ist?"

Er tippte einen Code in ein digitales Schloss ein, das es vorher noch nicht gegeben hatte, und öffnete die Tür. „Ich weiß es einfach."

Mir stockte der Atem. Die Wohnung war wunderschön, und das war kein Wort, das ich mit diesem Ort in Verbindung gebracht hätte, als ich sie gemietet hatte. Sie war frisch gestrichen, besaß ein Kranzprofil aus Stuck, überall neue Parkettböden und eine kleine, aber helle neue Küche mit Edelstahlgeräten und eleganten weißen Schränken. Ich eilte wieder hinaus, um die Nummer an der glänzenden schwarzen Tür zu überprüfen. „Ist das wirklich meine alte Wohnung? Es riecht nicht, und es ist charmant."

Jack nickte. „Gleiches Haus, anderer Nachbar. Es stellte sich heraus, dass der, den du nicht mochtest, eine nicht so kleine Hydrokultur Cannabis in seiner Wohnung hatte, die die Feuchtigkeitsprobleme verursachte."

Ich sah auf und seufzte. „Das erklärt eine Menge. Aber woher weißt du das alles? Hast du ihnen bei der Umgestaltung geholfen?"

Er wackelte mit dem Kopf. „Nicht ganz. Das Gebäude gehört jetzt mir, und ich habe einen von Max' Bautrupps, die gerade zwischen zwei Projekten steckten, mit der Umgestaltung beauftragt."

„Dir gehört das Gebäude", wiederholte ich trocken. „Es gehört dir, ernsthaft?"

Er nickte, scheinbar nervös bei meiner Reaktion.

Ich massierte meine Nasenwurzel. „Warum solltest du dieses Scheißhaus kaufen?"

Er sah sich um. „Es hat eine gute Struktur unter dem Schimmel und steht in einer soliden Lage."

„Aber warum gerade dieses?"

„Dass du hier gewohnt hast, hatte seinen Anteil daran. Und ich hasse es, wenn Eigentümer Immobilien verkommen lassen. Ich habe auch nach etwas gesucht, in das mein Vater einziehen kann. Ich hatte daran gedacht, ein viktorianisches Haus wie das von Max zu kaufen, aber dann habe ich dieses Haus gesehen und dachte mir, dass es ausreichen würde. Ich habe ein Angebot für das Gebäude gemacht, sobald du in meine Wohnung eingezogen bist." Er blickte aus dem Fenster auf das Baugerüst. „Wir haben den Vertrag innerhalb einer Woche abgeschlossen, und seitdem wurde daran gearbeitet. Wir warten noch auf den Einbau des Aufzugs und ein paar andere Dinge."

„Ein Aufzug?" Ich warf die Hände hoch. „Jackson, wie kannst du dir überhaupt ein verdammtes Gebäude leisten?"

„Ich habe dir das doch erklärt. Ich hatte Glück mit den Geschäften."

„Das ist kein Glück. Du hast aus einer Laune heraus ein

ganzes Gebäude gekauft. Die Kosten für den schnellen Umbau … Das muss auch ein Vermögen gekostet haben.“

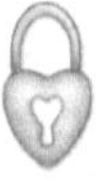

Jack

ICH HATTE NOCH NIE auf die Höhe meines Vermögens hinweisen müssen. Die meisten Leute – in der Regel die falschen – kannten sie bereits, diese hinterhältigen Mistkerle. Nach der ersten Milliarde hatte ich aufgehört, groß darauf zu achten. Alles, was darüber hinausging, erschien mir lächerlich, also überließ ich es meinem Buchhalter und Max, die Dinge zu überwachen.

In jedem Fall verstand ich Elises Reaktion. An ihrer Stelle hätte ich wohl ebenso reagiert. Aber ich wollte keine Geheimnisse vor ihr haben. „Ich bin nicht der reichste Mann der Welt, aber als ich das letzte Mal nachgesehen habe, hatte ich Vermögenswerte von etwa elf Milliarden.“

Sie hörte auf zu reden, und ihr fiel die Kinnlade herunter. Sie stand dreißig Sekunden lang so da, und ich begann mir Sorgen zu machen. „Elise?“

„Tut mir leid, ich dachte, du hättest gerade elf Milliarden Dollar gesagt“ Sie lachte nervös. „Du meintest bestimmt Million … elf Millionen, oder? Obwohl das immer noch eine Menge ist.“

Scheiße. „Du hast schon richtig gehört. Ist das ein Problem?“

Sie blinzelte ein paarmal schnell hintereinander und begann, im Zimmer auf und abzugehen, wobei ihre Schritte auf dem neuen Hartholz klackerten. „Ob das ein Problem ist?“ Ihre Stimme hatte einen wahnsinnigen Ton angenommen. „Willst du mich verarschen, Jack? Du wohnst in einem kleinen Apartment im viktorianischen Haus deines besten

Freundes. Wie kannst du so viel Geld haben? Du gibst es jedenfalls nicht aus."

„Ich gebe es für neue Geschäfte und Firmen aus." Ich blickte mich um. „Und für Immobilien, wie du siehst. Ich wohne gern in Max' viktorianischem Haus. Er hat einen guten Geschmack, und ich bin sehr praktisch veranlagt."

Sie hielt inne, ihr Blick war flehend. „Jackson, bitte sag mir, dass du kein milliardenschweres, geldgieriges Arschloch bist?"

Okay, das war eine Premiere. Normalerweise wollten alle, mit denen ich ausging, dass ich sie in Max' Privatjet an den Comer See mitnahm, weil sie genug über mich und Max wussten, um zu wissen, dass ich mir das leisten konnte. „Es ist im Grunde ekelhaft, deshalb spreche ich auch nicht über Geld. Ich versuche, nicht daran zu denken. Aber man darf nicht vergessen, dass Geld auch positive Veränderungen bewirken kann. Ich habe eine ganze Stiftung finanziert, die eine astronomische Summe an Wohltätigkeitsorganisationen spendet und jedes Jahr Tausende von Stipendien unterstützt. Es wird für einen guten Zweck eingesetzt."

Sie fasste sich an den Kopf und machte große Augen. „Ich weiß gar nicht, wie jemand so reich wird. Bist du eine Art Genie?"

„Äh ... nein?"

„Du lügst! Ich kann es in deinen Augen sehen!"

Ich trat vor, griff nach ihren Händen und zog sie herunter. „Ich konnte Milliarden für Programme spenden, die Menschen helfen, und das ist das Beste daran, reich zu sein.

„Bitte hör auf mit den Milliarden. Tun wir einfach so, als wären es elf Millionen."

„Okay, wieso?"

„Das ist immer noch viel, aber ich kann es mir vorstellen."

„Willst du nicht mit meinem Privatjet auf die Bahamas fliegen?", zog ich sie auf. „Meine Ex-Freundinnen fanden, dass das der größte Vorteil an einer Beziehung mit mir war."

„Ich denke, wir haben bereits festgestellt, dass ich nicht wie deine Ex-Freundinnen bin. Und was meinst du mit Privatjet? Hast du etwa einen?"

„Nein."

„Warum schlägst du es dann vor?"

„Max hat einen, also teilen wir ihn uns. Es könnte lustig sein, mit Sophia und Max einen Ausflug in ein exotisches Land zu machen."

Sie atmete ein und langsam wieder aus, als müsse sie sich beruhigen. „Du lässt Max also seinen eigenen Jet benutzen und willst damit einen Pärchenausflug machen? Klingt das auch nur ein bisschen normal?"

Ich blickte auf. „Wahrscheinlich nicht. Für mich war es am Anfang auch nicht normal, aber jetzt ist es normal. Und dass Max seinen Jet benutzen darf, was soll ich sagen? Ich bin eben großzügig."

Ihr Mund verzog sich, aber ich konnte ein Lächeln erkennen. „Gut, dass du süß bist, Jogginghosen trägst und nicht pingelig bist. Ich kann mit pingeligen, reichen Freunden so gar nichts anfangen."

Ich zog sie zu mir. Es war das erste Mal, dass ich sie in meinen Armen hielt, seit sie hierhergekommen war, und das machte alles besser, selbst wenn ich ihr die schmutzige Wahrheit über mein Vermögen erzählen musste. „Ich habe nie verstanden, wie Max und seine Familie so viel Geld angehäuft haben. Dann habe ich mein eigenes Vermögen aufgebaut. Jetzt verstehe ich, dass reiche Leute ihr Geld in Vermögenswerten halten und nicht in Häusern voller Bargeld. Es kommt und geht, wenn man es nicht gut verwaltet. Bis jetzt war ich ziemlich gut darin."

„Ziemlich gut?" Sie fuchtelte mit der Hand herum. „Was soll ich denn darunter nun wieder verstehen?"

Ihre Frage war scherzhaft gemeint, aber ich antwortete ehrlich. „Ich habe dich hierhergebracht, um dich zu fragen, ob du in die Wohnung einziehen willst."

„In mein altes Ein-Zimmer-Apartment?"

„Wenn du möchtest. Oder du kannst das Studio auslassen und mit mir ein paar Stockwerke höher in eines der Drei-Zimmer-Apartments ziehen. Da ist mehr Platz. Irgendwann bringe ich auch meinen Vater in das Gebäude, dann kann ich ein Auge auf ihn haben."

Sie lächelte sanft, und ihre Schultern entspannten sich. „Du bist ein guter Sohn, Jack."

„Und auch ein guter Freund?"

Sie biss sich auf die Lippe, und die Spannung in ihren Augen beunruhigte mich. „Ein wunderbarer Freund. Aber ich kann hier nicht einziehen. Ich brauche meine eigenen Errungenschaften." Sie lachte sardonisch. „Leider besteht meine einzige Leistung darin, meine eigene Miete zu bezahlen, aber das ist ein wichtiges Übergangsritual. Ergibt das einen Sinn?"

Ich schenkte ihr ein kleines Lächeln. „Das tut es, und ich verstehe es."

„Willst du immer noch mit mir zusammen sein, auch wenn ich ausziehe, um mein Leben in den Griff zu bekommen?"

Ich gab einen verärgerten Laut von mir. „Ich bin nicht glücklich darüber, aber wenn es das ist, was du brauchst, kann ich damit umgehen. Und natürlich will ich mit dir zusammen sein. Ich sagte doch, ich werde so lange warten, wie es nötig ist."

Sie beugte sich vor, küsste mich auf den Mund und rümpfte dann genüsslich die Nase. „Ich glaube, ich kann immer noch Curry riechen. Hätten die Renovierungsarbeiten den Geruch nicht beseitigt?"

„Ach, das. Ich habe dafür bezahlt, dass die Mieter und ihre Sachen während der Bauarbeiten ausgezogen sind. Niemand, der so gut Curry kocht, sollte in dieser Bruchbude wohnen. Die Familie kam zurück in eine bessere Wohnung, aber ich habe die Miete gleich gelassen. Deine ehemaligen Nachbarn machen sicher gerade das Abendessen."

Sie streckte die Hand aus und berührte meine Wange. „Was soll ich nur mit dir machen, Jackson? Wer macht so etwas überhaupt?"

„Ein unwilliger Milliardär?"

Sie lachte und drückte sich an meine Taille, presste ihren Körper gegen meinen. „Ich denke, damit kann ich leben."

KAPITEL
FÜNFUNDDREISSIG

Jack

Dass Elise auszog, war scheiße. Ich wollte, dass sie entweder blieb oder in das Gebäude zog, das ich gekauft hatte, aber das wollte sie nicht, und mir wurde klar, dass meine ganze Welt zum Stillstand kam, wenn Elise nicht glücklich war. Also halfen Max und ich, mit Anweisungen von Elise und Sophia, bei dem Umzug in die schuhkartongroße Wohnung, die sie gefunden hatte, und ich kam irgendwie damit klar. Ich besuchte sie oft dort.

Einen Monat nach ihrem Umzug joggte ich wieder einmal die Stufen zu ihrer Kellerwohnung im Haight District hinunter und klopfte an die blassblaue Tür.

Elise machte auf. Sie trug meine Boxershorts, ein T-Shirt und ein Sweatshirt aus meinem Kleiderschrank, das sie vor ihrem Auszug als ihres deklariert hatte, weil es nach mir roch. „Hi!" Sie sprang mir in die Arme und küsste mich über das ganze Gesicht, und ich trug sie wieder hinein.

Das französische Bett aus dem zweiten Zimmer meiner Wohnung stand jetzt unter dem Hauptfenster von Elises neuer Bude. Ich hatte darauf bestanden, dass das Fenster vergittert werden musste, weil die Wohnung im unteren Stockwerk lag, und der Eigentümer war gerne bereit, sich die zusätzliche Sicherheit von mir bezahlen zu lassen. Elise wohnte in einer anständigen Gegend, aber man konnte nie zu sehr auf Nummer sicher gehen, und ich wollte mit meiner Freundin kein Risiko eingehen.

Der Rest der Möbel in ihrer Wohnung bestand aus einem kleinen gebrauchten Sofa, das ihre Mutter mit ihr gefunden hatte, und einem Esstisch für zwei Personen, den sie bei IKEA gekauft hatte. Kein Fernseher – nicht genug Platz. Wir sahen bei mir zu Hause fern, oder Elise benutzte ihr Telefon, wenn sie in der Stimmung für eine Folge Blödsinn war. Außerdem besuchten wir regelmäßig meinen Vater in seiner ‚Höhle,' um uns die Reality-Fernsehsendungen anzusehen, die er in der jeweiligen Woche gerade feierte.

Sophias Beitrag zu Elises Wohnung war eine kleine Hängepflanze, die Elise wie ein Kind hütete. Aber es war ein glückliches Kind, mit leuchtend grünen Blättern, die die Wohnung fröhlich machten. Der Schuhkarton wuchs mir ans Herz, und ich kam, so oft ich konnte, vorbei. Vielleicht war ich aber auch nur gern dort, wo Elise war.

„Wo ist mein Abendessen, Weib?" Das war ein Scherz, und sie wusste es, sonst hätte ich mit dieser Aussage einen Hoden verloren.

Sie rutschte an meiner Brust herunter, bis ihre Füße wieder den Boden berührten. „Kommt sofort, mein Freund."

Elise schnappte sich Ofenhandschuhe von einem Küchentresen, auf den kaum eine Mikrowelle passte, und zog eine Glasschüssel aus einem Ofen, der nur halb so groß wie ein normaler war. Das nannte man „effizientes Leben", aber sie hatte alles, was sie brauchte, trotz meiner Nörgelei.

Ich spähte über ihre Schulter und atmete tief ein beim Anblick von etwas, das wie ein paniertes Hühnergericht aussah. „Willst du mich verwöhnen? Nichts aus dem Tiefkühler heute Abend?"

Elise kochte keine Tiefkühlkost mehr, denn wenn einer von uns beiden keine Lust zum Kochen hatte, bestellten wir etwas und ließen es liefern. Ich vermutete auch, dass es ihr Spaß machte, frische Mahlzeiten zu kochen, jetzt, wo sie es konnte. Und ich genoss es, wenn sie mir Essen zubereitete, also war es eine Win-Win-Situation.

Sie warf mir einen hochmütigen Blick zu. „Ich habe dir etwas Besonderes gemacht, damit du die Frau, die dich füttert und dein Bett wärmt, nicht vergisst, wenn du morgen mit Thalia auf Reisen gehst."

Sie stellte die feuerfeste Schüssel auf die Herdplatte, und ich schlang meine Arme von hinten um sie. „Ich denke den ganzen Tag an dich, jeden Tag. Es wäre schwer für mich, dich zu vergessen."

Sie drehte ihren Kopf und lächelte. „Ich muss etwas Besonderes sein."

Ich drehte sie zu mir um und steckte ihr eine Haarsträhne, die aus ihrem Dutt gefallen war, hinter das Ohr. „Ziemlich besonders. Es besteht die Möglichkeit, dass ich alles tun würde, um dich glücklich zu machen."

Sie strahlte zu mir hoch. „Das würdest du?"

Ich legte meine Stirn an ihre, atmete tief ein und langsam wieder aus. Es war ein langer Tag auf der Arbeit gewesen, Environ verlangte all meine Aufmerksamkeit, und ich hatte sie vermisst. Als ich meinen Kopf hob, sah sie mich besorgt an.

Ich lächelte und genoss ihren Gesichtsausdruck, der zeigte, wie sehr sie sich um mich sorgte. Es gab niemanden, der warmherziger war als diese Frau. „Ich liebe dich, Elise. Auch wenn du dich dafür entscheidest, in einem Würfel zu leben."

Sie presste die Lippen aufeinander, und ihre Augen weiteten sich und wurden glasig, bevor sie blinzelte. „Ich liebe dich auch." Sie griff nach mir und umarmte mich, schlang ihre Arme fest um meinen Hals. Sie lehnte sich zurück und lächelte. „Auch wenn du ein geldgieriger Milliardär bist."

Frech wie immer.

Ich würde ihr tausendmal am Tag sagen, dass ich sie liebte, wenn das alles wäre, was nötig wäre, um sie zum Lächeln zu bringen. Ich war mir nicht sicher, warum ich so lange damit gewartet hatte, meine Gefühle auszudrücken. Ich hatte sie doch schon seit Monaten verspürt.

Ich hob sie hoch und setzte ihren süßen Hintern auf den Tresen, bevor ich zwischen ihre Beine glitt und sie küsste. „Ich liebe dich", sagte ich zwischen zwei Küssen.

Sie packte meinen Kopf, küsste meinen Mund, meine Wangen und meine Augenlider, dann wieder meinen Mund. „Ich liebe dich auch."

Das Essen wurde kalt.

Elise wurde nackt.

Und wir landeten in ihrem Bett.

Etwa fünfundvierzig Minuten später tappte ich wieder in die Küche, vollkommen nackt, um Gabeln und die Auflaufform für die Verpflegung zu holen.

Elise setzte sich auf, und ihr Gesicht verzog sich, als sie nach einer Gabel griff und eine Hühnerbrust aufspießte, einen Bissen nahm und nachdenklich vor sich hinstarrte. „Ich hoffe, du hast nicht versucht, mich mit deiner Liebeserklärung abzulenken, denn es war mir ernst mit morgen. Lass dich von Thalia nicht überrumpeln."

Ich warf ihr einen ungläubigen Blick zu. „Als ob das passieren würde. Was die Erklärung angeht, so war sie überfällig. Verliebt zu sein, ist neu für mich, da gibt es noch ein paar Macken, an denen ich arbeiten muss."

Ihre Augen funkelten kurz, dann runzelte sie wieder die Stirn. „Thalia wird versuchen, das auszunutzen. Das ist ein Bauchgefühl, und ich mache mir Sorgen um meinen zuckersüßen Freund."

„Zuckersüß?"

Sie winkte abwesend mit der Gabel. „Du bist lieb und nett, süß wie eine Zimtschnecke, und diese Frau ist ein hinterhältiger, lüsterner Troll, der dich mit einem Happen fressen würde."

„Sag mir, was du wirklich fühlst", scherzte ich, aber Elise hatte recht. Thalia würde es wahrscheinlich wieder versuchen, und zwar nicht, weil sie mich persönlich mochte, sondern wegen des Geldes und des Einflusses. Nicht, dass sie damit etwas erreichen würde. Vielleicht war ich in der Vergangenheit ein williger Schwächling gewesen, weil es mir damals egal gewesen war. Jetzt hatte ich keine Zeit mehr für diesen Scheiß.

Ich hatte es geschafft, die Napa-Reise um einige Wochen zu verschieben und Arbeitstreffen ausfallen zu lassen, aber ich konnte Thalia nicht ewig aus dem Weg gehen.

Ich beugte mich vor und küsste Elise auf die Wange. „Thalia kann sich nicht nehmen, was ich schon einer anderen gegeben habe, und meine Freundin hat mich und mein Herz in der Hand."

Elise hörte auf zu kauen. Dann ließ sie ihr angebissenes Hühnchen in die Schüssel fallen und kletterte auf meinen Schoß. „Wer hätte gedacht, dass Max' bindungsscheuer Freund sein Singledasein aufgibt?"

Ich warf mein Essen ebenfalls in die Auflaufschüssel zurück und umfasste ihre sexy Hüfte. „Ich glaube, ich erinnere mich an deinen Fluchtinstinkt in Bezug auf Beziehungen."

„Gleich und gleich gesellt sich eben gern", sagte sie, streckte die Hand aus und packte meinen Schwanz. Sie schüttelte langsam den Kopf. „Immer noch keine Pausenzeit bei dir, wie ich sehe."

„Es gab eine, aber sobald das Laken unter deine Brüste fiel, erwachte meine Libido wieder zum Leben."

Sie beugte sich vor und küsste mich, so dass ich den besten Blick auf ihre Brüste im ganzen Haus hatte.

Ich traf Thalia am nächsten Morgen auf dem Hubschrauberlandeplatz, und sie blieb professionell und besprach mit mir die Vorbereitungen für das Treffen und die Dinnerparty später am Abend. Sie hatte sich jedes Familienmitglied und jedes relevante Ereignis für die Teilnehmer gemerkt, da sie in meiner Abwesenheit zu den Sondierungs-Meetings gegangen war und alle kennengelernt hatte. Aber auf der Dinnerparty sollte mir klarwerden, warum es kurzsichtig von mir gewesen war, ihr so viel Freiheit zu lassen.

Thalia verschränkte ihren Arm mit meinem, sobald ich die Dinnerparty betrat, die in einem unterirdischen Weinkeller stattfand, mit Weinfässern an den Wänden und Decken für die Schöße der Anwesenden, denn der Raum war auf knapp 18 Grad Celsius gekühlt.

Ich versuchte, Thalias Arm loszuwerden, aber sie hielt sich fest und lächelte den Besitzer des Weinbergs an, einen Milliardär, der weltweit Dutzende von Unternehmen leitete – der Weinberg war nur ein Hobby und ein praktischer Treffpunkt.

„Gregory", sagte Thalia und lenkte die Aufmerksamkeit des Mannes auf sich, „meine bessere Hälfte ist gerade angekommen."

Was zum Teufel?

Sie grinste zu mir hoch. „Jack hat ein bisschen was von einem verrückten Wissenschaftler an sich und kann ein bisschen zerstreut sein. Ich habe dir doch gesagt", sagte sie zu mir, „die Party ist um sechs Uhr."

Ich löste sie von meinem Arm und streckte die Hand aus, um die des Mannes zu schütteln. „Man hat mir sieben gesagt. Ich bitte um Entschuldigung." Ich blickte Thalia verärgert an, die meinen Blick ignorierte.

„Überhaupt nicht", sagte Gregory Walton. „Ich weiß, wie so etwas abläuft. Meine Frau macht das Gleiche mit mir. Sie sagt es mir einmal und vergisst, wenn sich etwas geändert hat."

„Das ist nicht ...", begann ich, doch Thalia unterbrach mich.

„Unsere Partner können ganz schön nerven, nicht wahr?", sagte sie lachend.

Und ich nahm nicht an, dass sie sich auf mich als Geschäftspartner bezog. Vor allem, weil sie nicht meine Geschäftspartnerin war, sondern für mich arbeitete.

Bevor ich sie korrigieren konnte, setzten sich alle im Raum um einen großen Mahagonitisch mit Kristallgläsern.

Ich war irritiert, aber ich würde mich nach der Party mit Thalia auseinandersetzen.

Ich saß am Ende des Tisches, neben Gregory, und wir begannen sofort über die Zukunft von Environ zu sprechen. „Diese Technologie ist ein Vorreiter in Sachen Klimavorsorge und würde es Unternehmen wie dem Ihren ermöglichen, mit der Vorsorge zu wachsen und Hunderte von Millionen Dollar an Verlusten zu sparen."

Er nahm seine Hand vom Tisch, damit der Kellner einen Salat abstellen konnte. „Das ist eine faszinierende Technologie. Ich weiß nicht, wie wir ohne sie ausgekommen sind."

Ich gluckste. „Mit teuren Versicherungsprämien, die immer weiter ansteigen. Unsere Technologie wird den Bedarf an Versicherungen nicht beseitigen, aber sie kann genutzt werden, um besser zu planen und zu verhindern, dass Klimarisiken Unternehmen und Gemeinden so beeinträchtigen wie bisher."

„Das hören wir gerne", sagte er und grinste seine Frau neben ihm an. Sie war attraktiv, trug ein glitzerndes schwarzes Kleid und schaute ihn warm an. „Meine Frau will, dass wir mehr Verantwortung übernehmen. Sie will, dass wir mehr positive Spuren hinterlassen."

Ich grinste und nickte. „Genau das will ich auch, und meine Freundin wäre derselben Meinung."

Gregory warf einen Blick auf Thalia ein paar Plätze weiter. „Sie ist eine Draufgängerin, die bekommt, was sie will, die Kleine."

„Oh nein", sagte ich. „Thalia ist nicht meine Freundin."

Gregory drehte sich zu seiner Frau um, und beide schauten verwirrt hinüber. „Ich bitte um Entschuldigung. So wie sie in den letzten Wochen und auch heute Abend von Ihnen gesprochen hat, sind wir davon ausgegangen, dass Sie ein Paar sind."

Meine Brust zog sich zusammen, und mein Kopf wurde so heiß, dass ich dachte, er würde explodieren. Erst hatte Thalia Elise beleidigt, und jetzt offenbar Komplotte geschmiedet und meine Geschäftspartner davon überzeugt, dass wir ein Paar waren?

Das war der Tropfen, der für mich das Fass zum Überlaufen brachte.

„Thalia hat heute ihre Kündigung eingereicht", sagte ich zu Gregory und seiner Frau, deren Augenbrauen sich hoben. „Sie wird nicht mehr in der Firma arbeiten. Ich hoffe, das ändert nichts an unseren informellen Vereinbarungen von heute Nachmittag?"

Thalia hatte sich mit dem Finanzchef eines von Gregorys Unternehmen am Nebentisch unterhalten, aber bei meinen Worten drehte sie den Kopf zu uns. „Wie bitte?"

Ich nahm noch einen Schluck von dem schweren Cabernet, der serviert worden war. „Ich habe Mr. Walton informiert, dass Sie uns bald verlassen werden." Ich warf einen Blick auf Gregorys Frau und lächelte. „Morgen, um genau zu sein."

Thalias Mund stand offen, und sie schaute sich nervös am Tisch um. Unser Gespräch hatte Aufmerksamkeit erregt. Wahrscheinlich, weil ich verdammt wütend war und es nicht verbarg.

Thalia stand auf, warf ihre weiße Stoffserviette auf den Tisch und verließ den Raum.

Ein Luftzug entwich meiner Brust, und ich atmete zum ersten Mal seit Monaten wieder frei. Bis zu diesem Moment war mir gar nicht bewusst gewesen, wie anstrengend es war, Thalia um mich herum zu haben.

Ich wandte mich wieder an Gregory und seine Frau. „Nun, da diese unangenehme Angelegenheit vorbei ist, sollten wir darüber reden, wie es weitergehen soll."

KAPITEL
SECHSUNDDREISSIG

Jack

Elise hatte seit meiner Reise nach Napa viele Überstunden gemacht, und wir hatten uns in den letzten Wochen wegen eines epidemiologischen Fußpilzausbruchs kaum gesehen – so hieß das nicht wirklich, aber es klang interessanter, wenn ich es so nannte. Jetzt sprach sie von zusätzlichen Stunden in Sophias Laden.

Sophia konnte anscheinend nicht genug Arbeiter einstellen. Diese Frau musste aufhören, so erfolgreich zu sein, damit ich meine Freundin zurückbekommen konnte.

Aber das ganze Chaos führte dazu, dass ich Elise nicht von den Ereignissen auf der Arbeit erzählt hatte. Ich war damit beschäftigt, einen neuen Geschäftsführer einzustellen, der in zwei Wochen anfangen sollte, und ich war auch nicht sicher, wie Elise reagieren würde, wenn sie herausfand, was Thalia geplant hatte.

Elise wollte mich beschützen, und ich wollte Thalias Leben schützen, weil meine Freundin sie womöglich umbringen würde.

Seit Elise vor zwei Monaten ausgezogen war, hatte ich viel

Geduld bewiesen. Meistens. Ich schlich nur alle paar Tage zu ihr. Das schien sie nicht zu stören, denn ich sorgte für Orgasmen und gelegentliches Essen, das geliefert wurde. Ersteres mochten wir beide am liebsten. Aber heute hatte ich etwas vor, denn ich dachte ernsthaft über unsere Zukunft nach. Und wenn sie auf meinen Vorschlag einging, konnte ich sie endlich wieder ständig sehen.

Ich klopfte an ihre Tür, den Laptop in der Arbeitstasche über der Schulter, und schloss mit dem Schlüssel auf, den sie mir gegeben hatte, weil in ihrem Gebäude die alte Schule herrschte.

Elise kam mit einer Zahnbürste im Mund aus dem Bad, die Haare zu einem schiefen Dutt auf dem Kopf. „Ich dachte, wir wollten in deinem Viertel essen gehen?"

Ich räusperte mich und versuchte, professionell zu wirken, aber sie lenkte mich in einem meiner T-Shirts ohne BH ab. Ich blieb hartnäckig auf Linie. „Wir haben etwas Wichtiges zu besprechen."

„Wirklich?" Sie ging in die Küche und spuckte die Zahnpasta aus. „Was zum Beispiel?"

„Warte mal." Ich wandte mich noch einmal nach draußen, schnappte mir den Beamer, den ich dort stehengelassen hatte, und trug ihn hinein.

Sie folgte mir in den Wohn- und Schlafbereich und setzte sich auf das winzige Sofa. „Jackson? Was hast du vor?"

„Geduld, Hot Stuff."

Ich baute meinen Laptop auf, schloss ihn an den Projektor an und richtete ein Bild auf die größte Wand des Raumes, die immer noch klein war. All das war nicht notwendig, aber man musste dick auftragen, wenn man etwas wollte, also trug ich dick auf.

Elise zog die Beine auf der Couch an und grinste an die Wand, als würden wir gleich einen Film sehen. „Das ist so aufregend. Du hast noch nie deinen sexy Projektor hervorgeholt. Überzeugt man so Investoren?"

„Ja", sagte ich ganz ernsthaft, rief das erste Bild auf und schaltete den leuchtend roten Laserpointer ein, den ich mitgebracht hatte. „Nur sind meine Kunden weniger stur und praktischer veranlagt als meine Freundin." Ich warf ihr einen knallharten Blick zu, hinter dem keine Hitze steckte, und sie lachte nur.

Offensichtlich war ich nicht derjenige, der hier die Kontrolle hatte. Nun ja, ein Mann träumte sich so einiges zusammen.

„Bitte pass jetzt genau auf."

Sie faltete ihre Hände und setzte sich aufrecht hin.

„Gründe, warum Elise und Jack zusammenziehen sollten", las ich vor und drückte auf die Eingabetaste meines Laptops, um zur nächsten Folie zu gelangen. „Nummer eins: Ich liebe dich." Ich sah hinüber und hob eine Augenbraue.

„Ein guter Grund", stimmte sie zu.

Ich drückte die Eingabetaste und rief eine weitere Folie auf. Es gab keinen Grund für getrennte Folien, aber das war für den dramatischen Effekt. „Nummer zwei: Ich weiß, wie man Essen bestellt und dich gut ernährt, und ich biete auch andere Dienstleistungen an."

Sie schaute hinüber und lächelte verständig. „Andere Dienstleistungen?"

„Du weißt, wovon ich spreche. Nummer drei: Du magst mein Bett und meine Fähigkeiten im Bett, womit wir wieder bei den ‚anderen Dienstleistungen' wären." Ich zwinkerte und drückte die Taste für die nächste Folie. „Nummer vier: Ich kann mir ein Leben ohne dich nicht vorstellen und ich verspreche dir, dich und deine Träume zu unterstützen, was auch immer sie sein mögen."

Ihre Augen wurden weicher. „Jack, das ist das Süßeste, was du je gesagt hast. Ein weiterer guter Grund, der für dich spricht."

„Ich danke dir. Und zu guter Letzt: Nummer Fünf: Ich habe Thalia vor ein paar Wochen gefeuert. Sie hat gelogen und unseren Investoren erzählt, dass wir zusammen sind, und ich wollte sie aus dem Fenster schmeißen. Ich habe beschlossen, dass ein Mord zu extrem wäre, und habe sie stattdessen gefeuert."

Elises Augen weiteten sich. „Was?" Sie stand auf und fuchtelte mit den Händen, als wolle sie meine ehemalige Geschäftsführerin dennoch erwürgen.

„Das war der letzte Tropfen. Seitdem habe ich nichts mehr von ihr gehört, aber ich habe über meine Assistentin erfahren, dass sie bereits zu einem anderen wohlhabenden Chef gewechselt ist."

„Igitt." Elises angewiderter Gesichtsausdruck verwandelte sich in Traurigkeit, und sie kam zu mir und umarmte mich. „Es tut mir leid, dass sie dir das angetan hat, und es tut mir leid, dass du keinen Geschäftsführer hast. Was wirst du tun? Ihr habt doch so gute Fortschritte gemacht."

Typisch Elise – sie machte sich mehr Sorgen um andere als um sich selbst. „Dem Unternehmen geht es sehr gut. Glücklicherweise hatte der Investor, den wir umworben haben, eine ähnliche Situation erlebt und verstand das vollkommen."

„Großer Gott, was ist nur los mit den Menschen?"

„Ich weiß es nicht, und es ist mir auch egal." Ich zog sie an mich und küsste sie. „Es tut mir nur leid, dass Thalia versucht hat, sich zwischen uns zu stellen. Ich hätte sie schon beim ersten Mal feuern sollen, als sie unhöflich zu dir war. Es gibt keinen Grund, so eine Person um sich zu haben, die alles vergiftet, vor allem, wenn sie die Frau verletzt, die ich liebe."

Elise berührte mein Kinn und lächelte sanft. Dann schnappte sie sich den Laserpointer und warf ihn über ihre Schulter. „Das Zusammenziehen steht offiziell zur Diskussion."

„Wirklich?"

„Ja."

Ich hob sie hoch und trug sie zum Bett, während sie lachte. „Lass uns feiern."

Es hatte keine weiteren, offiziellen Gespräche darüber gegeben, ob Elise und ich nun zusammenziehen sollten, weil wir zu sehr damit beschäftigt waren, die Eröffnung der „Diskussionen" zu feiern, und auch, weil Lizzies verspätete Einweihungsparty ein paar Abende später stattfand.

Ich holte Elise ab, fuhr dann durch die Stadt zurück und parkte wegen der Menschenmassen am Samstagabend obszön weit von Max' Gebäude entfernt. Ich hielt die Hand meiner Freundin, als wir unser tägliches Training absolvierten und den steilen Hügel zu Max' Haus hinaufgingen.

Ein paar Minuten später jonglierte ich mit einer Weinflasche, während unsere Atemzüge Wölkchen in der kühlen Dezemberluft hinterließen, und Elise klopfte an Lizzies Erdgeschosstür.

Aus der winzigen Wohnung drangen Stimmen, als wir darauf warteten, hineingelassen zu werden, was bedeutete, dass Lizzie alle eingeladen hatte, die wir kannten, denn ihre Wohnung klang voll.

Nach einem kurzen Augenblick schwang die Tür auf. „Halloooo!" sagte Lizzie und machte eine tiefe Verbeugung, wobei ihr gewelltes rotes Haar wippte, als sie sich wieder aufrichtete. Sie trug Jeans und einen hellgrünen, taillierten Pullover, der ihre blassblauen Augen grau erscheinen ließ. „Willkommen in der Katzenhöhle", sagte sie und winkte uns herein.

Elise und ich umarmten Lizzie kurz und gingen dann in die überfüllte Einzimmerwohnung. Ich konnte nicht sehen, was sie aus der Wohnung gemacht hatte, denn überall standen Leute herum. Gut gekleidete Leute, aber trotzdem war diese Wohnung überfüllt.

Max hatte sich endlich dazu durchgerungen, jemanden zu beauftragen, das Studio zu streichen und zu reinigen, und

Lizzie war dann sofort eingezogen. Sie war viel auf Reisen gewesen, weil irgendein Arschloch auf der Arbeit ihr die beschissenen Jobs außerhalb der Stadt zugeschustert hatte, also war die Einweihungsparty auf jetzt verschoben worden.

Ich kletterte über Archibald, Lizzies schwarzen Perserkater, der hinterhältiger war als ein wütender Waschbär, und schlängelte mich an Max' Eltern und Elises Mutter vorbei, die heute Abend ebenfalls anwesend waren, zusammen mit meinem Vater.

Auf Elises Drängen hin hatten wir meinen Vater endlich den anderen Eltern vorgestellt, und wie beinahe schon erwartet, hingen sie gerne zusammen ab. Ich weiß nicht, warum sie heute Abend hier sein mussten, aber egal – es war Lizzies Party.

„Hallo, Tom", sagte Elise und umarmte meinen Vater herzlich.

Er hielt ihre Arme fest und lehnte sich ein Stück zurück. „Elise, mein Mädchen. Du siehst wunderbar aus, wie immer."

Sie unterhielten sich, und ich schob mich vorbei, um Freunde zu begrüßen, mit denen Lizzie noch immer in Kontakt stand. Es waren bestimmt fünfundzwanzig Leute auf einer Fläche von etwa siebzig Quadratmetern, aber der Alkohol floss in Strömen, und Lizzie hatte sich bei den Hors d'œuvres selbst übertroffen.

Nach einer Stunde oder so entdeckte ich meine Freundin auf einer kleinen Couch in der Ecke. Sie unterhielt sich gerade mit einer Kollegin von Lizzie. Trotzdem stand Elise schweigend auf und machte mir auf der Couch Platz, setzte sich dann auf meinen Schoß und setzte ihr Gespräch fort.

Nach einer kurzen Pause drehte sie sich zu mir um und gab mir einen kurzen Kuss. „Wie geht es deinen Highschool-Freunden?"

„Es geht allen gut, aber Max hat sich seltsam verhalten." Ich warf einen Blick in Richtung meines besten Freundes. Er hatte Schweiß auf der Stirn, was überhaupt nicht zu ihm passte. In den härtesten Vorstandssitzungen war er so kühl wie ein Eisbär. „Glaubst du, er ist krank? Sollte ich etwas sagen?"

Elise schaute hinüber, aber Max war gerade quer durch den Raum gegangen, wo Sophia sich mit den Eltern unterhielt. Er beugte sich hinunter und flüsterte ihr etwas ins Ohr.

Sophia schien verwirrt zu sein und starrte weiter zu Max hinauf, während er den Blick auf den kleinen Raum richtete.

„Wenn ihr nichts dagegen habt, bitte ich kurz um eure Aufmerksamkeit." Er blickte liebevoll auf Sophia herab.

Ich rutschte an den Rand der Couch und zog Elise mit mir, als würde ich mich auf etwas vorbereiten, obwohl ich nicht wusste, auf was. „Was zum …?"

„Er wird doch nicht …", begann Elise, bevor Max' nächste Worte sie unterbrachen.

„Wie ihr alle wisst, bin ich schon seit einiger Zeit in Sophia verliebt. Sie ist der fürsorglichste, fleißigste und großzügigste Mensch, den ich kenne, und sie macht mich unglaublich glücklich."

Sophias Mund öffnete sich, und ihre Augen weiteten sich.

Elise schlug sich eine Hand vor den Mund und traf mich dabei fast.

Max ging auf ein Knie und sagte: „Sophia, ich liebe dich und möchte mein Leben mit dir teilen. Bitte erweise mir die Ehre, meine Frau zu werden."

Elise quietschte, drückte meinen Arm fest an sich und wippte auf meinem Schoß auf und ab, während der Raum in Schreie ausbrach.

Ich warf einen Blick auf Elises Mutter, die erwartungsvoll grinste, als hätte sie von Max' Absicht gewusst.

Max zog ein schwarzes Schmuckkästchen aus Samt hervor, öffnete es und enthüllte einen dicken Stein, den Sophia nicht einmal ansah, bevor sie mit dem Kopf nickte und auf seinen Schoß kletterte.

„Oh", sagte Elise und sah mich mit Tränen in den Augen

an. „Sie sind so krankhaft süß, aber ich kann nicht einmal die Augen verdrehen. Es ist so schön." Sie umarmte mich, und ich hielt sie fest und fragte mich, wann der richtige Zeitpunkt gekommen wäre, Elise zu fragen, ob sie mich heiraten wollte. Nicht jetzt, aber hoffentlich in nicht allzu ferner Zukunft.

Sie lehnte sich zurück, und ihre Augen leuchteten. „Oh, du weißt, was das bedeutet, nicht wahr? Eine unfassbar schicke Hochzeit!"

„Ich dachte, du magst die High Society nicht?"

„Einige von ihnen sind wirklich nett. Außerdem wird es auf der Hochzeit von Max und Sophia ein tolles Wahnsinns-Essen geben." Sie betrachtete ihre Schwester, die von Menschen umringt war, und biss sich auf die Lippen. „Ich möchte ihr gratulieren, aber sie wird umschwärmt."

Elise kuschelte sich eng an mich und freute sich riesig für ihre Schwester. „Weißt du, Jackson, ich habe darüber nachgedacht, warum ich das Bedürfnis hatte, allein zu leben." Sie schaute mir in die Augen. „Ich habe schon vor deinem Vorschlag zusammenzuziehen, darüber nachgedacht. Und mir ist klar geworden, dass niemand komplett unabhängig ist – weder du noch ich noch Sophia oder Max. Wir sind alle aus dem einen oder anderen Grund aufeinander angewiesen, und das ist in Ordnung. Das ist Gemeinschaft, und es macht jeden glücklich, andere zu haben, mit denen man Zeit verbringen und sich bei Bedarf an sie wenden kann."

Ich drückte ihre Hand und lächelte. Sie hatte recht, und das war eine Lektion, die ich selbst im letzten Jahr gelernt hatte.

Sie zog die Stirn in Falten. „Ich dachte, ich wäre ein schlechter Mensch, weil ich meiner Schwester erlaubte, sich um mich zu kümmern, aber Sophia ist auch auf mich angewiesen. Ich bin das Yin zu ihrem Yang. Als sie von Freunden und Bekannten verlassen wurde, die sich darüber lustig machten, wo wir wohnten, haben Mom und ich sie aufgefangen. Wir haben sie vielleicht nicht finanziell unterstützt, aber

wir waren da und haben sie bei all ihren Ambitionen ange-
feuert. Ich vermisse sie, und ich vermisse dich. Das Einzige,
was mich das Leben allein gelehrt hat, ist, dass das Leben
nicht gut ist, wenn man nicht mit den Menschen zusammen
ist, die man liebt." Sie nahm mein Gesicht in beide Hände.
„Ich liebe dich, Jack. Ich dachte, ich könnte meine Liebe nicht
beweisen, ohne zu beweisen, dass ich dich nicht brauche und
dass es eine Entscheidung ist, mit dir zusammen zu sein.
Aber ich kann mich entscheiden, mit dir zusammen zu sein
und dich trotzdem zu brauchen, und das ist okay … Lass uns
wieder zusammenziehen."

Ich stieß die Luft aus, die ich angehalten hatte.
„Endlich."

„Endlich?"

„Ich habe darauf gewartet, dass du diese Worte sagst –
nicht die genauen Worte, aber im Wesentlichen das. Ich war
darauf vorbereitet, so lange zu warten, wie es nötig war, aber
ich bin froh, dass du es früher erkannt hast. Ich will meine
Brezel zurück." Ich berührte ihren Nacken, zog ihren Kopf zu
mir herunter und küsste sie tief.

Sie lachte. „War es sehr schwer, so lange auszuharren?"

„Ich bin eher um dich herumgeschlichen und habe darauf
gewartet, dass du merkst, wie wunderbar ich bin."

„Das wurde mir schon bei unserem schicksalhaften One-
Night-Stand klar. Was glaubst du, warum ich ausgeflippt und
abgehauen bin?"

„Weil ich einfach zu heiß war und du damit nicht
umgehen konntest?"

„Vor allem deswegen. Aber ich bin mir ziemlich sicher,
dass ich jetzt mit dir umgehen kann." Sie küsste mich auf die
Stirn, die sich genau auf Höhe ihrer Lippen befand. Aus
irgendeinem Grund erhielt der Stirnkuss und nicht der
Lippenkuss einen fauchenden Kommentar von Lizzie, die
offenbar trotz des Verlobungsgetöses zugeschaut hatte.

„Hört auf, die Stimmung in meiner Katzenhöhle mit

Romantik zu versauen!", rief sie. Das war eindeutig das Verhalten einer betrunkenen Lizzie.

Kitty Burrows schüttelte den Kopf in Richtung Lizzie, die sie „temperamentvoll" nannte, und mein Vater und Karl Burrows lachten, während der Rest der Gruppe sich weiter um Sophia und Max drängte. Allerdings sah ich, wie Sophia eifrig zu ihrer Schwester hinüberschaute.

„Sophia sucht dich", sagte ich, und Elise blickte auf. Sie winkte, warf Sophia einen Kuss zu und stand auf, als wolle sie hinübergehen. „Was das Zusammenleben angeht", sagte ich und stand neben ihr auf, „können wir wieder in meiner Zweizimmerwohnung wohnen, bis wir uns entschieden haben, wo du wohnen willst."

„Das ist perfekt." Sie grinste und drückte mich fest an sich. „Lass uns Sophia und Max gratulieren, und dann können wir über unsere Einzugspläne reden."

Wir hatten uns gerade auf den Weg zu Max und Sophia gemacht, als ein lautes Hupen ertönte.

Und dann folgte eine Reihe kurzer Hupgeräusche, bevor ein weiteres unerträglich langes Hupen erklang.

Ich spähte aus einem Fenster, aber die Sicht war teilweise versperrt, weil Lizzie mit verschränkten Armen vor mir stand.

Ihr Ausdruck war pure Wut, als sie vom Fenster zur Haustür stürmte.

Der ganze Raum war bei dem Hupen kurzzeitig verstummt, und ich schaute Max an, der denselben „Oh Scheiße"-Ausdruck hatte wie ich.

Als wir aufwuchsen, hatten wir alles in unserer Macht Stehende getan, um Lizzie nicht zu verärgern, und wir hatten sie seit Jahren nicht mehr mit diesem Blick gesehen.

„Das ist schlimm", murmelte ich zu Elise und hielt ihre Hand, während ich Lizzie folgte.

Wir wanden uns durch die verwirrten Partygäste und jagten Lizzie hinterher.

Sie stürmte auf den Bürgersteig vor dem Haus, ihr rötlich-goldenes Haar wie eine Flamme hinter sich herziehend. „Hey, Arschloch!", rief sie jemandem zu, den wir nicht sehen konnten.

Ich blieb in der Nähe der Tür stehen und hielt Elise hinter mir fest, während Max und Sophia sich zu uns gesellten.

„Was ist denn los?", fragte Max.

„Keine Ahnung."

Ich konnte die Person, mit der Lizzie sprach, nicht sehen, weil sie um eine Ecke stand, aber ihre Hände waren in die Hüften gestemmt, also würde sie jeden Moment ausrasten.

„Hören Sie auf, so einen Radau um den Parkplatz zu machen!", rief sie. „Die Straße gehört nun mal nicht Ihnen allein."

„Verdammt", sagte Max und schüttelte den Kopf. „Der neue Typ von nebenan hat Lizzies schlechte Laune abbekommen."

„Er ist am Arsch", stimmte ich zu.

Der Nachbar wusste es noch nicht, aber er hatte gerade einen Krieg begonnen.

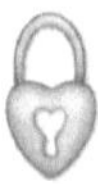

Vielen Dank fürs Lesen! Wenn dir die Geschichte gefallen hat, freue ich mich über eine Rezension oder eine Bewertung. Du kannst das Buch auch in allen sozialen Netzwerken teilen und mich markieren. Scanne den Linktree-QR-Code mit deiner Handykamera:

BÜCHER VON JULES BARNARD

Keine Regeln

Vermieter küsst man nicht (Band 1)

Mitbewohner küsst man nicht Band 2)

Die Cade-Brüder

Levis Versuchung (Band 1)

Wes' Herausforderung (Band 2)

Brans Verführung (Band 3)

Hunts Bekehrung (Band 4)

Die Männer aus Lake Tahoe

Er ist tabu (Band 1)

Er ist unwiderstehlich (Band 2)

Seine zweite Chance (Band 3)

Mehr als nur Freunde (Band 4)

Er ist mein Feind (Band 5)

ÜBER DEN AUTOR

Jules Barnard ist eine *USA Today*-Bestsellerautorin für romantische Komödien und romantische Fantasy. Zu ihren romantischen Komödien gehören die Serien Keine Regeln (Englisch: All's Fair), Die Männer aus Lake Tahoe (Englisch: Never Date), und die Cade-Brüder (Englisch: Cade Brothers). Außerdem schreibt sie unter dem Namen J. Barnard romantische Fantasy in der Halven Rising-Reihe, die das Library Journal als "... ein aufregendes neues Fantasy-Abenteuer" bezeichnet. Ob sie nun über heißblütige Männer in Lake Tahoe oder eine Fae-Welt auf einem College-Campus schreibt, Jules spinnt fesselnde Geschichten voller Herz und Humor.

Wenn Jules nicht gerade in ihrer Jogginghose schreibt und sich mit Schokolade belohnt, verbringt sie ihre Zeit mit ihrem Mann und ihren zwei Kindern in ihrer kleinen Heimatstadt im pazifischen Nordwesten. Sie schreibt sich selbst die Fähigkeit zu, zu lesen, während sie auf dem Laufband läuft oder das Abendessen anbrennen lässt.

www.ingramcontent.com/pod-product-compliance
Lightning Source LLC
Chambersburg PA
CBHW021041310726
48969CB00006B/1759